天下第一奇書
紫青雙劍錄
2
老魔・淫娃
倪匡 新著
還珠樓主 原著

目錄

【本冊簡介】

這一卷寫峨嵋小俠，金蟬，笑和尚等，屢探魔宮，驚險萬分；更多高人在這一卷陸續出現，每一個高手的出現，都足以令人眉飛色舞。

這一卷也寫了一個不耐閨中寂寞，春情大發，終於犯了淫行，萬劫不復的淫娃施龍姑，文字旖旎之至，是全書幾段軟性描述中相當精采的片段，而淫邪人物也紛紛出現，勾搭了施龍姑的那個妖人，更寫得活龍活現。

而全書中最兇狠的一隻妖物——文蛛，也在這一卷現身，從牠的形成、長大、形態，都寫得叫人嘆為觀止，幾乎以為天地間真有這樣的妖物。

全書中各種各樣的妖物極多，各具精采神通，文蛛出得最早，自然也引人注目。最熱鬧的，自然是眾小俠大鬧綠袍老祖的巢穴，百蠻山陰風洞，綠

袍老祖和辛辰子師徒間的殘酷報仇，看得人遍體生寒，綠袍老祖之兇殘，在任何小說中再未曾見過。

為了對付綠袍老祖，青海藏靈子、苗疆紅髮老祖紛紛現身，九十九口天辛劍鬥老妖已經夠目不暇給，忽然三仙二老一起現身，布成了「生死晦明幻滅微塵陣」，才困住了綠袍老祖，可知老妖神通廣大。

這一卷中，又出現了一個大邪派，妖屍古辰，迭有出現，神通廣大；也出現了正派人物中極可愛的石生。石生和金蟬，是書中的一對金童——這也證明還珠樓主寫作才能之高，看來兩人外形差不多，本來只寫一個已夠，但偏偏他要寫兩個，果然各有不同。

待得仙陣奏功，眾弟子回到峨嵋，小結一下，接下來，驚心動魄的故事人物層出不窮，自有不看到你眼花繚亂，絕不干休之功！

——倪匡

【上卷提要】

李英瓊天生仙緣深厚，隨父李寧及摯友周淳隱居峨嵋，後獲白眉和尚以神鵰佛奴相贈，父則隨白眉和尚參修正果。與父分開後，邂逅余英男，情若姐妹。後經一番凶險，得峨嵋教祖長眉真人當年所煉至寶「紫郢」神劍，後遇峨嵋掌教乾坤正氣妙一真人妻子荀蘭因及嵩山二老之矮叟朱梅。妙一夫人收英瓊歸峨嵋門下，傳授口訣，囑其回峨嵋修煉，而朱梅則贈與靈猿袁星。

西藏毒龍尊者門下弟子瘟神俞德，約請妖人生事，其中包括性情乖戾的綠袍老祖。老祖原擬施展厲害法寶「百毒金蠶蠱」殘害正派中人，卻遇青城派鼻祖極樂真人李靜虛，以乾坤針大破金蠶，斬綠袍老祖，餘妖孽四散奔逃。綠袍老祖雖被斬為兩截，元神未滅，暗藏玄牝珠，其弟子辛辰子見機將

上半身偷走，要逼老祖交出玄牝珠。李英瓊和妙一真人子女齊靈雲、齊金蟬，餐霞大師女弟子朱文，及另一新歸峨嵋門下的申若蘭一起往峨嵋凝碧崖練功。一日接妙一真人飛劍傳書，囑靈雲、朱文、金蟬三人往川邊青螺山對付西藏毒龍尊者弟子八魔，三人決定先尋女殃神鄧八姑相助。

另一方面，邪派高手「萬妙仙姑」許飛娘門下弟子司徒平，為人正直，常思投身正教。一日得高人指示，入紫玲谷，遇秦紫玲、秦寒萼兩姐妹，知前緣注定，又是唯一能救秦氏姐妹之母天狐寶相夫人脫劫之人。及後三人又得餐霞大師指示，聯同吳文琪及周輕雲同往青螺山救李英瓊、申若蘭二人。

由於李申二人未奉法旨，私自趕往青螺山，結果為「西方野佛」雅谷達所困，神鵰求救，靈雲等三人聞訊趕往，卒為紫玲施展彌塵旛救出險境，傷雅谷達。一干人等又遇藏靈子門徒師文恭，惡鬥一番後，李申二人又被黑煞落魂沙所傷，先回峨嵋養傷。

雅谷達負傷逃遁，巧遇綠袍老祖，二人遂勾結一起到青螺魔宮養傷。青螺宮眾妖中，包括五鬼天王尚和陽，欲盜鄧八姑煉成的雪魂珠；靈雲、紫玲、輕雲等與之周旋，又得怪叫化凌渾之助，結果大破魔宮，驅走尚和陽。司徒平則被一正派高人帶走，餘人遂回轉峨嵋。

第一回　難女得劍　蕩婦思春

卻說李英瓊、申若蘭中了師文恭的「黑煞落魂砂」，受創甚重，由金蟬等護送回峨嵋，治好了傷，在峨嵋休養，原在峨嵋的裘芷仙有人作伴，極其高興，和已被取名袁星的猩猩，盡心服侍。

那日，芷仙和袁星一起到山中去汲泉水，兩人分頭尋找泉源，芷仙忽聽得袁星在遠處叫了起來，循聲走過去，問袁星嚷些什麼？

袁星伸手向前指，道：「姑娘，你看這是什麼？」

芷仙順著袁星手指處定睛一看，那塊白石前面，野草密佈中，隱隱現出一個洞穴，洞門上還有字跡。這時袁星已用手腳將籐草之類扒開，芷仙近前一看，那座洞門就在這半山巖上，因為終年被藤蔓香草封蔽，所以平時不曾見到，袁星上來時一腳踏虛才行發現。再一看洞門上字跡，是「飛雷秘徑」四個篆字，朱色如新，洞門只有一人多高，三四尺寬廣。洞的深處，隱隱現出一些光亮，裏面轟轟作響。

芷仙知道這裡是洞天福地，洞中決不會藏什麼猛獸怪異之類，再加袁星已首先進去，便隨在牠身後往前行走了數十步。洞內寒氣襲人，濤聲震耳，到處都是光滑滑的白玉一般的石壁，什麼都沒有，及至走到盡頭，忽然不見了袁星。

正在奇怪，猛聽袁星在下面高叫道：「姑娘快下來，我在這裡呢！」

芷仙低頭一看，原來洞壁西邊角上，還有一個三尺多寬的深溝，溝下面有兩三層三尺高下的台階，信步走了過去，裡面竟和太元洞中諸石室一樣，石床丹灶，色色俱全。

猛見石壁上有光亮閃動，袁星忙喚芷仙道：「姑娘留神，石壁裡面定然藏有寶貝哩！我是畜類，未得祖師傳授，不敢去拿，姑娘何不跪下禱告禱告？」

芷仙聞言，一時福至心靈，果然將身跪下默祝道：「弟子裘芷仙誤被妖人攝去，多蒙教祖妙一真人接引，收歸門下，只是仙緣淺薄，資質平凡，將來難成正果。適才聽袁星說石中藏有寶物，弟子肉眼難識，想係以前本洞仙師所留，如蒙仙師憐念弟子一番向道苦心，使寶物現出，賜與弟子，弟子從此當努力向道，盡心為善，以答仙恩。」說罷，站起身。

剛要過去，只聽得「哧哧」幾聲過處，石壁忽然中分，石穴中現出兩長一短，三柄寶劍插在那裡。芷仙大喜，忙跑過去一看，劍下面還壓著一張丹書柬帖，上面寫著：

「短劍『霜蛟』，長劍『玉虎』，贈與有緣，神物千古。大漢光武三年四月庚辰，袁公歸仙，以天府神符封此三劍，贈與有緣。去今二十二甲子，同年月日，石開劍出。得者一人一獸，寶爾神珍，以躋正果，恃此為惡，定干天戮。」

數十個大草，筆勢剛健婀娜，如走龍蛇。芷仙雖曾讀過多年書，幾經辨認，還細繹上下文氣才行認出，不由歡喜得心花怒放！

她雖不知袁公來歷，估量定是漢時一位得道仙人，重又跪在地下，虔誠默祝叩謝一番。起來再一細算日期，當日正是柬帖上所說石開劍出的那一天。既說是得者一人一獸，那有緣者必是指著自己和袁星了！不過人獸雖各一份，劍卻有三口，柬帖上又未指明哪個該得長的，哪個該得短的，長劍短劍雖然同是寶物，內中哪一口要比較好些也不曉得，捧著這三口劍，看看這個，看看那個，不知要哪一柄好。

芷仙在猶豫間，猛一回頭，看見袁星站在身旁，瞪著一雙大紅眼，望著自己手上這三口寶劍，大有垂涎之意，暗想：「為人不可自私，今天如非袁星發現這洞，招呼自己跟了進去，哪裡能遇見這種千載一時的機會？況且柬下明明寫出牠也有份，我只顧歡喜，還沒有看看這三口劍的內容，何不拔將出來，看個明白，再行分配？」當下先將兩口長劍交與袁星捧著，也沒對牠說明來歷，先將短劍托在手下，仔細一看。

只見這劍長有二尺九寸，劍匣非金非玉，綠沉沉直冒寶光。劍柄上有「霜蛟」兩個字的朱書篆文。將手把著劍柄輕輕一抽，一道寒光過處，劍已出匣，銀芒四射，冷氣森人毛髮，便走出石室，在外面坪石上按照靈雲所傳的劍法，略一展動，一出手劍便發出兩三丈長的白光，斗大的崖石稍為掃著一下，便如腐泥一般墜落。

芷仙因為地勢甚狹，恐怕損壞了洞中仙景，連忙將劍還匣。

她再將長劍從袁星手中換了一口過來，這劍通體長有七尺，劍柄上刻著半個老虎，和袁星手上的一口一比，劍柄上也刻有半個老虎，果然是一雙成對的長劍。

芷仙因這劍太長，便命袁星抓著劍匣，自己手拿劍柄輕輕一抽，一道青光隨手而出，拿到手中，先並不覺甚重，及至略一舞弄，覺著吃力，那劍又太長，佩帶不便，知道自己無福享受，又聽靈雲平日說各派飛劍，以金光為上，白光次之，青光又次之，黃光還要次些。再把袁星手上那一口拔出一看，發出來的光華竟是黃的，愈發覺得兩長不如一短！

芷仙要開口和袁星說知究理，袁星已忍耐不住，說道：「恭喜姑娘平空得了三口好寶劍！我只奇怪這三口劍，我都好似在那裡見過似的！」

芷仙聞言，猛想起：「留劍的仙人名叫袁公，牠又叫袁星，本是猩猿一類。昔日越女曾與袁公比劍，靈雲師姊還說過越女劍法同袁公劍法不同之點。袁星又說此劍牠曾經見過，莫非袁公便是牠的祖先？難得牠生得高大，此劍想必比我用要趁手得多。自己仍取那口短的為是，不過雖說仙緣湊巧，又有仙留柬帖，石開得劍者便是有緣之人，但是自己依人宇下，還未正式得過師傅，凡事當由大師姊作主，豈可自己隨意處分，這層務須對袁星言明，劍雖是牠的，只可暫時由牠佩帶。正式歸牠，還得著靈雲師姊回來，稟明了經過，由她作主。」

當下對袁星道：「活該你這猴兒有造化！這兩口長劍，是你的呢。」便把柬帖上袁公遺書同自己等靈雲回來作主的意思，一一說了。

袁星聞言，喜得直跳道：「這一來我也快學做人了！姑娘，你知道留劍的袁公是誰嗎？我聽我祖宗說過，是我們的老祖宗呢！自從商周時便成了劍仙，只因在列國時候同越女比劍吃了虧，便躲到深山之中隱居修道，不履人世。聽姑娘所說柬帖上言語，定是在那個漢朝時候才成的仙。我的一雙眼睛最能看得出寶藏的地方，適才見姑娘一下得了三口寶劍，雖然喜歡，卻沒料到我還有份，只要齊大仙姑一回來就成了我的，從此再也不怕佛奴看不起我了！」

芷仙便笑著點了點頭，將那口短劍佩在身旁，吩咐袁星仍在前面先走。

袁星挾著兩口長劍，高高興興的覓路再往前進。走完一條道，前面已無去路，袁星淘氣，抽出才得手的長劍，一青一黃兩道劍光同時出匣，手一起，直往山石上刺去。叉叉幾聲，劍到石開，磨盤大的石塊紛紛往下墜落，喜得袁星越發起勁，運動一雙長劍，上下左右亂刺起來。

猛聽墜石紛飛中，袁星歡呼起來。近前一看，牠已將這兩三丈深的石壁洞穿，洞外面天光直射進來，便聽洞外濤聲震耳，袁星接著又是幾劍，竟闢開出一個可以過人的小洞了。芷仙自是歡喜，便隨著袁星從這新闢的石穴中走了出去。

到了外面一看，自己存身之處是一片突出的平崖。再往對面一看，正對著這面洞門也是一片平崖，與這邊一般無二。平崖當中現出一座洞府。洞門石壁有丈許大的朱書「飛雷」二字。原來自己已然到了洞外。對面「飛雷洞」，聽靈雲等說過，是本門師叔，髯仙李元化所住的洞府，無意之中發現一條捷徑，心中大是高興。

芷仙和袁星有此際遇，都急於要去告訴英瓊、若蘭。那時，英瓊、若蘭二人在洞中練了一會功，運行真氣，雖然毒已去盡，總沒往日自然。若蘭便對英瓊道：「這次若沒有秦家姊妹相救，我兩人還不知要吃多大的虧呢？」

英瓊憤怒道：「這些妖僧妖道真是可惡，我平生還沒吃過這種虧！只要有那一天，若不把這些異派妖人斬盡殺絕，我便不是人！」

若蘭笑道：「不羞，一來便說生平如何，你總共今年才多大歲數！打量都像你似的，小小年紀，一出世便遇見許多仙緣，你以為修成仙人容易呢！修內功、積外功、吃盡辛苦不必說，哪一個不經過許多災難！像我們吃了一點虧苦，不但有多少人解救，還有人替我們報仇出氣！總算便宜而又便宜的了！有許多不但吃了別人的虧，並且因而送命的，還不知有多少呢！」

英瓊笑道：「算了吧！這種丟臉又吃虧的便宜，你下次多撿幾回吧，我是不想再撿的了！」

若蘭道：「你倒會打如意算盤，劫數到來由得你嗎？況禍兮福所倚，福兮禍所伏，我二人遭此一難，焉知不是我二人心狂氣盛，自恃本領，不聽大師姊囑咐，教祖想玉我們於成，特意警戒我們，想叫我們異日不奉師命，不准輕舉妄動！」

二人正在談笑之間，忽見遠遠跑來一個精赤條條尺許高的小人，其疾如飛，從外面捧著兩片其紅如火的草葉進來，原來是被金蟬移植來的芝仙。

那芝仙本是成形的肉芝，體形和白胖的嬰兒一般無二，玉雪可愛，英瓊、若蘭無事時都愛抱著牠玩，靈雲因這樣要妨害牠的道行，時常勸阻，二人仍是不聽，芝仙也最愛人抱牠。這時高高興興跑了進來，若蘭首先和牠道謝捨血相救之德，英瓊已搶著將牠抱在膝上，還未及逗弄，芝仙已將一片朱草直往英瓊口中塞，嘴裡咿咿呀呀說個不住。肉芝成了人形，但究竟只是草木之精，雖有聲音，未曉人語。

（注：在原作者的筆下，不但各種動物都可以修煉成仙，連植物也一視同仁，草木都有精英，可以變幻成人形，稱為「成形」。）

英瓊見那朱草通體透明，其紅如火，一葉三歧，尖上結著和珊瑚似的一粒紅豆，清香透鼻，知道是一片仙草。見牠往自己口裡亂塞，便問道：「這是一片仙草，你想給我吃是不是？」

芝仙「呀呀」兩聲，點了點頭。英瓊先將那葉上紅豆吃在嘴裡，覺得又甜又香，索性連葉也吃下去，竟是甘芳滿頰！甜香襲人，頓時神清氣爽。正咀嚼餘味，芝仙已掙脫了英瓊的手，跑向若蘭身旁，將那一片也遞給若蘭。

若蘭見英瓊吃了朱草之後滿口通紅，正要笑她，忽見芝仙來教自己也吃，便笑道：「你還是請她吃罷，這草吃下去，把嘴鬧成猴兒屁股，不搽胭脂自來紅，才羞死人呢！」

英瓊笑道：「你休要辜負芝仙好意，這不知是什麼仙草，我吃了下去覺得神清氣爽，身子復原了一大半哩！」

若蘭也聞得朱草香味，再聽英瓊一說，不由也學了英瓊的樣，將朱草吃了下去。果然芳騰齒頰，英瓊見她讚美，正要取笑，那芝仙倏地掙脫了手，跳下地去往門外便跑，英瓊直喊「回來！」那芝仙回頭朝二人將小手招了招，仍往外頭跑去。

若蘭道：「芝仙朝我們招手，想必是領我們去採那仙草呢。」英瓊聞言，一面點頭，便同了若蘭跟著芝仙後面追去。追不久，卻不見了芝仙的蹤影。英瓊、若蘭找了一會，發現芷仙、袁星也不見了。

一路找尋，找到了芷仙、袁星發現的山洞，又從打通的甬道中走了出去，剛看到芷仙、袁星全在洞外的平崖上。

正在此際，忽聽碧霄中一聲鶴唳，抬頭一看，一隻仙鶴在斜日陽光下，閃動著兩片銀羽，盤空摩雲而來。眨眨眼功夫，落在對崖，才看出仙鶴背上還趴著一個白衣道童，看年紀不過十五六歲，身子半騎半坐仙鶴背上，一隻手攀定仙鶴背頸，一隻手抓緊仙鶴的左翼，仙鶴降地，兀自還不下來。

那仙鶴忽地朝著對面洞裡長鳴了兩聲。不多時，便從洞裡又跑出一個青衣道童，年紀和先前道童不差上下，從洞裡跑了出來，口中直說：「師兄，你怎麼受傷了？」一面忙著將那道童從仙鶴背上扶了下來，進了山洞。

英瓊一見那道童，正是本門師叔「髯仙」李元化的弟子趙燕兒，早飛身過去。趙燕兒忙道：「我師父不在家，師兄石奇前些日與一個女賊交手，是我幫他將女賊打走。今天師兄一人出洞閒遊，好久沒回來，適才聽得鶴師兄叫喚，他已受了傷回來，幸而師父還有丹藥，我們進洞再說吧！」

英瓊聞言，便喊若蘭、芷仙、袁星都過崖來，進了洞府，只見石奇身上並無血跡，只是牙關緊閉，面如金紙，瞪著雙眼，不住轉動，好似要說什麼話，卻說不出口似的。一會功夫，燕兒取來丹藥，與石奇服下，臉色漸好轉，但仍未醒轉。

若蘭道：「我看石師兄服了仙丹，臉色雖然漸好，還不見醒，恐怕不是中毒！許被什麼妖法所迷吧？當初先師對於各派妖法均極精通，妹子也學得一二。看他神氣好似中了敵人的『香霧迷魂砂』似的，我也拿不準是不是，待我來試試看。好在救不轉還有別的法子可想，只是趙師兄休得見笑！」

說著，若蘭已將頭髮披散，從身上取出一個羊脂白玉瓶兒，將瓶口對準道童，口中念念有詞，一陣奇香過處，那道童臉上倏地飄起幾絲粉霧。

燕兒見那香薰人欲醉，正在驚異，若蘭手中瓶口早閃出一兩絲五色火花，射向道童臉上。剛把那幾絲粉霧吸進玉瓶之內，便聽那道童口中喊得一聲：「好香！」立刻醒了轉來。看見英瓊、若蘭等在側，同門之誼，以前均曾見過，連忙相見，感謝相救之德。

各人說起石奇何以會中了妖法，石奇神情憤然，道：「那是一個女賊，第一次見她，是那女賊來偷飛雷澗瀑布的逆魚。因她是個女子，只要她有本領從千百丈洪濤中將魚取去，先並沒有和她計較，因她不時拿眼看我，我被她看得臉紅，便躲進洞來。第二天那女賊又帶來了一個小的，還是明目張膽的偷魚，我也沒管她，誰知那小女孩竟趁那大女賊飛落寒潭取魚之際，忽然偷偷縱過崖來，向我說：『這位哥哥在這峨嵋山後居住，你看見過一隻大的黑金眼鷳麼？』說時滿臉驚慌愁苦，好似怕那女賊聽見似的。」

英瓊聽到這裡，不禁心中一動，想問那小女孩的模樣，但石奇已接著向下說去，道：「今早我又到洞外去觀瀑，看那金眼逆魚力爭上游，偶爾有一條僥倖沖瀑而上，便化成翠鳥飛去。正想修道人也和牠一樣，只要心專不怕難，早晚有成就的一天，想著想著，忽然聞見腦後一股子奇香，回頭一看，正是那女賊笑嘻嘻掩在我的身後，我還未及放出劍去，便自暈倒了！」

英瓊聽到石奇說那小女孩問金眼大黑鷳時，早疑那小女孩是余英男，當下仔細向石奇詢問那個小女孩的樣貌。聽罷石奇的描述，英瓊又驚又喜，斷定那肯定就是她！照石奇所說看來，自己至交好友的處境，似乎十分不好，心中更是難過，一時之間，沉默無語。

她只知余英男被陰素棠強行收去做徒弟，也不知陰素棠住在何處，心忖還是和若蘭商量了再說，便道：「石師兄已然無礙，我們告辭了。」

若蘭先前聽得石奇之言，因和英瓊常談，也產生了同樣的疑問，一見英瓊沉思了一會，忽然起身說要回去，更猜料中八九。及至石、趙二人款留不住，彼此定了後會。

二人往回路走時，若蘭忍不住問英瓊：「那小女孩到底是不是英男？」

英瓊道：「我看一定是她，只是我們不認得路，無法找她，真急死人了！」

若蘭道：「我當你有什麼心思呢！你真聰明得糊塗，把眼面前認得的路忽略了去！」

英瓊願聞其詳，若蘭道：「李師叔那隻仙鶴不是把石師兄背回來的麼？那陰素棠我曾聽先師說過，總算是有名人物，石師兄說那女賊不會是她，我們由仙鶴帶路，悄悄前去將英男背回。陰素棠如果不服，尋上門來，那時端陽已過，我們的人全都回來了，更不怕她反上天去！」

英瓊性急，恨不得立時就行，兩人仍回身向飛雷洞去問燕兒借髯仙仙鶴一騎。誰知才返飛雷洞，便見一青二白三道劍光門在一起，難解難分。再一細看，那使白光的正是石奇和燕兒兩人，使青光的是一個女子，裝束鮮豔，態容妖嬈，眉目間隱含蕩意，口口聲聲要石奇和她回去。

要論這三道劍光都差不了多少，只因是兩打一所以占了上風。那女子見不能取勝，一面指揮劍光迎敵，一面將長髮披散，從身後取出一個尺許長的拂塵，口中念咒，正要施展妖法，恰好英瓊、若蘭二人趕到。英瓊一見便要動手，若蘭忙道：「你稍等一等，這女賊又施展妖霧迷人，我們可搶過它來！」若蘭早將那白玉瓶兒取出，仍和先前一樣，披髮念咒。

那女子並未留意身後來了兩個勁敵，剛剛將拂塵展動，飛起一團彩霧，她身後英瓊已一聲嬌叱道：「不識羞的賤婢，敢用妖術迷人！」

英瓊叱聲未止，那女子回頭一看，還未及張口回罵，猛覺手上一動，再一回頭，一道青光閃處，若蘭手中白玉瓶子瓶口發出五色火花，已將她發出去的香霧收去，另一隻手卻將她的拂塵搶了逃走。

英瓊一見若蘭得手，忙喝道：「石、趙二位師兄收劍回去，待妹子取這無恥賤婢！」

那女子正愁敵人太多，雙拳難敵四手，一見石奇、趙燕兒真個將劍收回，正待指揮飛劍去追若蘭，忽見一道紫巍巍的劍光如同神龍一般飛到。

先前搶寶的女子卻收了劍光站在前面，拿著自己拂塵，笑嘻嘻觀陣，並不上前助戰。

那女子本來識貨，一見這道紫光，便知不是尋常。暗想世上用紫色劍光的，只聽前些年師父說過，並未親見，不想在此相遇！這兩個女子，不知是什麼來歷？平素好勝，仗著來時帶了許多法寶，還不甘心就走。誰知就在她這一動念的當兒，那道紫光已與青光相遇，才一接觸，便感不支！

那女子知道不好，欲待收劍，已來不及！英瓊的紫郢劍自經用峨嵋真傳煉過，益發神化無方，哪容敵人收回！兩下相遇，只絞得兩三絞，便將那女子青色劍光絞碎，化為萬點青螢，墜落如雨，接著英瓊將手一點，那道紫光如長虹一般，直朝那女子頭上飛去。

這次女子見機得早，一見飛劍被毀，雖然切齒痛恨！已知危險萬分。再見紫光飛來，疾若閃電，無法抵禦，不敢再作遲延，連忙取出一樣東西迎風一晃，化為三溜火光，分三面沖霄而去！英瓊還待追趕，轉眼之間已不見蹤跡。

那女子逃後，四人重又相見。若蘭道：「那女賊並非弱者，她適才逃走用的是『三元一體、坎離化身』之法。從前先師也會此法，可惜我未得學，若非得過異派能人真傳，決難有此本領。只可惜沒顧得問她姓名來歷，便將她嚇跑了。」

英瓊道：「只顧我們說話，還忘了問趙世兄，李師叔的仙鶴既能將師兄背回，必然知道那女賊的去處，現在我和申師姊要借牠引路，到女賊那裡去救一個人回來，不知可否？」

燕兒道：「師妹早不說，鶴師兄原是和師父在一起，不知如何發現石師兄受傷，將他帶回，已經飛走了！」英瓊、若蘭無可如何，只得按原路回轉。

剛回到太元洞前，一眼看見芷仙和神鵰在一起嬉玩。英瓊喜得連忙跑了過去，抱著神鵰頸子，騎到鵰背上去，那神鵰見主人無恙，好似非常高興，不住回頭往英瓊身上挨去，倏地舒開板門般的兩片鋼羽，離地三四尺，滿崖低飛起來。飛了一會，英瓊招呼神鵰落下，芷仙又將和袁星入洞得了三口寶劍之事說了一遍。

袁星早手捧長劍跪在一旁，英瓊、若蘭將這三口劍分別抽出，看了一看，果然寒芒耀目，冷霧凝輝。知是前輩劍仙的至寶，非常代芷仙、袁星高興，也主張除芷仙不算外，袁星的兩口長劍須等靈雲回來，稟過再行定奪。暫時仍由袁星佩帶，囑咐不許生事妄用，袁星自是唯唯應命，起來恭侍一旁。

英瓊問道：「鋼羽，你從前不是背著朱師姊、小師兄二人去找過我英男姊姊麼？後來他二人回來，說你飛到一個地方，便往下落。帶去英男姊姊的陰素棠是不是便藏在那洞內，你還認得麼？」神鵰不住長鳴，點頭示意。

英瓊大是高興，仍吩咐芷仙、袁星好生看守洞府，遇事和後崖飛雷洞的石奇、趙燕兒請教。兩人安排好之後，又進洞府，調氣練功，新創之餘，不免多費時間，一直到天色將明才行出來。

當下兩人飛上鵰背，喊一聲「起」，直往陰素棠所住的棗花崖飛去。神鵰飛行迅速，二人穩坐在鵰背上。上面是星明斗朗，若可攀摘；下面是雲煙蒼莽，峰巒起沒，大小群山似奔馬一般，直往二人腳底倒退過去。

及至日出，那鵰忽然回頭長鳴了一聲，兩翼微收，倏地一個偏側，直往下面雲層裡飛去。登時連人帶鵰都鑽入了雲層之內，一片片白雲直往二人襟袖間飛進飛出，覺著臉上濕潤潤的。二人猜是到了目的地，聚精會神，準備見機而作，轉眼之間，那鵰已背著二人穿過雲層，飛落在一座山上，二人飛身下鵰一看，這山崖上下到處都是參天棗樹。

時當五月，金黃色的細碎花朵開得正盛。襯著岩石上叢生著許多不知名的紅紫野花，好似全山都披了五色錦繡，絢麗奪目。再加上上有飛瀑，下有清溪，泉音與瀑鳴，琤瑽轟發，交為繁響。濃蔭深處，時聞鳥聲細碎，偶一騰撲，金英紛墜，映日生輝。真個是山清水秀，景物幽奇，雖比不上凝碧仙府，卻另有一種幽趣。

兩人向前走著，又過了一片棗林，看見前面有一石洞，洞門上寫著「玉女洞」三個篆字，石門緊閉。二人先在洞旁岩石後面潛伏，靜候有人出來，相機行事。

等了個把時辰，並無蹤跡。英瓊心急，未免不耐。若蘭久聞師父紅花姥姥說起陰素棠的厲害，再三囑咐不可造次。

英瓊無奈，又等了有個把時辰，仍是無有影響，便對若蘭道：「這牢洞緊閉，也沒個人出來，別說英男姊姊，連這裡頭到底有沒有人都不知道！似這樣死等，等到什麼時候是了？我看這事決難平安無事將人接回，還是尋上門去問個明白，如果英男姊姊在這裡，我們就說是她朋友，特來看望，先和她見了面再作計較，如果不在，也好另作打算，省得在這裡乾等著急！」

若蘭道：「陰素棠不是等閒人物，還是小心點好！」

英瓊又道：「那女賊吃了我們的虧，估量自己能力不濟，到別處去請別人幫忙，或者就是去請陰素棠也說不定。她恐怕英男姊姊逃走，又不願帶她同去，所以才用法術將她封鎖在洞內，只要我們能打開這個牢洞，便可將她接走，你說我猜的對不對？」

若蘭聞言，深覺言之有理，便答道：「如果真在洞內，這事倒好辦。那封鎖門戶的法術並不是沒有破法，進洞不難。不過人家不在家，攻破人家洞府，不論正派邪派都覺理上說不過去，莫如我們還是再等一會，到了日落不見人回，再行下手，你看如何？」

英瓊忿忿地道：「這些邪魔外道，專門害人為惡，同他講什麼理？我只要我的英男姊姊，好歹將她接了回去才罷！」說罷，便起身往洞前飛去，若蘭恐怕有失，連忙飛身追去時，英瓊的紫郢劍已化成一道紫色長虹，疾如閃電飛向洞門上，只一衝射之間，便將洞門衝斷，倏地一陣煙雲過處，由洞口射出數十道火花。

英瓊更不怠慢，朝著劍光一指，道一聲「疾！」只見紫電森森，略一盤旋，便將那些火箭掃蕩得煙消四散。

若蘭雖知英瓊紫郢劍是仙傳至寶，還沒料到上起陣來，竟是百邪不侵，所向無敵，好生歡喜。見妖法已破，忙招呼英瓊住手，自己先將身入洞。

這洞在外面看去，以為裡面甚大，其實只有七、八間石室，佈置陳設極為華麗，迴不似出家人修道之所。若蘭道：「看洞中陳設，便知這裡主人是個旁門左道！」

正說之間，忽見一個小女孩的影子在側面石室旁邊一晃。二人連忙追將過去，若蘭已飛身上前將那小女孩拉了過來。

英瓊一看那女孩只有十三、四歲，年紀雖小，卻是明眸皓齒，容態嬌豔，眉目間隱含蕩意。見了生人並不害怕，一面掙扎，一面問：「你們兩人是怎麼進來的？是不是尋我的大師姊？」

英瓊剛要張口，若蘭朝她使了個眼色，笑問那女孩道：「我們正是找你的大師姊，同那余英男，你可知道她二人往哪裡去了麼？」

那女孩聞言，臉上好似有些驚異，說道：「那不知好歹的賤丫頭余英男？她沒有朋友呀，你們尋她作甚？」

英瓊一聽那女孩罵英男是「賤丫頭」，早已生氣，不等說完，上前一把將她抓住，喝道：「我便是余英男的好友！你既敢背後罵她，想必她平日受你們的虐待，快快說出她住什麼所在，領了我們前去便罷！」

言還未了，那女孩一聲冷笑，倏地掙脫了英瓊的手，腳一頓處，起了一道青煙，便想逃走。

若蘭笑道：「這些障眼法兒也來賣弄！」說時早飛身上前，將她捉了回來，對英瓊道：「這裡是出口，我不認得英男，你先快去別屋尋找，待我問這丫頭。我自有法子，不愁她不說實話！」

英瓊聞言，便把全洞尋了個遍，並無一人，只尋到一間房間，有英男昔日穿過的幾件衣服。出來一看，那女孩被若蘭用法術禁制得兩淚汪汪，已然說了實話。

原來陰素棠自犯了崑崙教規，脫離正教，便處心積慮想獨樹一幟，與崑崙對抗，同赤城子二人同惡相濟，到處物色門徒，不論男女，一律兼收，又開闢了幾處洞府作她們人修道之所。她門下原有四個得意門徒，三男一女，分帶了這些新收門徒散居各地，同時又命他們隨地留心物色，收羅有根基的男女幼童。棗花崖只是她別府之一，起初原住在這裡，新近在巫山十二峰中尋了一座好洞府，便帶了兩個得意門人移居過去，只留下她最寵愛的第三門徒「桃花仙子」孫凌波和余英男在此居住，並命英男先跟孫凌波學劍。

英男天資穎異，根骨優厚，看出陰素棠種種敗壞清規劣跡，將來必無好果。自己與英瓊情若骨肉，萬分難捨，每日除了學劍之外，總是愁眉苦臉。孫凌波一向得寵愛慣了的，初見英男時，一聽師父說此女基根秉賦俱在眾門人之上，恐怕將來英男得寵，傳了師父衣缽，好生忌忿，時進讒言。日子一多，英男漸漸失寵，常受孫凌波的欺侮，每日價背人飲泣，好不傷心！

自陰素棠移居巫山，在孫凌波掌握之下更成了刀俎上的魚肉。雖未遭受毒打，常常受到辱罵，已覺難堪。又加上孫凌波在重慶，物色了一個破落戶的女兒，投在陰素棠門下，算是小師妹。那女孩便是若蘭、英瓊所見的那一個，名叫唐采珍，年紀雖小，已解風情，又奸猾，又能說笑，會巴結人，深合孫凌波脾胃，又加是她自己物色來的，來日不多，已傳了好些小妖法。

這唐采珍看出孫凌波厭惡英男，益發助紂為虐，這還沒什麼，有一次孫凌波竟從山下勾引了一個姓韓的少年入洞淫樂，嚇得英男更加憂驚氣苦，覺得此間決非善地！幸得孫凌波醋心甚重，姓韓的與英男、唐采珍說話都不許，才略放了點心，只是求去之心愈切。

前些日孫凌波不知聽何人說，峨嵋後山飛雷洞澗中金眼細鱗逆魚味美，明知那裡是峨嵋派劍仙窟宅，仗著自己妖法劍術，竟大膽前去取了兩次。無人干涉，得著甜頭，第三次又去，遇見石奇，就動了心。

第二日才將師父留在家中的法寶取了些帶在身上，趕到飛雷洞，恰好石奇在背手觀瀑，正好下手。便悄悄掩了過去，暗用迷魂香霧將石奇抱了就走，卻不料半途就被髯仙的仙鶴撞到，冷不防奪了石奇回來。孫凌波回來，一口氣出在余英男身上，余英男挨了罵，覷孫凌波不覺，已經私下離開棗花崖了！

若蘭、英瓊聽了唐采珍的敘述，互相商議一陣，都覺得茫茫天涯，何處去找尋她的蹤跡？又恐她孤身逃走，萬一遇見什麼異派歹人，豈不是才出龍潭，又入羅網？好生代她憂慮。英男既不在此，無可留戀，便走了出來。那時神鵰仍在空中飛翔，見主人出來，倏地長鳴一聲，逕自飛下。

英瓊猛想起英男還不會御氣飛行，雖然事隔大半天，想必也不曾走遠。自己雖然無法尋找，神鵰神目如電，針芥不遺，牠又深通靈性，何不命牠沿路追去探看？一經相遇，便可將她接回，豈不是好？

想到這裡，忙對神鵰說道：「前回在峨嵋那個英男姊姊，與我情同骨肉，如今她被惡人逼走，請你先飛在前面查看，我同若蘭在後面分頭追尋，好歹要追回才好。」說罷，那鵰將頭一點，長鳴一聲，首先朝西南方飛去。

第二回 淫娃孽緣 鬥法避劫

英瓊和若蘭又商量了幾句，正準備各駕劍光低飛，順著西南山路追尋。忽聽破空之聲，從東北方箭也似疾飛來兩道青光，展眼落地，現出兩個女子。才一照面，內中一個才喝得一聲「便是這兩個賤婢！」立時有兩道青光朝英瓊、若蘭頂上飛到。

英瓊眼快，早認出內中一個，似飛雷洞敗走的「桃花仙子」孫凌波。一拍劍囊，紫郢劍先化成一道紫虹，迎上前去，若蘭也跟著將劍光飛起迎敵。來人中有一個紅衣女子，一見紫光飛來，大吃一驚，慌不迭的首先收回劍光。

那和孫凌波同來的女子，是她的好友，姑婆嶺黃獅洞金針聖母的女兒「千手娘子」施龍姑。孫凌波和施龍姑，原是多年前在姑婆嶺採藥，打出來的相識。

其時金針聖母還未遭劫，她雖身入旁門，卻已改過多年，見龍姑蕩逸飛揚，知道將來難成正果，自己只有這個女兒，未免有些溺愛。便對龍姑說道：「古時修道的人，男子練劍防身，女子練針防身，一樣可以練得飛行絕跡，制人死命於千百里之外。我練的是九九八十一根玄女針，是所有飛針之冠，我不日便要遭劫，將此針傳你可好？如今有兩條路任你選擇。」

龍姑想學飛針已非一日，一聞此言，忙問是哪兩條道路。金針聖母見她志在學針，對自己生身母親不久遭劫毫不在意，不禁嘆了口氣道：「第一條是要你從傳針起，立誓不妄傷一人，只能在性命關頭取出應用；未傳之前，還得與我面壁一年，不起絲毫雜念。」

龍姑聞言，連第二條也不問，慌不迭的應允。金針聖母道：「你不要把事看容易了，還得先面壁一年呢！」說罷，便取了九粒「辟谷丹」與龍姑服下，吩咐先去面壁（**注：「面壁」，是一種靜修的方法，對著牆壁趺坐，摒除一切**

雜念，以求達到物我兩忘的境界，在靜中得到悟解的修養。這種靜坐法，佛、道兩家都有，現在也被證明對健康有利。）」一年之後傳授針法。

龍姑服了丹藥，逕到後洞，以為修道的人，這面壁有什麼難處？那知頭一天還好，坐到三天上，各種幻象紛至遝來，妄念如同潮湧，一顆心再也把持不住，私心還想：「心裡頭的事，母親不會知道，只須挨過一年，就算功行圓滿了！」

偏偏那幻境竟和真的一樣，愈來愈可怖。有時神昏顛倒，身子發冷發熱，如在水火之中，不消多日，業已坐得形銷骸散，再也支持不住。還待強撐時，金針聖母已然走來相喚道：「癡孩子！這頭一條路，你是走不成的了，另外再想妙法吧！」龍姑還想口硬時，當不住金針聖母把她在幻境中許多醜態都點醒出來，這才啞口無言！

金針聖母道：「這種面壁功夫最難，是不著相的，比如你想學飛針，已動一念，再想此念不應有，便由一念化億萬念，哪能不起妄想和幻境！漫說是你，連我也未必能行。你如真能一年面壁，不起一念，你已成了道！我還有什麼不放心處？我望你過切，才叫你去試試。萬一你在一念初起時，能夠還光內視，轉入空靈，豈不大妙！如今之計，只有給你覓一佳婿，你雖浮蕩，如果夫婿才貌雙全，樣樣合你心意，你夫妻恩愛情濃，也就不會再去尋別人的晦氣了！」

當時龍姑聞言，覺得母親竟看出自己將來不知如何淫賤似的，好生心中不服。但是一想起幻境中經歷，不禁面紅耳熱起來，便答道：「不管如何，反正得將飛針傳我！」從此金針聖母為了這事，帶了女兒出山，到處物色乘龍快婿。

尋了多時，想起藏靈子新創青海派，他雖非正教，也非旁門，介於正邪之間，教規也還不惡。便帶了女兒趕到青海，隨即登門領教，先和藏靈子結為朋友，然後觀他門下弟子，只有一個熊血兒，不但資秉特異，品貌超群，而且是個童身，樣樣都中自己的意。

於是先徵求了龍姑意見，然後向藏靈子委婉求親。藏靈子早知熊血兒尚有塵緣未了，該有這一段孽緣，毫不遲疑，點頭應允，不過說熊血兒學業未成，要三年之後才能與龍姑正式結為夫婦。成婚以後，如要夫婦同居，只能住在柴達木河畔，否則熊血兒每年只有兩個月時間住在龍姑那處，餘下十個月，是要在柴達木河授業的。

龍姑對熊血兒本有孽緣，一見傾心，只求得嫁此人，任何條件均可應允。當時兩下訂了成約同完婚之期，金針聖母帶了龍姑喜孜孜的回轉姑婆嶺，盡心盡力將九九八十一根「玄女針」傳授了龍姑。龍姑本來絕頂資質，不消一兩年已將飛針運用得出神入化，到了第三年上，金針聖母送女兒到柴達木河畔與熊血兒完姻。婚後愉快，自不必說。

誰知三朝以後，熊血兒便入宮聽講，雖然晚間回來，竟是同床異夢。過了幾日，龍姑實在忍耐不住，便問丈夫何故如此薄情？

熊血兒道：「本門道法最為難學，欲要精通，非數十年苦功不可。我入門才只十餘年，離學成還遠。偏偏只剩數十年光陰，師父便要兵解。師父想在兵解以前將道法全數傳授於我，每年只有八月底至十月初不用功，除此之外，每天都要加緊苦修。我因破了色戒，將來得經過兵解才能修真，再在煉法期中動了情欲，一個走火入魔，不但不能承繼師父道統，連身子都化成飛灰了。你如能暫時容忍，等我將道法學成，豈不天長地久，何計這片刻歡娛呢？」

龍姑因他說得對理，無法駁他，心中好生不快。其實熊血兒也非常貪愛龍姑，只是師父一向嚴厲，言出法隨，不敢不遵罷了。龍姑雖然後來十分淫賤，當時還是少女初婚，丈夫又是自己看中，不能埋怨母親，並且也羞於出口，只是氣悶在肚裡。

那金針聖母見愛女愛婿一雙兩好，看去非常恩愛，又加同住在柴達木河畔，在藏靈子卵翼之下，不但不愁人欺負，還可從女婿學一點道法，愈加安心。屈指一算，自己劫數快到，明知無法躲避，到底免不了僥倖之想，作一事前準備，即便不能脫劫，也可作一個身後打算，便在女兒婚後十天回山去了。

金針聖母臨行之時，藏靈子看她可憐，囑咐了一些取巧道門。金針聖母聞言大喜，再三感謝而去。因為從了藏靈子高明主意，走時再三囑咐女兒：「此番別後，無論如何，千萬不可回山看望，至早都要在三年零七個月之後，否則便要害她遭受天劫，永墜輪迴！」

龍姑是住慣了名山勝景、洞天福地的人，因為貪戀男人，住在這種窮山惡水、枯燥無味的柴達木河畔，日子一多，本就不慣，又加丈夫只是口頭溫存，毫無實惠！藏靈子教規又嚴，拘束繁重，愈忍愈不耐煩，漸漸對於血兒由愛中生出恨來，幾次想稟明藏靈子回姑婆嶺去，一則母親行時再三囑咐，回去便是害了她。最重要原因，還是貪戀新婚時滋味，雖然有時把丈夫恨入骨髓，一想到轉眼交秋以後便是自在快活時候，又高興起來，每日眼巴巴像盼星星一樣，好容易捱得春去秋來！

有一天，熊血兒喜孜孜回到家中，說是師父給了兩月恩假，意欲同她尋一好的山林，快活兩月，再同回來。龍姑聞言，真是喜出望外。卻故意笑臉含著嬌嗔說道：「誰稀罕住在你們這種窮荒無味的地方！我守了幾個月活寡，也守夠了。既然師父給了假，還是回到我們家裡去住吧。」

血兒聞言，連忙搖手道：「我聽師父說岳母大劫將臨，我們回去便是害了她，千萬不可！」龍姑也想起母親別時之言，當時便放下不提，只商量往何方去好。

血兒道：「如今天已寒冷，我們冷固不怕，但去的所在如果木葉盡脫，滿目蕭森，有何趣味？聽說雲南莽蒼山，景物幽奇，四時皆春，而且奇花異草，溫泉飛瀑，到處都是。我意欲同你到莽蒼山，擇那風景極好，有溫泉花木之處，找一岩洞，小住兩月。每日浴風泳月，選勝登臨，幕天席地，樂一個夠多好！」

龍姑聞言，歡喜得直跳，忙和血兒去辭別藏靈子，動身前往。

二人到了莽蒼山，擇了一個溫谷住下。每日儘量歡娛，只恐時光易逝，轉瞬兩月期滿。龍姑如渴驥奔泉，好容易得償心願，這久曠滋味，更勝新婚，一聽說要回去，急得幾乎哭了出來。熊血兒畢竟是有根骨的，雖然一樣貪歡，卻怎敢違背師命？不知費了多少好語溫存，才勸得龍姑如喪考妣的隨了回去。從此又是十個月的活寡，龍姑雖然難耐，血兒心志堅定，不敢違抗師命，也是無法。每日無事時只練習飛針、飛劍、法術，消遣煩愁。只盼到了第二個假期，再去快活個夠。二人中間由愛生恨，由恨轉愛，也不知多少次！

時光易過，轉瞬過了三年零七個月。龍姑見離假期還早，正好趁此時機回山看望母親一番，省得在此閒氣。

她自婚後去見藏靈子好幾次，都被藏靈子加以拒絕，一賭氣也就從此不去見了。這次因為要回去，明知藏靈子不見，不得不稟明一聲，便托血兒致意。誰知這次竟大出意料之外，血兒回來說，師父聽她要回去，著她即刻就去覲見，有緊要話說！

龍姑一聽，連忙遵命前去，參見之後，藏靈子說道：「你母親想在天劫未降臨之前兵解而去，恐你在她身旁，不知究要，遇事妄自上前，反壞她的事，所以請我約束你，不准回去，後日便是應劫之期，她期前已約好一個崑崙派劍仙半邊老尼在姑婆嶺比劍，以便借她飛劍兵解，你如現在動身趕回去，還可見她一面。」

龍姑本質雖然不好，母女之情總是有的，聞言心中大是淒酸。

藏靈子又道：「這次比劍，是她這三年中故意與半邊老尼門下為難，想引得人家尋上門來，好藉這次兵解免去大劫。主意原是不錯！這種事本極平常，無如你母親早年作孽太多，仇人太眾，一則自負一世英名，不肯喪在庸人之手；二則對方用的飛劍須要剛剛煉成，從未傷過生物的，才不致損及自己道行。因為這樣，才打聽出半邊老尼新近煉了七口青牛劍，準備將來傳給門下七個得意弟子『崑崙七姊妹』的，尚未用過，她便故意去尋這七姊妹的晦氣！」

龍姑已恨不得立時回姑婆嶺去，神情焦急。藏靈子面色略沉，續道：

「半邊老尼為人，不但性情古怪，嫉惡如仇，而且手段又狠又毒，我恐怕你母親用意被她猜透，到時兵解不成，反著了她的道兒。我已托人前去暗觀動靜，如見勢危，可出其不意，暗用飛劍助你母親兵解。這人原本也與半邊老尼同門，因為犯了教規，脫離出來。她的飛劍雖已傷過無數生物，於你母親煉魂聚魄稍有妨礙，總比墮劫強些！

「半邊老尼和你母親比劍時，無論如何危急，千萬不可上前。你母親如死在她的劍下，那是再好不過！如果她二人相持不下，那已被半邊老尼識破真相，故意看你母親遭劫！到時有一個年輕道姑將你母親用飛劍刺死，這道姑名叫陰素棠，便是我請去給你母親準備萬一的，休要會錯了意，以恩為仇！從此無須回到我這裡，每年著血兒到姑婆嶺，使你夫妻團聚兩月，去吧！」

（注：「天劫」，修道人不論道行如何高超，皆有「天劫」，「天劫」由上天主持，是修道人很難渡過的一個大關口，天劫的厲害與否，是否遭劫，完全依照劫者的行為而定，惡有惡報，善有善報，「天劫」到來的時候是一個總結算。「天劫」可以藉各種法寶、方法之助逃開，本書極多有關描述，皆與「天劫」有關。）

龍姑聽畢，想起慈母之恩，也不禁心如刀割，心慌意亂趕回姑婆嶺。到時天已昏黑，時當月初，滿天繁星閃爍，地面上到處都是黑沉沉的。剛剛轉到自己洞前，相隔半里之遙，忽見一片青光紅光，在洞前空地上閃動。正要飛近前去看個動靜，忽然斜刺裡飛過一條黑影，朝龍姑撲來。

龍姑吃了一驚，正待準備動手，那人已低聲說道：「來的是施龍姑麼？」說罷，現出一個道裝女子。

龍姑猜是藏靈子約來幫忙的陰素棠，忙答道：「小女正是施龍姑，來者莫非是陰仙長麼？」

那道姑一面答應，一手早拉了龍姑，走向崖側僻靜之處，說道：「你既知我姓名，想必藏靈子已對你說了詳情。那半邊老尼也是我的同門師姊，非常厲害。現在正與你母親鬥法之際，她二人從日未落時交手，鬥到現在，不分勝負。看神氣，或許半邊老尼尚未覺出你母親用意，各人俱損壞了幾樣法寶，你母親想等半邊老尼將那新煉的青牛劍放出，然後借它兵解。」

龍姑想見母親一面，因為陰素棠再三勸阻，便和陰素棠說打算近前看個仔細，並不出手。陰素棠不便相攔，只囑咐仔細小心，不可冒昧動手。龍姑口中答應，也顧不得再說別的，便從側面崖後繞到洞前，相隔三五丈之內覓地潛伏。回看陰素棠，並無跟來。

此時龍姑心亂如麻，也未在意，向前看去，見那半邊老尼真的生得奇形怪狀。年約五旬以上，一顆頭只生得前半片，又扁又窄。下面卻赤著一雙白足，瘦得和猴乾一樣。兩雙長臂伸在僧袍外面，一手拿著青光瑩瑩的東西，一手指定一道青色劍光，和金針聖母的紅光絞住一團。身後背著一根花鋤，上面還繫著一個葫蘆，紫煙縈繞，五色繽紛，估量是個厲害法寶。

正看之際，忽聽金針聖母道：「半邊道友，我要獻醜了！」

半邊老尼罵道：「不識羞的潑賤！左右不是你那一套不要臉的妖法，

你快使出來吧！」言還未了，金針聖母早將身一抖，渾身赤條精光，頭朝下，腳朝上，倒立起來，然後兩肘貼地，兩手合掌，口中念念有詞，將手一搓，往對面一揚，立刻綠沉沉飛起一團陰火，星掣電閃般直朝半邊老尼飛去。

龍姑知是魔教中「摩什大法」，非常厲害，再一看半邊老尼好似早有防備，盤膝坐在地上，眼看陰火包圍上來，先將劍光收了回去，然後將手一起，手中那團活瑩瑩的青光，早飛起護住她的全身，一任那陰火包圍，滿沒放在心上。金針聖母占了上風，反倒是一臉愁容，十分焦急，先是不住將手搓動，那陰火愈聚愈濃，連半邊老尼全身都被遮沒，只見綠火煙中，青光熒熒，閃爍流動。

這樣相持了個把時辰，金針聖母忽然揚手，朝前照了一照，綠火漸漸稀散了一些。金針聖母好似智窮力竭，急得滿頭是汗，倏地又站起身來，著好衣服，自動收了法術，指著半邊老尼道：「半邊道友，你我本無深仇，我原是想領教你的神通，和你所煉的七口青牛劍，才約你來此比劍鬥法，你為何只是防守，並不還手，莫非見我不堪承教麼？」

半邊老尼聞言，哈哈笑道：「不識羞的妖孽，想借我青牛劍兵解麼？實對你說！論你生平行為，我早就想給你一個報應！後來聞得峨嵋掌教齊道友說你潛藏此山，頗有悔過之意。我因你造孽已多，早晚必遭天劫，所以沒來尋你。不想你竟上門找我的晦氣，再不給你厲害，情理難容！特地在你應劫頭一天趕到此地，監臨你應那天劫，省得我不來時，你又另想鬼計！據我推算，你至多還有幾個時辰氣數。此你自作之孽，無可挽回，如想借著同我鬥法，拿我煉成的青牛劍成全你兵解，休要作此夢想！」一面說，先前那道青光又飛將出來與金針聖母紅光鬥在一起！

金針聖母聽罷這番話，頓足咬牙罵道：「人誰無過？我近三十年來業已痛悔前非，就說我尋你徒弟為難，也是情急躲劫，出於無奈！並未傷她們一根毫髮，不想你這賊禿竟如此狠毒，乘人之危。如今我離大劫還有好幾個時辰，焉知我不能超劫出難，就這等欺人太甚！起初我因此釁自我開，所以不肯下手，著著退讓。如今你既識破機關，你我已成仇敵，難道哪個真怕你這賊禿不成？」說罷，手起處，九根「玄女針」化成五色光華，直朝半邊老尼射去。

半邊老尼哈哈大笑道：「無知淫孽，你只不過這點伎倆，死到臨頭，還要賣弄！」說時早將身後花鋤上繫的一個葫蘆取到手中，念念有詞，喝一聲「疾！」葫蘆口邊五色彩煙接著一團黃雲飛將起來，對著「玄女針」迎個正著。

金針聖母一見五色彩煙中的黃雲，便知此寶是「怪叫化」凌渾的妻子，「白髮龍女」崔五姑採取五嶽雲霧煉成的至寶「錦雲兜」，不但能收極厲害的飛刀飛針，如被用寶的人將這五雲精華運用真氣催動開來，還能將敵人裹入煙嵐之內，氣閉骨軟而死。

此寶不用時，原像一團彩絮，裝在崔五姑「七寶紫晶瓶」之中，怎會由敵人葫蘆之內飛出？懊悔當初見她這討飯葫蘆上五色煙霧有異，不曾留神，被她瞞過！知道此寶厲害非常，九根「玄女針」已被彩雲裹住收去，自己縱有別的寶貝，也不敢再為嘗試，若不見機逃走，勢必被她用五色雲嵐圍住去路，脫身不得，坐待天劫慘禍！

金針聖母想到這裡，眼睛都要急出火來，把牙一挫，便想借著遁光逃走。誰知半邊老尼早已防到此著，將手一拍，立刻在金針聖母身前身後，身左身右，現出四個女子，各人手上拿著一面小幡，一展動間，立刻滿山都起了五色煙嵐，包圍上來，將金針聖母困在中間。

龍姑見眼前不遠飛起一片彩霧，母親便失了蹤跡，知道凶多吉少，不顧死活厲害便往前撞。誰知那彩霧竟和平常雲霧不同，撞到哪裡都是軟綿綿的像絲網一般，將身攔住，休想近前一步！只見五色雲嵐影裡，一條紅影左衝右突，恰似凍蠅鑽窗紙一般，走投無路。

龍姑又憤又怒，便想尋一兩個敵人出氣，暗下毒手。偏偏半邊老尼和那四個女子，只在彩雲未飛起時現得一現，便隱在五色煙霧之中不見蹤影，無法下手。龍姑情急，便將「玄女針」和飛劍覷準適才敵人站立的地方，四面放將出去。眼看飛劍飛針紛紛沒入雲霧之中，如石投大海，哪裡有一點影子？只急得龍姑冤苦呼號，不住往彩雲層裡亂撞，一陣急怒攻心，不覺暈倒在地，不省人事。

過了好一會，彷彿聽得耳畔震天價一聲大震過處，便蘇醒過來。只見滿山彩雲全都消逝，自己身子已不在原處，卻在陰素棠扶抱之中。遠望適才戰場上，金針聖母卻好端端趺坐在地。不顧別的，連忙掙扎身子飛身過去，往金針聖母身上便撲。

一聲「娘啊」還未喚出，覺得身子似抱在一團虛沙上，同時看見金針聖母身軀紛紛化成灰沙，散坍下來。定睛一看，不知被什麼法寶所傷，全身業已被三昧真火化成灰燼！敵人早已不知去向，不由大叫一聲，二次暈死過去！

陰素棠用丹藥再次將她救轉，龍姑又慘叫兩聲，頓足號啕，大哭起來。陰素棠再三勸住，說起龍姑昏迷不醒後的經過。

原來半邊老尼命她四個弟子用隱形法埋伏，四面俱用雲嵐封鎖，那五色彩雲真個厲害，在內的人不能出來，在外的人休想撞進去。正在此際，忽然對面峰嶺一道金光射入彩雲之中，光到處，五色雲霧如長鯨吸水一般，「颼颼」吸向峰頭。正是此寶的主人「白髮龍女」崔五姑，用「七寶紫晶瓶」將「錦雲兜」收了回去。

崔五姑在嶺頭對半邊老尼高聲說道：「半邊道友，她雖咎有應得，姑念她悔過多年，難得她女兒秉著遺孽，還有這點孝心，道友也收拾她得夠了，就此成全了她吧！」說罷，先是崔五姑飛走，半邊老尼也帶了她四個弟子回山。

金針聖母仍端坐在地，陰素棠近前一看，太陽穴上有一小孔，業已兵解。知道用飛劍的人是個行家，並未傷著她煉的嬰兒。這時業已將近午時，猛見西方天邊有一朵紅雲移動，知是玄都陰雷到了！那紅雲轉眼之間，疾如飄風般飛到。只聽一聲雷響過處，那紅雲只往聖母身上照得一照，便即無影無蹤，聖母周身也化成了灰。

龍姑聽了經過，重又大放悲聲，哭哭啼啼跑到金針聖母遺骸之前又哭了一陣。陰素棠說尚有他事，只囑咐龍姑不要傷心，好好將金針聖母遺骸劫灰用玉匣盛起埋葬，作別而去。

龍姑送走陰素棠，又哭了一回，回到山洞，心中將半邊老尼恨之切骨。她剛回山時，新遭大故，心有悲痛，雖然寂寞，還不覺到怎樣。十天以後，漸漸心煩意亂起來。想起柴達木河畔，雖然惡水窮山，每天總還有丈夫為伴。一日離群獨居，跟孤鬼一般，獨處洞中，好生不慣！又因來時熊血兒再三囑咐，說師父有命，本人要練功夫，不叫她回去看望，不便前往，想起與血兒在假期中的恩愛，簡直無法遏止，好不難受。

好不容易到了深秋，熊血兒果然如約而至。龍姑好不喜歡，血兒又去金針聖母墓前憑弔一番，兩人恩恩愛愛住過兩月，血兒又要回去。龍姑知道挽留不住，只得揮淚而別。由此每年必有兩月聚首，血兒也從未爽約，只是少年夫妻，似這樣別時容易見時難，也難怪龍姑難堪。

頭一、兩年，龍姑還能以理智克制情欲。第三年春天，龍姑獨個兒站在洞外高峰上閒眺，算計丈夫回山，還得半年，目送飛鴻，正涉遐想，恰好孫凌波來姑婆嶺採藥，兩人打成了相識，結成異姓姊妹。

由此二人感情日密，常時來往，日子一久，無話不說。漸漸孫凌波勾引她用法術誘拐年輕美男上山淫樂。龍姑生具孽根，正嫌丈夫不能和她常相廝守，果然一拍即合。起初還隱隱藏藏，怕藏靈子和丈夫知道，後來得著甜頭，除了丈夫回山前一個月不敢胡來外，平時和孫凌波二人狼狽為奸，也不知捉弄死了多少健男！

不知怎的，這樣過了好幾年，藏靈子師徒竟好似絲毫沒有覺察，從沒有一點表示。因此二人肆無忌憚，除熊血兒回山那兩個月孫凌波不去外，平時總是一住月餘不回山去。後來陰素棠給眾門人分配了住所，將英男交她教管，沒有師父在旁，更加趁心。

到這一年，還沒有到了秋天，熊血兒破例提前回山。龍姑大是高興，怎知血兒神情冷淡，道：「如今我新煉一種法術，要有三數年耽擱。又奉師命去辦一件要事，打此經過，蒙師父恩准提前回來與你聚首，隨時要走的。以後也不能如往年那樣，每年可以相會，一切要聽師父命令。」

龍姑雖然淫賤，到底還是愛血兒是真心。別人雖愛，不過是供一時淫樂罷了。一聞此言，不禁難受得哭了起來。血兒望著她，嘆口氣道：「果然師父對我說，你對我情分仍是重的。」

龍姑聞言，剛要問時，血兒已抱她在懷裡，揉搓了兩下，道聲「珍重」，逕自破空而去。

第三回　玄女神針　仙府生變

龍姑自血兒走後，也黯然神傷了好幾天，可是龍姑這些年快活慣了的，血兒走的前幾天，因有心事，還不覺怎樣。日子一長，欲火又中燒起來。正在舉棋不定，恰遇孫凌波從天空飛過，立刻追了上去，將她邀入洞中，互道經過。聽說孫凌波受了別人欺負，不由大怒，便問孫凌波作何打算。孫凌波便說主要是將逃走的余英男尋回，省得師父見怪，末後再同往峨嵋飛雷洞，將那少年弄了來取樂。

龍姑受孫凌波蠱惑慣了的，加上丈夫已走多日，不見回轉，孫凌波又再三力說血兒決不會看破的，是她疑心生暗鬼。如果為防萬一，這次弄了人來，索性安藏在棗花崖，好在師父已走，余英男逃亡，唐采珍是自己心腹，別無妨礙。即使血兒回來看她不在，只說是往棗花崖探友，難道倒有什麼錯處不成？這一來把龍姑又說動了心，將丈夫忘記在九霄雲外！

二人商量停當，便駕劍光往棗花崖飛去，準備再問一回唐采珍，好去追尋英男的下落。剛剛飛離棗花崖不遠，孫凌波一眼先看見自己洞門前站定兩個女子，便知有異。忙和龍姑招呼一聲，催動劍光，流星下瀉般趕了下去。兩下相離才十丈以外，早認出是在飛雷洞前破去自己飛劍法寶，趕走自己的冤家對頭！

當下怒火上升，仗著身邊多帶了兩樣法寶，又有龍姑這樣的好幫手相助，竟忘了敵人那道紫色劍光的厲害，不問青紅皂白，首先將飛劍放將出去。

龍姑先聽孫凌波招呼，已有準備，見孫凌波飛起劍光，也跟著將劍光飛將出去。兩道劍光如流星趕月，一前一後，飛向敵人頭上。就在這疾如閃電的當兒，忽見一道紫色長虹神龍出海般飛捲上來！

龍姑見敵人劍光來得厲害，猛想起母親在時，曾說各派劍光中除以金光為最厲害，遇見不可輕敵外，餘者俱可應付。惟獨有一種紫色劍光，乃是峨嵋開山祖師長眉真人當初煉魔之物，其厲害不在金光以下！而且這劍隨長眉真人歷劫三世，從未離身，有數百年修煉苦功，業已變化通靈，神妙莫測！

長眉真人成道以前，連傳衣缽的教祖都沒有賜。將它藏在一個深山之中，用法術封鎖，留有偈語說：「若干年後此劍出世，峨嵋門戶必然光大，同時各異派也遭受空前浩劫！而得劍的人也是得天獨厚，極有仙緣的人。」紫色劍光放將出來，寒光耀眼，百步以內，冷氣侵人肌骨！舉世數百年只有這麼一道劍光是紫色的。餘外還有一對鴛鴦霹靂劍，發出來的光色是一紅一紫，但是帶著風雷之聲，與此劍不同，雖然也非凡品，要比此劍就差多了。

如今龍姑一見敵人出手是道紫光，已自驚異，及至兩下劍光才一交觸，越覺不是對手！同時對陣上又是一道青光直飛上來，才暗喊得一聲「不妙」，孫凌波的一道劍光已首先被那道紫光捲住收不回來，無可奈何，只得運用真氣指揮劍光，拼命支持。

至於龍姑的一道劍光，總算因英瓊小孩心性，因為恨孫凌波淫賤，上次被她逃走，這次既知英男受她的害，決放她不過，一心一意先破去她的飛劍，然後取她性命。還有一個敵人無關輕重，特地留給若蘭去收拾，自己好專意代英男報仇！因為這種原因，龍姑的劍光才未被紫光捲住。

龍姑奇怪和自己對敵的這道青光，竟和自己劍光的路數有好些相同。暗忖：「與母親劍光同一派別的，除了桂花山福仙潭紅花姥姥，並無他人。但是那用紫光的女孩分明是峨嵋門下無疑，這兩個絕對相反的門戶，怎會合到一齊？」想到這裡，不由喝問道：「對面女子，何人門下？快說出來，免得傷了和氣！」

若蘭笑罵道：「蠢丫頭，不用打聽，我早知你的來路，可惜你家姑娘如今不和你認一家了！我名申若蘭，那是我師妹李英瓊，俱是峨嵋乾坤正氣妙一真人門下！」

龍姑暗自心驚，猛往旁邊一看，孫凌波的青光受紫光壓束，光芒大減，急得臉漲通紅。

英瓊本是恨透了她，一見青光銳減，心中大喜。用峨嵋心法，暗運一口太乙先天真氣，指著紫光，喝一聲「疾」！那紫光頓時平添出無限光芒，將敵人青光包圍了個密密層層，先前還似一條小青蛇在紫霧彩焰中閃動，轉眼之間，青光愈來愈淡！

孫凌波知道萬分不妙，仍存萬一之想，忙咬定牙關，把丹田五六十二道真氣集中運用出去，想拼命將劍收回。不料運氣運得太猛，猛覺身子隨著自己那股真氣，竟好似被什麼東西吸住，往前帶了就走，不由嚇得出了一身冷汗！耳聽紫光氛層中「錚錚」兩聲過處，兩點殘餘青光，一長一短，從空墜落在山石上面，「轟」的一響，一口飛劍化成頑鐵，若非孫凌波見機得快，身子再被紫光吸住，血肉之身怕不變成了齏粉！

就在這飛劍殞落，疾若閃電的當兒，孫凌波連憤怒痛惜的功夫都沒有，那道紫光早和閃電一般穿到。孫凌波縱然帶有法寶，也不及施展！幸而施龍姑早就料到此著，還未等孫凌波劍光被毀，眼看危機一發，隨手取出兩套「玄女針」，喝一聲：「對面丫頭看寶！」那針九根一套，如一串寒星，直朝若蘭飛去！

若蘭已知敵人是金針聖母的女兒，知道她法寶甚多，最厲害可怕的是她母親用的「玄女針」，因此早已留神靜以觀變，偶爾一眼看見英瓊劍光非常得勢，正在高興，猛聽對面一聲斷喝，接著便有九點五色彩星飛來，知道不能抵禦，躲也躲不脫，一面忙喊：「瓊妹留神！敵人妖針厲害！」咬緊牙關，將左臂氣脈用真氣封住，不但不躲，反將一條欺霜勝雪一般的粉臂迎了上去，接著喊一聲：「瓊妹留神，快飛身過來！」同時早一把將頭上青絲抖散開來，口中念動真言，正待想法也回敬敵人一下，猛覺左臂奇痛異常，真氣差一點封不住穴道！

那邊李英瓊破了敵人飛劍，高高興興正指著紫光去取敵人性命。忽聽若蘭一聲驚呼，回頭一看，業已中了敵人法寶，正自驚心，龍姑第二套「玄女針」又朝英瓊飛來！

英瓊不知敵人法寶來歷，又聽若蘭警告，不敢再用劍光去追敵人。紫郢劍原與英瓊心靈相通，只一動念，便即飛回。龍姑飛針來得快，紫郢劍也回得快，恰好兩下迎個正著。眼看二寶相遇，龍姑口誦真言，將收回來的第一套「玄女針」也打出去，朝著彩星一指，原打算將十八根「玄女針」分散開來，使英瓊前後不能相顧，無論怎樣會躲，也得受傷！

誰知那道紫光遇上了「玄女針」，竟化成一面紫幛圍將上去，將「玄女針」擋住！只見九點彩星在紫光中飛舞，如五色天燈，上下流轉，休想進前一步！

龍姑大吃一驚，這才知道紫郢劍果然名不虛傳。恐怕步孫凌波的後塵，敵人劍光已如此厲害，必是峨嵋門下上等人物，同時又見申若蘭的劍光和自己劍光仍在糾結。敵人雖然受傷，並未跌倒，又將頭髮披散，取出三個金環，正待施放。認得此寶是紅花姥姥鎮山之寶「三才火雲環」，愈發不敢大意。再見孫凌波也在那要取寶要放，一面用「玄女針」和飛劍獨戰李、中二人，一面忙著飛近孫凌波面前，悄喊道：「敵人厲害，還不快走！」說罷，不俟孫凌波答言，一手取出一面手帕一晃，化陣青煙，破空而去！那「玄女針」和飛劍也隨著飛走，轉眼不知去向。

若蘭的「火雲環」剛剛飛起，敵人業已遁走，只得收回法寶飛劍，坐於就地。英瓊顧不得追趕敵人，連忙過來看視。

若蘭便對英瓊道：「我已中了那賤人的『玄女針』，那針好不厲害！放將出來，不見敵人的血決不飛回，被它打中要害，性命難保。虧我知機，拼一條左臂受點微傷，才得免卻大難，如今左臂氣穴已然被我封閉，轉動不得，一過七日便成殘廢！只盼大師姊她們回來，看看有無解救了！」

英瓊因為強拖若蘭出來尋找英男，害她受這般重傷，好不慚愧惶急。反是若蘭知道自己應有許多劫難，雖然痛恨敵人，並不在意，只是一條左臂血脈逐漸凝滯，痛如火焚，實在忍受不住，對英瓊道：「敵人走時並非真敗，這裡是她們的巢穴，她們卻往別處敗退，叫人好生不解，恐怕其中有文章，不可不防，我已受傷，妹子一人勢孤，還是急速離開的好！」

一句話將英瓊提醒，忙答道：「妹子害姊姊受這樣災難，心中難過已極，竟忘了將姊姊護送回山，等調養好了再想法報仇，反倒呆在這裡，更是該死！」說罷，便要扶著若蘭起身，若蘭道：「英男妹子雖然逃出龍潭，並未脫離險地，我二人就此回去，萬一重陷敵人手內，如何是好？」

正說之間，忽聽遠空一聲鵰鳴，二人知是神鵰回來。轉眼神鵰排雲盤空而下，英瓊見神鵰並未將英男背回，好生失望，便問神鵰：「是否見著英男？」神鵰搖搖頭。二人無法，只得由英瓊扶著若蘭，同上鵰背，回轉峨嵋。

進了太元洞，英瓊和若蘭商量，仍命神鵰再去尋找英男下落，如果找尋不見，可在棗花崖周圍上空盤旋查看，只要見著英男被敵人尋回，能下去仍將背回，不能下去急速回來送信。滿以為神鵰領命即行，誰知神鵰卻不住搖頭，並不飛走。

英瓊著了慌，忙問：「你不肯去，莫非英男已陷別人羅網，再不就是敵人厲害，無法近身？」神鵰仍是搖頭長鳴，英瓊無法，又見若蘭回洞以後，說完幾句話便盤坐用功，臉上青一陣紫一陣，知她雖然不說，定是痛苦異常，愈加焦急！還要和神鵰說，神鵰忽然往外走去，只得回轉來慰問若蘭。說不兩句，只見芝仙笑嘻嘻地跑了進來。英瓊心中一動，還未及張口，那芝仙已縱到若蘭身上，不住的掀她左手襟袖，口中「呀呀」不已。

英瓊道：「蘭姊姊受了傷，手快殘廢了，芝仙能救她麼？」

芝仙搖了搖頭，只用小手往若蘭袖子裡伸去。若蘭因左手腫脹，衣袖解脫不開，正覺束緊難受，見芝仙如此，知有用意，便請英瓊代她將袖子割斷撕去。

英瓊代她將衣袖扯斷，貼身的一件差一點與血肉黏成一片。平日玉骨冰肌，藕也似的一條粉臂，如今腫有尺許粗細，脹得皮肉亮晶晶的，又紅又紫，九個針眼業已脹破茶杯大小，直流黑血。英瓊好不心疼，不由流下淚來！

再看芝仙，已自站在若蘭膝上，抱著她受傷的臂膀，不住用小嘴去舐。若蘭受傷以後，時久愈覺熱脹酸麻、疼痛難禁。知道此針並無解藥，靈雲等回來未必能夠解救，滿擬再強撐些時，如真忍受不住，想是自己命中註定，長痛不如短痛，索性將左臂斬去，免受許多痛苦，只礙著英瓊在旁，必要阻擋，難於下手，只好暫時忍痛苦捱。這時被芝仙一舐，竟覺傷口一陣清涼，雖然並未消腫，痛卻減了許多！

這時袁星、芷仙一同走來慰問。問起芷仙，先是袁星得了神鵰傳信，由神鵰代牠守門，袁星又告知芷仙才知道。袁星與二人見禮之後，便說他平日本就懂得神鵰的話，適才神鵰因見主人著急，今日的事又非示意所能明白，所以才去尋找袁星，托牠代說等語。

英瓊聞言大喜，忙問究竟，袁星道：「鋼羽說，牠奉命尋找余仙姑，知道余仙姑所行不遠，便在余仙姑去路周圍數百里之內往返低飛，窮搜細尋，並未見著一點蹤跡，末後第三次飛過棗花崖不遠一個黑谷之內，仗著一雙神目飛入谷內探看，遇見一個奇怪道人！」

袁星接著道：「鋼羽說那道人竟精通各種鳥語，將鋼羽招了下去，說他名叫『百禽道人』公冶黃，說余仙姑為往莽蒼山尋覓主人，誤陷浮沙，墜入黑谷，算出余仙姑和他有緣，是助他將來脫劫之人，指引余仙姑由黑谷去莽蒼山一條密路，不但近得多，還可避免敵人追趕。鋼羽大概知道那道人來歷，所以回轉。」

神鵰素通靈性，袁星轉述之言，自無差錯，英瓊略放寬心。

英瓊還恐敵人尋上門來，命芷仙、袁星小心在洞外守望。若蘭自經芝仙舐後，腫雖未消，疼痛已止。除了手臂麻木，失了知覺外，已無什麼苦痛，和英瓊正在閒話，忽見芷仙面帶驚慌，匆匆跑來，後面還跟著袁星，到了室內，袁星先自越步上前說道：「袁星素常留心凝碧崖飛瀑仙源，知道本山一定藏有許多奇珍至寶，剛才看見丹台那邊，仙雲大起，靈翠峰已隱沒不見，想是寶物出現！再不就是發生了什麼事故，請主人和二位仙姑速去探視！」

若蘭見多識廣，紅花姥姥在日，曾說凝碧崖藏有長眉真人的法寶甚多。到了峨嵋以後，又聽靈雲也是如此說法，一則知道這些法寶俱有仙符封鎖，二則無有教祖法諭，誰也不敢亂動，一聞此言，知道教祖不久就要回山，靈雲等尚未歸來，法寶絕不會無故出現，好生驚疑！匆匆拉了英瓊，駕遁光往丹台飛去。

芷仙見咫尺之間，兩人還駕遁光飛行，知道事關重要，連忙跟出洞去，到了丹台之前，只聽得「哧」地一聲響，從洞中飛出一道玄色彩虹，疾如閃電，光華耀眼，冷氣逼人，沖霄飛走。

英瓊、若蘭也不知飛走的是什麼寶物，循聲走到穴前一看，那穴紋絲不動，兩扇洞門關得嚴嚴密密的。側耳一聽，裡面響聲龍吟虎嘯，如奏仙樂。若蘭見機，恐洞中還有異寶要飛走，忙口誦真言，用符咒先將洞穴封住。施法以後，立刻穴上起了一陣煙雲。

若蘭大喜道：「這裡不妨事了，聽穴中響聲，定然藏有仙劍之類的法寶，不在少數。只可惜我知道遲了，適才飛走那道彩虹，不知是什麼法寶！」

兩人在洞前停留片刻，未見有什麼異動，剛往回走，英瓊一眼看見若蘭袖口有紫血流出，忙喊：「蘭姊，你看你的手臂又怎麼了？」

若蘭也覺著臂上一陣陣刺骨生疼，將袖一看，那傷口重又迸裂。雖不似先前那般奇痛，漸漸有些禁受不住。芝仙又不知去向，無可奈何，只得一同回轉太元洞，再作計較。

回洞落坐不久，又覺傷處一陣奇癢，內已潰爛，更不能下手抓撓，惟有咬牙忍受。英瓊、芷仙雖沒有身受痛苦，也是心中難受萬分，三人都是愁眉淚眼，且喜次日便是端午，從寅初盼起，直盼到午後，仍未見眾人回來。

英瓊哪知靈雲等破完青螺，還要轉救鄧八姑，有些耽擱。見若蘭渾身火熱，傷處苦痛難忍，愈加焦急得如熱鍋上的螞蟻一般，一會在室中寬慰若蘭，一會又跑出洞去向空凝盼。正在望眼將穿，忽見袁星如飛跑來說道：「主人快去，飛雷洞出了事了！」

英瓊聞言大驚，不及細問，知道若蘭不宜勞動，得知噩耗，必定焦急。只悄悄囑咐芷仙在洞中護衛，自己假說到崖頂迎候靈雲，一出太元洞，逕往後洞趕去。到了飛雷洞外一看，側面高峰上站定一個道姑，和日前對敵逃走的孫凌波與施龍姑三人，正和神鵰、石奇、趙燕兒鬥在一齊。

英瓊更不怠慢，忙將紫郢劍放將出去。袁星見主人上去，也望空一聲長嘯，神鵰聽得袁星嘯聲，倏地疾如投矢，飛下地來。等袁星縱上鵰背，二次凌雲又起，袁星手舞兩柄長劍，發出十餘丈寒光，殺將上去！

孫凌波一見紫光飛到，忙放飛叉迎上前去，誰知被紫光迎著一絞，化成無數斷光流螢四散。袁星舞動玉虎劍飛了上來，雖不能飛劍出手，可是騎在鵰背上來往盤旋，竟不亞飛劍活躍，那兩道劍光又大又長，舞起來如黃龍離海，青虹貫日，孫凌波白骨飛叉迎著紫光便成數截。龍姑心驚，微一疏神，便教袁星兩道劍光絞住！

孫凌波飛劍飛叉全都喪在英瓊劍下，萬分痛惜忿恨，已不敢再用法寶出手。眼看紫光飛來，見那道姑仍若無其事一般，以為可以禦敵破劍，一時疏忽，只一味催促施龍姑快放「玄女針」。言還未了，英瓊、石奇的飛劍雙雙飛到，英瓊與孫凌波仇人見面分外眼紅，將手一指，紫郢劍捨了道姑直取孫凌波，只聽一聲慘呼，紫光過處，一道白光，直從峰頂墜落！

那道姑和施龍姑各自發一聲喊，各駕遁光，分頭竄開。突然山峰陰風大作，愁雲慘霧中夾雜畝許方圓一團黑影，鬼聲啾啾，直往下面英瓊立足崖前罩下。同時更有八、九道紅光射將下來，那神鵰連連叫喚，展開雙翼，將身向前，鵰背上袁星也舞動劍光護著全身，迎了上去。英瓊經了幾次大難，已知慎重，自己僅這一口紫郢劍，見敵人連施妖法，無力兼顧，只得捨了敵人，將劍收回，護住全身。

就在這一轉眼間，先是一道金光從天而降，接著便是一團五彩雲幢滾入黑氣濃霧之中，同時又見七、八道各色劍光，直往對面峰頭飛去，立時煙消霧散，滿眼清朗。

靈雲姊弟率了紫玲姊妹、朱文、文琪、輕雲等飛身落地。英瓊心中大喜，連忙與諸人相見，又將石趙二人請來見了。除了孫凌波屍橫就地外，道姑和施龍姑業已在妖法被破時逃走。

孫凌波仇未報成，枉送了自己性命，這且不言。

靈雲等不見若蘭、芷仙等在側，只剩英瓊同一鵰一猿在飛雷洞崖上與敵人爭鬥，忙問：「凝碧崖可曾出事？」

英瓊道：「話長呢，後洞現已打通，我們回家再說吧！」當下匆匆別了石趙二人，一同由山後洞回去。英瓊將若蘭受傷經過說了個大概。

靈雲、朱文一聽若蘭受傷，先不顧別的，便率眾往太元洞走去。

才走近門首，便見芷仙滿面惶急在室前探頭凝望，一見眾人回來，心中大喜，高聲喊道：「蘭姊，大師姊回來了！」說著便迎了眾人進去。原來若蘭自英瓊出去這一會，傷勢愈發沉重，漸漸元氣隔斷要穴，毒氣要往肩胛一帶竄了上去，不是因為靈雲等今日就要回來，幾乎想將一隻臂膀斷去！

靈雲先進室中，見若蘭袒臂在床，忙回身喊：「金蟬止步！」自己同了紫玲姊妹走近石床前看視。

若蘭因為運氣阻遏毒血流行，不能行動說話，只微微用目示意。靈雲未及開言，紫玲一見若蘭創口，便知是中了金針聖母的「玄女針」，一問英瓊、若蘭受傷時間已經三日，好生驚異，說道：「這『玄女針』若中的不是要害，如不將傷處殘廢，至多一個對時，便毒氣攻心而死，申師妹延長這多時候，足見道力高強了！」

靈雲見紫玲知道來歷，便請她從速施治。紫玲先要過凌渾贈的丹藥，與若蘭敷了半粒，又用半粒服了下去。然後道：「這種飛針是取五金之精，與百蟲百鳥之毒，千錘百鍊而成，再加多年修煉，再也狠毒不過。當初先母也會煉此種飛針，因為嫌它太毒，不曾修煉，僅煉了『紅雲針』與『白眉針』兩種。因為此針之毒，各家妙用不同，愚姊妹雖知破針之法，醫治傷處卻無解藥。若非凌真人賜的仙丹，申師姊道力高深，能以維持數日，雖不喪命也殘廢了。」

說時，若蘭自敷了神丹，紫血不流，疼癢立止。臂上一陣白煙過處，雖未即刻還原，浮腫漸消，皮膚也由紫黑轉成紅肉，屈伸自如，便要下床和眾人見禮。靈雲紫玲連忙攔住，大家落坐，細說前情，才知有芝仙舐臂之事。

英瓊又說起山中藏寶似要出土，又有一道玄色寶光已自衝破封鎖飛走一事，靈雲聽完英瓊之言，說道：「凝碧崖共有五峰九泉十八洞，到處都藏有劍仙寶笈靈藥奇珍。只為蟬弟等年少喜事，掌教師尊未來，恐他無知妄動，所以未對眾同門詳說，如今既已有出土跡象，我們且去看看！」

當下眾人一起，連若蘭在內，一齊跟著靈雲向外走去。走到丹台附近一看，只見仙雲瀰漫，彩光耀目，變幻不定，俱都讚嘆仙家妙用。

第四回 毒物文蛛 除妖遇挫

靈雲先查看若蘭用法術封閉的洞穴。到了穴旁一聽，裡面依舊金鐵交鳴。英瓊芷仙俱說適才若蘭封洞時，洞中響聲業已漸小，這回聲音比前時要響亮得多。靈雲聞言，猜想穴中定然藏有飛劍之類的法寶，起初不及預防，業已飛失了一口，恐再有差錯，掌教師尊未在，不敢妄動，重用符咒封鎖，才行回轉太元洞去。

芷仙見諸事已告一段落，便將開闢飛雷徑，與袁星合得三口寶劍之事說了。又將寶劍取出，請靈雲作主。

靈雲道：「凝碧同門，以芷妹根基較差，遭遇最苦，用功最勤，人最和善本分，因未得教祖夫人傳授，僅隨我等練習，造詣不深，遠非諸同門可比。我等各有飛劍法寶，皆由師長所賜，漫說無命不便擅贈，即便贈了，芷妹也不能使用，難得仙緣湊合，又有袁公留諭，自然歸芷妹佩用才是！」

芷仙聞言大喜，英瓊又去將袁星從後洞喚來，向靈雲拜謝，將劍呈與眾人觀看，俱都代牠歆羨不盡。只有靈雲正色訓誡道：

「這兩口玉虎劍乃是你祖先袁公在東漢飛升時遺留之寶，非比尋常！你一個異類，遭逢絕世仙緣，須要忠誠小心，時刻留意，謹守教規，努力前修。異日教祖回來，我等自會代你懇求，使你脫胎換骨，得一正果。如敢得意忘形，犯了大過，你須知峨嵋教規最嚴，不但追去飛劍，並將你斬首消形，萬劫不復，那時悔之晚矣！此劍仍歸你佩用，由你主人李仙姑暇日傳你身劍合一練法，仍回後洞小心防守去吧！」

袁星聞言，嚇得戰戰兢兢，叩頭山響，將劍接過，捧在頭上，又向李英瓊和室中諸人分別跪叩，才倒退了出去。紫玲姊妹見靈雲寬嚴合宜，語言得體，無不暗中佩服警惕。紫玲便請教靈雲如何下手用功，靈雲略為謙遜，便將峨嵋要訣盡心傳授，詳釋正邪不同之點，把紫玲姊妹聽了個心悅誠服。

自此，靈雲便督導各人修練，每日丑初，是眾人在洞外互相練習擊刺的時候。靈雲率領眾同門來到凝碧崖前，有的分據幾個峰崖和樹梢，有的站立當地，各人任意擇好了地方，只聽靈雲一聲吩咐，便分別將劍光朝中央靈雲站立的地方飛去。先彼此互相擊刺了一陣，然後乘虛蹈隙，三五錯綜，十餘道金光、紫光、青光、白光、紅光，在離崖十丈高下滿空飛舞。

舞到酣處，如數百條龍蛇亂闖亂竄，內中只英瓊一人站立在飛雷徑洞口，居高臨下，指揮著一道紫色長虹與靈雲、金蟬二人的劍光，似三條神龍一般在空中糾結。

正在練得酣暢之際，英瓊忽聽一陣金鐵交鳴之聲起自腳底，留神一聽，竟從下面洞穴中發出，暗忖：「這洞穴已經若蘭、靈雲二人用法術封閉，怎麼會響得連相隔數十丈以外都聽得這般大聲？」想到這裡，覺得奇怪，將手一招，把紫光先行收回，想到那洞穴前看個究竟。

靈雲姊弟看英瓊劍光退出，以為英瓊又要玩什麼花樣，把手一指，姊弟二人三道劍光隨後追去。若蘭朱文二人的劍光本是作對兒相敵，一見英瓊劍光退去，靈雲姊弟的劍光追上前去，雙雙不約而同的將劍光一指，迎上去敵個正著。

五道劍光在空中糾結，相隔英瓊立處甚近。若蘭劍光較弱，加以重創新癒，堪堪有點不支，金蟬倏地將手一指，一紅一紫兩道劍光，一個迎敵若蘭，一個竟「反友為敵」，幫助朱文向靈雲反攻起來。

靈雲微微一笑，運一口氣噴將上去，光華大盛，力敵三人飛劍，毫無怯色。朱文覺得有趣，朝若蘭打了個招呼，喊一聲：「蟬弟休要逞能！」說罷，拋下靈雲，會合若蘭的飛劍，反轉來朝金蟬夾攻。

靈雲本是勁敵，再加上朱文、若蘭俱非弱者，金蟬堪堪不支，忍不住口中高叫道：「文姊太沒道理，我好心好意幫你，你們倒以多為勝起來！」

紫玲、寒萼見他們幾人鬥得十分有趣，捨了輕雲、文琪，剛想上前代金蟬解圍。輕雲、文琪也抱著同樣心思，四人劍光才得飛到，忽聽英瓊在崖壁上一聲嬌叱，隨見英瓊站立之處飛起一道青光，長約七尺，有碗口粗細，正往當空飛去。

靈雲一見，喊聲：「不好！眾姊妹莫放這道青光飛走！」言還未了，將足一頓，身劍合一先自往空便起。眾人一見，不暇思索，也忙著駕著劍光。

劍光本是朝南飛走，迎頭被靈雲劍光攔住，青光倏地盤空一個迴旋撥回頭，如電閃星馳般飛逃。

靈雲用峨嵋秘授「捉光掠影」之法，一把未抓著光尾，同時眾人劍光分中左右三面隨後追攔上去。只有飛雷徑洞口那一面無人迎擋。那道青光竟識得退路，逕往這面飛去，疾如閃電穿洞而入。眾人雖然劍光不比平常，叵耐那道青光並不迎敵，只是逃遁，所以不易追上。

靈雲猛喝道：「紫妹還不用『彌塵幡』，等待何時？」

紫玲聞言剛將幡取出，未及施用，忽見飛雷徑洞口一條黑影一閃，眨眼現出個赤足小和尚，只一伸手便將那道青光捉住，拿在手裡先還似青蛇般亂閃亂迸，似要脫手飛去，被那小和尚兩手一搓，變成尺許長一口小劍。同時袁星也從洞內飛身出來，手舞兩道青黃劍光，往那小和尚頭上刺去，那小和尚只一閃身，不知怎的一來，袁星早著了一掌，直跌下崖去。

英瓊原是聽見穴內響聲趕去看視，才到穴前便聽出那響聲有異。先以為既有靈雲封鎖，決無妨礙，正想喊眾人去看，忽見穴上閃出一片金光，接著一陣雲煙過處，便見煙中飛起一條青蛇般的光華，出穴便飛。

英瓊因聽說洞內藏有飛劍，自己不會收劍之法，事起倉猝，一時慌了手腳，只顧驚呼，沒有將劍去攔。及見眾人紛紛上前攔堵，正待相助，恰巧那青光又往頭上飛回，英瓊相隔最近，自然不肯放過，忙將紫光放出追去，兩下相去僅有數丈遠近。就在這時候，猛見飛雷徑洞口閃出個小和尚將青光接去。

英瓊見這小和尚既未見過，又從後洞現身，猜是敵人無疑。又見袁星追去，被小和尚一掌便跌下崖來，更難容忍，嬌叱一聲：「賊和尚休得無禮！」早將紫郢劍飛出！

眾人中倒有一半不認得來人的，又在追攔青光忙亂之際，遇見這般突如其來的怪事，眼看袁星吃了大虧，呼叱連聲，紛紛將劍光法寶放起飛上前去。及至金蟬追來，大聲喊嚷：「這是笑師兄，自己人！諸位姊妹休得無禮！」

那小和尚見神龍般的劍光，連同彩雲紅光似疾雷驟雨般飛到，早已自知不敵，一聲「失陪」，禿腦袋一晃，登時無影無蹤。

等到各人聽明靈雲、金蟬之言，輕雲、文琪、朱文也同時趕到，來人已不知去向。

袁星從崖下狼狽爬起，走到眾人面前，恭身稟道：「這小賊和尚從空中一個筋斗墜將下來——」

袁星「賊和尚」三字衝口而出，金蟬見他出言無狀，正要訶責，忽聽

「叭」的一聲，袁星左頰上早著了一巴掌，疼得用一隻毛手摸著臉直跳。金蟬笑道：「打得好！誰叫你出口傷人？」

英瓊見牠連連吃虧，未免有些不悅，於心不忍，一面喝住袁星道：「休得出言無狀，好好的說！」

金蟬不住口地喊：「笑師兄快現身出來，我想得你要死哩！」連喊數聲未見答應，袁星見金蟬這等稱呼，才明白來人竟是一家，自己白挨了打！

這時與來人認識的俱都齊聲叫著：「請笑師兄現出身來，與大家相見。」

金蟬正喊得勤，猛覺身邊有人，早趁勢一把抓了個結實，心中一高興，正要出聲，忽聽耳邊有人說道：「你先放手，我專為找你來的，決不會走。只是這裡女同門太多，我來時又不該見那猴子心狂氣傲，仗勢逞強，特意挫挫牠的銳氣，不想無心得罪了人，所以更不願露面。我還奉師命有不少事要辦，你同我到別處去面談如何？」

金蟬知他性情，只得依他，便對眾人說道：「笑師兄不願見女同門，你們只管練習！我和他去去就來。」說罷，獨自往繡雲澗那邊走去。靈雲因法術竟封閉不住那洞穴，恐怕裡面還有寶物，約了眾人同去查看，想法善後。不提。

金蟬直至繡雲澗，到了無人之處，笑和尚才現出身來，手中拿著一口寒光射眼的小劍和一封書信，彼此重新見禮。

那笑和尚乃是「東海三仙」之一，苦行頭陀的唯一得意弟子，早年曾因所交非人，犯了殺戒，被苦行頭陀罰他在東海面壁十九年。近日來，已將苦行頭陀獨門「無形劍遁」練成，苦行頭陀這才准他在江湖上走動，初次出世，積修外功。金蟬曾前往東海晉謁過他師父幾次，彼此見過面，所以認得。

兩人交談，笑和尚才說起，此次離開東海，是為一個妖物，那妖物乃千年老蠍與一種形象極大的火蜘蛛交合而生，名「文蛛」，卵子共有四百九十一顆，一落地便鑽入土中。每聞一次雷聲便入土一寸，約經三百六十五年。蟄伏之地還要窮幽極暗，天地淫毒濕熱之氣所聚，才能成形。身長一寸二分，先在地底互殘，每分吃一個同類也長一寸，並不限定身上何處，吃腳長腳，吃頭長頭，直到吃剩最後一個，氣候已成，再聽一回雷聲，往上升起一尺，直到出世為止。

那時，妖物已能大能小，這東西雖是蛛蠍合種，形狀卻大同小異，體如蟾蜍，腹下滿生短足，並無尾巴，前後各有兩條長鉗，每條長鉗上各排列著許多的倒鉤刺，上面發出綠光，尖嘴尖頭，眼射紅芒，口中能噴火同五色彩霧，成了氣候以後，口中所噴彩霧逐漸凝結，到處亂吐，散在地面，無論什麼人物鳥獸沾上便死。

牠只將霧網一收，便吸進肚內，尤其是沒有尾竅，有進無出，吃一回人，便長大一回，腹內藏有一粒火靈珠，更是厲害，日久年深，被牠煉成以後，仙佛都難制服。還會因聲呼人，起初離牠五六里之內，聽見牠一呼聲，無論誰聽了，都好似自己親人在喊自己名字，只一答應，便氣感交應，中毒不救，由牠尋來，自在吞吃，所到之處，人物都死絕了。因牠形象平伸開來宛似篆寫「文」字，所以名叫「文蛛」，秉天地窮情極戾之氣而生，任什麼怪物，也沒牠狠毒。

笑和尚在峨嵋之前，曾途遇玉清師太，他知道玉清大師見多識廣，便向之請教誅妖之法。玉清大師說她也知道在天蠶嶺潛伏著一個極厲害的妖物，名叫文蛛。只因時候未到，無法下手，非等今年五月端午大雷雨後，不能出世。現時各位師尊為準備三次峨嵋鬥劍，均有要務在身，她又在端午前後要連往青螺魔宮兩次，去救她當年一個同門生死患難之友，不能建此大功。如有人將牠除去，不下立十萬外功，還得妖物腹內一顆乾天火靈珠，助將來成道之用，囑咐須要小心從事，莫放妖物跑了。

笑和尚別了玉清大師，知道事情不易成功，又去約了一個新入門的峨嵋弟子尉遲火，一起駕劍光直飛天蠶嶺。行至雲貴交界，遇見「矮叟」朱梅，在空中將二人喚住，一同收了劍光，落地敘話。笑和尚拜見之後，又向朱梅請示機宜。

朱梅道：「你出世未久，便去建立這樣大功，休說斬除惡妖，功德無量，文蛛腹內那粒『乾天火靈珠』，如能得到，加以修煉，與身相合，將來成道時也可抵千年功行，真是曠世難逢的機遇！不過那妖物護這『火靈珠』甚於性命，先斬了牠，珠便自行飛去，先得珠時，斬妖又恐生變化。此事關係重大，非同小可。那妖物未出土以前，必將珠吐出離牠頭頂三丈以內，同時妖物全身脫殼出土，便即與珠合為一體，成形飛去。不到正午不可下手，可是妖物出世也只一那功夫，稍縱即逝！」

尉遲火入門未久，人也老實，小心聽著，覺得事非輕易，笑和尚卻自恃「無形劍遁」已經練成，不怎麼在意。

朱梅繼續解釋道：「等到妖物與珠合，就非你的能力勝任，所以下手的時節須要一人在前去搶那珠，珠到手後，妖物必不干休，定然放出滿腹毒氣追來。那珠本是牠的內丹，相生相應，無論你怎樣隱形潛跡，也能跟蹤而至，縱用法力將牠斬掉，但是業已中了牠的毒氣，難於解救，這時全仗在後之人從後面用飛劍斬牠，才能完全成功。那『乾天火靈珠』是天材地寶，正邪各派俱都重視，非有積世福德根基不配享受，恐有人從旁暗算，你二人又面帶晦色，主有災難，我和諸位道友俱有要事在身，無暇及此，如為萬全之計，最好你二人趁這遲有數日餘暇，尋劍術較深的同門師兄弟相助，以防餘外妖人暗算。事不宜遲，須慎重小心從事。切記：專顧得珠便不能建除妖之功，想建功便不易得珠。兩下輕重差不多，只能各居其一，不存貪念，當無妨礙！」說罷，先行飛去。

二人拜送之後，尉遲火自知能力有限，一切全憑笑和尚主持，無所希冀。笑和尚起初以為妖物縱然厲害，到底初次成形，憑自己能力，還不手到擒拿？及至聽了「矮叟」朱梅囑咐，先時也未敢怠慢，計算小輩同門，自己素常不慣和師姊妹交往，不便相煩，這投契相熟的只有玄真子門下諸葛警我、金蟬和尉遲火三人。金蟬道行雖淺，兩口寶劍卻是至寶，不畏邪汙，但聽說金蟬端陽節前要往青螺，其它同門雖多，不是不熟，便是本領不濟，想了想，還是找諸葛警我去。

到了東海玉仙洞府中打聽，只遇見玄真子一個道童，說三仙俱在丹爐旁祭煉寶劍，諸葛警我奉命雁蕩採藥未歸。笑和尚聞言，也沒驚動三仙，竟自離了東海。一則藝高人膽大，一則貪功心甚，不由改了念頭，暗想：「自己本領隱形潛蹤，出神入化，縱有異派妖人作梗，難道還怕一個妖物不成？只管找人相助則甚！那『火靈珠』只得一顆，又不便分潤，只須自己事前多加留神便了。」

他這一念之差，才惹出下文失劍百蠻山，再遇綠袍老祖，智劈辛辰子，三探陰風洞，再斬文蛛，幾乎喪了道行等無數事來，這且不提。

笑和尚自把主意決定後，心想：「矮叟」朱梅曾說有妖人在側暗算，何不早去兩日，仔細搜索，作一個預防之法，以備萬一，省得臨時出錯？當下同了尉遲火逕飛天蠶嶺。

到時天色尚早，見谷裡雖無甚動靜，妖氛已濃。飛身四外查看，知道無人來過，略覺放心。還恐妖人早在山內潛伏，又往周圍數十里內加意搜查，稍覺形跡可疑之處，絲毫也不肯放過。到了下午，除谷內妖氣較前更濃外，一無所獲。自信一雙慧眼決不致於看漏，想是妖人要到時才來。

二人又商量了一陣，到時由笑和尚在前去搶珠子，尉遲火由後面下手斬妖。只引得那妖物回首，笑和尚再由前面回身，兩下夾攻，合力將牠除去。這種計算，笑和尚雖然略存私心，但是要換了尉遲火在前，委實也有些能力不夠。

計議定後，笑和尚才向天默祝，朝著東海下拜，叩求師父法力遙助自己成功。祝罷起身，走到山崖上面，叫尉遲火站在身後，暗運飛劍護法，自己盤膝入定，按照苦行頭陀所傳「兩界十方、金剛大藏真言」施展開來！用佛法改變山川，潛移異派視線，到時縱有妖人想來，也無門可入。

由戌初直到第二日辰初，才行完了大法，起身問尉遲火：「昨晚可曾見什麼異象？」

尉遲火道：「自你入定，一會便隱去身形，我知你還坐在我前面，不敢大意，四外留神，先倒沒有什麼異兆，一交子時，遠遠看見谷內一點紅光，比火還亮！引起兩串綠星，離谷底十丈高下，如同雙龍戲珠一般滿空飛舞。那紅光先時甚小，後來連那兩串綠星都是愈長愈大，直到月落星參，東方有了明意，彷佛見紅光左近不遠冒起一陣黃煙，那紅光引著兩串綠火倏地飛入黃煙之中，只一個轉折，疾若流星趕月一般，便飛入谷裡，連那黃煙都不見了，你難道一絲也不曾看見？」

笑和尚道：「我煉這『兩界十方金剛大藏』非同小可，煉時心神內瑩，不能起絲毫雜念，恐妖物知道不容，前來擾害，所以才請你護法。為備萬一，還將身形隱去，這還是妖物不曾出土，敢於輕試，否則豈敢輕易冒險。此法一經施展，別的妖人休想到此，我們可以安心從事了。你所說情形大約還是那妖物在興風作怪，且等晚來親見再說吧。」

因隔端陽還有兩夜，閒著也是無事，仍和尉遲火遍山搜尋，因昨日時間已晚，一恐打草驚蛇；二因下午毒氛太重，全山俱都查遍，只谷內妖穴沒有輕易深入，便著尉遲火在離谷不遠的高坡上瞭望，自己趁著正午日照中天，陽光最盛之際，飛身入谷查看妖穴。

到了谷中一看，那谷竟是個死谷，恰如瓶口一般，谷底四面危崖掩護，終古不見陽光。地氣本就卑濕，再加上崖上野生桃杏之屬，成年墜落谷中，爛成一片沮洳，臭氣潮蒸，中人欲嘔。靠近妖穴處有一個丈許方圓的地穴，背倚重崖，拔地千丈，慧眼觀去，深不見底，「骨朵朵」直冒黑氣，時見五色煙霧，耳中聞得「呼嚕呼嚕」之聲響成一片。笑和尚內服靈丹，還是凌空下視，已覺氣味奇腥，頭目昏眩。估量這般奇毒險惡之區，除了妖物，異派中縱有能人，也決難潛伏，不願再作流連，便往回飛走。

他出谷之際，一眼瞥見谷口內有一片凸出的岩石，上面安排著八堆石塊，成一個八卦形勢，門戶分得非常奇特。石旁野生著許多叢草矮樹，猜是前人鎮壓之物，因為看了谷裡形勢，甚合下手心意，急於要和尉遲火商量，沒有十分在意，匆匆飛回。

只見尉遲火正在那裡呆望，近前一看，覺著尉遲火臉上顏色發青。笑和尚終是細心，問尉遲火可覺身體有些異樣？

尉遲火道：「想是昨晚在山頭露立了一夜，適才又往谷口看了一看，順風聞著腥味，便即退回，也許稍中了一些妖毒。現時只覺頭有些暈，並不怎樣。」

笑和尚囑咐小心，不要妄動，一切由自己安排。當下給他吃了一粒丹藥，也就放過一邊。他卻不想尉遲火縱然劍術造就不及他深，但是從師多年，已能飛行絕跡，身劍相合，豈是一夜風露和那些毒氣所能侵襲？只一大意，幾乎害了尉遲火性命，這且留為後敘。

時光易過，不覺到了下午。夕陽啣山，異聲便起。谷內外宛似有十畝暗雲籠罩，邪彩氤氳，二人看了暗自心驚，待了一會，異聲漸厲，彷彿似喚二人名字。二人預知厲害，屏息凝神，不去理他。笑和尚還可，尉遲火已覺聞聲心顫，煩躁不寧。

子夜過去，一粒鮮紅如火的明星，倏地從彩霧濃煙中疾如星飛往上升起。紅光閃耀，照得妖穴左近的毒氛妖霧如蒸雲蔚霞，層綃籠彩，五色變幻，絢麗無儔。耳邊又聽「軋軋」兩聲，接著飛起兩串綠星，都有盌大。每串約有二十多個，綠閃精瑩，光波欲活，隨著先前紅星互相輝映，在五色煙霧中上下飛翔！

一直到陽光升上，妖雲猶未散去，仍如五色輕紗霧封，籠罩崖穴。只尉遲火昨早所見妖穴附近的黃煙始終沒有出現，未免又疏忽過去。算計過了今晚，明日正午端陽便該是妖物出土之期。二人恐驚動妖物，一同飛到遠處，各將飛劍放出，互相演習了一陣。

尉遲火不知怎的，總覺人不對勁，氣機不能自如，吃力勉強，和笑和尚要了一粒丹藥服下，又運用了兩個時辰內功，一同回至天蠶嶺。

此番不往妖穴查看，只在附近周圍巡視，以防萬一有異派妖人潛伏。這連日查視結果，只見到處都是些零亂鳥毛，鳥身卻不見一個。野獸自然早已絕跡，知道這些飛禽俱為妖物吞食，吐剩羽毛，隨風飛散。

尉遲火獨自坐在石上，忽然失聲道：「笑師兄，我們先後在這裡來了多少次，你覺著有些和別處異樣麼？」

笑和尚問是為何。尉遲火道：「先我並不覺得，這些年蒙恩師指教，已能寒熱不侵。自從前晚到谷口轉了一下，便覺身上煩熱，連服兩次丹藥也未全好，我只一坐在這石頭上，心裡便涼爽起來。起初還認為是偶然，今早聽了那妖物怪聲，又同你練了一回劍，老是心煩發熱，神智不寧，適才又坐在這石上，一會便寧貼了許多，莫不是這石頭還有些異處？」

笑和尚日來一心只在除妖搜敵，百事俱未在心，一聞此言，不禁起了好奇之想。叫尉遲火起來，仔細端詳。那塊大石是一塊方形青石，通體整齊，有六尺見方，四面端正，出土約有三尺，下截埋在地裡。

當下二人合力將石旁亂石泥沙用劍撥散，一會功夫便將那石扒見了底。細一端詳，竟是上下四方高下如一，毫粒不差。二人毫不費事將石抬開。

笑和尚猛然心中一動，道：「我正因斬妖之後，師弟將『乾天火靈珠』讓我獨享，受之有愧。這石形如此奇異，石中如無寶物，外形決不會如此整齊，如人工磨就一般，說不定還能幫助明日除妖之事，也未可知！不過我雖常聽師父說，莽蒼山萬年美玉晶英結成溫玉蓮花，與將來光大峨嵋門戶有關，只是還不到出世之期，也只聽說，沒有見過。這石頭摸上去倒也溫滑，可不知裡面是否藏有溫玉之類的寶物？既經發現，又有這半日餘閒，其勢不能放過。憑我二人飛劍，不難削石如泥，但是不知此石來歷，要在無心中毀損了，豈不可惜？石形四方，寶物必定藏在石心，我較你略為細心，還是由我一人動手，如能僥倖得著寶物，乃贈與你如何？」

尉遲火還要推謝，笑和尚已叫他站過一旁。手指處，一道金光繞石旋轉，四周如同霰迸雪飛，霜花四濺，頃刻之間，剝繭碾玉一般，早去了三分之一，先時毫無異狀，只石質愈往後愈覺細膩。金光閃閃，玉雪紛飛，不多一會，六尺見方一塊大青石變成尺多方圓、六尺高的一根石柱，仍是一無所獲。

眼看愈削愈小，已只剩八、九寸粗細，忽見金光影裡似有銀霞。連忙住手近前一看，這石上下皆如常玉，只中心處有銀色從石裡透出，隱約可辨。估量大小也不過六、七寸之間。知道所料不虛，寶物行即發現！金光過處，先將上半截青石切去，移開一邊。再將下半截同樣削斷。

笑和尚剛將石心捧起，準備拿過一旁細看。尉遲火無心中低頭往那下半截石根上一看，倏地「滋」的一股清泉，細如人指，從下半截石根心處直噴起來！

尉遲火猝不及防，濺了一臉，猛覺口裡沾了一點，覺著甘芳涼滑，沁人心脾，知是靈泉！自己正在煩渴之際，恐怕灑落可惜，也不及喊笑和尚，張開一張大口，堵著泉眼「咕嘟嘟」連食兩口，立刻覺著心身輕爽，頭腦空靈，煩渴一袪，如釋重負。不捨住口喊人，便將兩腳直頓，反手招搖。

等到笑和尚過來問他，尉遲火才住口喊他去喝時，口才一住，同時泉也涓滴無存。

尉遲火說了泉的好處，笑和尚恍然大悟道：「你飲的分明是靈石仙乳，千載空青，我只注意怎樣取出石中寶物，未及分潤一口，幸而你平素遲鈍，這次卻有靈機，否則靈泉無多，轉瞬流盡，大家都吃不成了。可見一飲一啄，莫非前定，仙緣際合，各有來因！恭喜師弟飲了這空青仙乳之後，不但可抵多年功行，目力還大異尋常，雖未必視徹九幽，比我練就的慧眼就強多了！」

尉遲火笑道：「師兄且慢，這石下半截既有，上半截難道便無？何不將那上半截石根細細探尋，如有時，豈不是你我又可多得一點仙氣？」

笑和尚聞言，也覺有理，果然取過上半截斷石，仍用劍光細削。直到連下半截石根都削完，哪有涓滴？且喜石心有寶業已斷定，兩人坐到一齊，重用劍光細細磋磨。對於石裡的銀色，一絲也不敢傷損。不多一會，銀色愈顯，彷彿在石中跳動，益發兢兢業業，不敢大意。

就在這時，忽見一絲白氣從石眼裡「滋」的一聲噴起，轉瞬即滅。再看石面上現出七個小孔，二人業已看透石層裡面竟是空的，中間好似盤著一個東西。劍光削處，七個小孔愈顯愈大，見石中之物乃是一條銀色小牛，在裡面轉動不停，二人都不知是什麼寶物，恐怕取出遁走，便停了手。

誰知石裡銀牛透了外面空氣，漸漸行動由急而緩，一會功夫，伏在石上不再轉動。尉遲火主張取出，笑和尚還不甚放心，先使了禁制之法，然後再用金光將石面削去，一看石心圓平，形如盤盂，那牛非石非玉，通體銀光燦爛，碧眼白牙，四蹄朱紅，餘下連角都是銀色，形態如生，全是天然生就，看不出一絲製作之痕！

明知天生靈物，只不知用處來歷。二人俱都大喜，尤其尉遲火愛不忍釋，笑和尚抽了幾根僧衣上的麻縷，將銀牛繫好，掛在尉遲火貼胸之處，另用符咒禁制，以免真形飛去。

寶物得到，時已黃昏，尉遲火服了石乳空青，身心益發舒暢，高高興興一同走向前去。對面妖谷業已妖雲瀰漫，毒霧蒸騰，映著落日餘霞，滿山都是暗赤色彩，比昨晚還要濃厚許多。二人看了一會，日落西山，夜色已濃，滿天繁星，一點微風都沒有。四外靜悄悄的，只看見谷中妖氣蓬蓬勃勃湧個不住，時而現出點紅綠光影。因為相隔明日端午還有不少時辰，此時也無法下手，便同飛到遠處，盤膝用功。

三更過去，以前所見的紅綠火星相繼出現，這次星火愈大，更顯光華，已能看見妖物兩條長爪、一個尖頭在煙霧中飛舞隱現。一交子夜，愈更猖獗，紅星足有栲栳大小，引著兩串碗大綠火，在妖穴上空亂飛，映得妖雲毒霧如同螢光疊彩，五色迷離，分外好看。

妖物身形也愈來愈顯，似要現出全身出土飛去。二人若非玉清師太與「矮叟」朱梅諄囑，幾乎就想上前動手。因恐妖物覺察，笑和尚早已隱去身形，尉遲火也在僻靜之處潛伏，細看那妖物。

只見那亙古以來，天地之間最毒的妖物文蛛，渾身碧色，頭尖口銳，闊腮密鱗，身形頗似蟾蜍，腹下生著兩排短腳，形如鳥爪，兩條前爪長有三丈，色黑如漆，盡頭處形如蟹鉗，中節排列著許多尺許長的倒鉤，形如花瓣，發綠光的便是此物。尚有半截沒有出土，近身半截與前爪大同小異，只顏色卻是白的。玉清師太曾說妖物腿射紅芒，此時並未看出，那鳴聲卻異常淒厲，聽了叫人心神難安！

正在觀察之際，忽見前面妖物不遠另有幾星綠火，夾著一陣黃煙直撲妖物頭上火星。就這一轉眼的功夫，時光並離天明還早，倏地妖雲亂捲，毒火齊收，如流星墜雨般紛紛落下，連妖物全身都沒入土內，不見蹤跡。只剩一堆毒氛彩霧如五色錦堆般籠罩崖谷。直至天明，也不見再有動靜，二人俱都詫異與往日不同，先疑是妖物自己弄的狡獪，並不想到別的。等到交了已正，日麗中天，碧空萬里，風和日麗，休說雷風暴雨，連一絲雲影都無。

尉遲火道：「玉清師太曾說今日午時大雷雨後，妖物才得出土。你看天氣這般好法，哪有雨來？」正說之間，笑和尚抬頭一看，只西北天際似有幾縷輕雲飛動，果然沒有雨意。

昨晚情形不似往日，笑和尚也覺有些疑慮，時已不早，且不管天色怎樣，仍照以前商定下手。當下同了尉遲火由高空飛行，越過妖谷，到了那千丈危崖之上，下面便是妖物出土的巢穴。

笑和尚先安置好了尉遲火，打算飛到前面谷口內平崖之上，等妖物出土，上前搶那「乾天火靈珠」。仗著隱去身形，靜等尉遲火將妖物兩條後爪斬斷，護痛回身之際，再行飛回兩下夾攻。身剛飛落平崖，忽然一陣狂風吹過，抬頭一看，時光剛交初午。

就在這一會功夫，西北方烏雲已如潮湧捲至。轉眼陽烏匿影，四方八面的雲霧疾如奔馬，齊往天中聚攏。滿天黑雲瀰漫，黑雲層中的電光，如金蛇亂竄，只閃得一閃，震天價一個大霹靂打將下來。

那些籠罩崖谷的毒氣妖霧，經這大雷一震，全都變成彩絲輕縷，隨風四散，接著妖谷上空電光閃閃，雷聲大作。那大霹靂緊一陣慢一陣，「轟隆」之聲趁著空谷回音，恰似山崩地陷，入耳驚心。只震得山石亂飛，暴風四起，同時酒杯大小的雨點，也如冰雹般打下！

那大雷雖然響個不停，卻只在妖穴上空三、四丈高下，並不下擊，妖谷中先時一任雷聲震動天地，毫無動靜。那雷聲直打了一個半時辰，漸漸雷聲愈大，雷火也愈形降低，雷火去離妖穴只有丈許遠近。忽然一道紅光，疾如星飛，直往天空沖起，照得山谷通明，比電光還要顯亮。

這時正有一個霹靂朝穴打下，被這紅光一沖，竟在天空沖散！隨後雷聲愈響愈高，那道紅光仍往妖穴落下，紅光才收，雷火也隨著降低。二次紅光再起，又將雷火沖高，似這般幾起幾落，眼看午時將近，妖穴不遠冒起一陣黃煙。忽然雷聲停息，雲散雨收，妖穴中先是紅光閃了兩閃，那毒霧妖雲騰騰勃勃由穴中湧出，將妖穴附近籠罩，恰似一個彩堆錦幛，映著陽光，愈顯奇麗。

待了不多一會，又見彩焰中沖起一粒紅星，離地約有三丈多高，停在空中不住滾轉，遠看好似渾圓一個火球。沒有前幾次所見的大，光輝也凝而不散，不似先前雖然光焰較大，卻帶陰晦之色。知道妖物經了兩次雷劫，氣候已成，那粒「乾天火靈珠」也凝煉精純，可大可小，因妖物身軀還未出土，不敢冒然去搶。

正在盤算之際，倏地妖穴裡又拋出百千條五色匹練般的毒氣，搖盪空中！緊接著兩條三、四丈長的前爪先行出土。爪上綠星在陽光下倒不顯怎樣光明，只是那發出來的毒氣卻異常腥臭，聞著頭腦昏眩。知道妖物快要出土，益發不敢大意，聚精會神，真氣內斂，準備相機下手。

眼看妖物兩條前爪直伸向天舞了幾下，那空中停留的「乾天火靈珠」也由近而遠往前移動，長爪盡頭，先現出妖物身軀，裹著一身腥涎毒霧，好似非常疲倦，緩緩由穴內升了上來。

大白日裡分外看得真切，只見妖物有時兩爪交叉，果似一個古寫的「文」字，尖頭上生著一雙三角眼睛，半睜半閉，射出紅芒。嘴裡的煙霧一噴便似十來丈長的匹練拋將出來，噴一回，往上升起一些，看去神氣頗覺吃力。

笑和尚見妖物轉瞬出土，這般厚重的毒霧，如何近身？那粒「乾天火靈珠」照在妖物頂上，四周俱有毒霧妖雲環繞，不拼冒著大險，決難搶到手中！

這時那妖物兩條後爪又上來了半截，前爪後叉，直撐空際，後爪著地，全形畢露，加上那樣生相兇惡，奇形怪狀，又知妖物毒氣非常厲害，縱然口中含了靈丹，也未必能保無恙。又知時機稍縱即逝，正在為難，忽見妖物後爪只出來了一半多，倏地停止不動，伏地怪嘯起來，嗚聲異常尖銳淒厲，叫得人耳眩心搖，不能自主，比較前時還要格外難聽。

第五回 戴罪立功 七修神劍

那妖物叫約有四、五十聲，倏又昂頭將身豎起，兩眼閉攏，將尖嘴闊腮一張，白牙森森，吐出來的火信疾如電閃。肚腹一陣起伏，似往裡吸收什麼，先前所噴出來的毒霧妖雲連那些五色匹練，如眾流歸壑一般，紛紛往妖物口中吸湧而進。

頃刻間只剩妖物口前有兩三尺火焰，所有妖氛一齊被牠收去，同時牠又人立起來，兩條後爪快要出完。空中「乾天火靈珠」也似在那裡往前移動，笑和尚一看，還不下手，等待何時？說時遲，那時快，當下駕起「無形劍遁」，直往那粒「乾天火靈珠」飛去，口誦避毒真言，伸手便搶。

方喜容容易易將珠得到手中，及至搶了珠子，回身飛遁，才覺那珠似有一種東西在下面牽引，拿著飛走，甚是吃力。百忙中往下一看，那妖物已有了覺察，一雙三角眼全都睜將開來，尖嘴中火信直吐，待要噴出毒霧。笑和尚大吃一驚，在這千鈞一髮之際，急中生智，一手提定那珠往回飛走，手指處將飛劍放出，往那粒「乾天火靈珠」下面一繞，果然無心中將妖物真氣斬斷，那珠失了依附，入手輕靈，與先前重滯宛不相同。

笑和尚用飛劍時不能隱形，已被妖物覺察，還算妖物初經雷劫之後，正在出土吐納養神之際，氣體不充，飛行不速，只怒得怪嘯連聲，口中一、二十丈長的毒氣又似匹練般直朝空中拋去。同時兩條後爪也一齊出土，待要全身飛起，笑和尚見已得手，哪敢怠慢，早已收回劍光，隱形飛遁！

就在這時，尉遲火在危崖上潛伏，往視妖物動靜。見大雷雨後，妖物果然現身，「火靈珠」停在空際，左右毒氣甚重。先時也代笑和尚著急，及見金光閃了一閃，「火靈珠」不見，知已得手，心中一歡喜，略微慢了一慢，那妖物業已全身出土，先時動作尚慢，倏地刮起一陣腥風，妖物口中亂噴五色匹練，周身有彩霧煙雲環繞，張開四爪，恰似一個七、八丈長的四腳蜘蛛，往前便飛！尉遲火大喝一聲，將劍飛出，去斬妖物兩條後爪。

這時妖物離地也不過兩三丈高，還待向上追仇敵，忽見谷中一塊伸出的危崖上面，先是一溜綠光直敵尉遲火的飛劍，接著起了一陣綠煙黃霧，恰似一面百數十方丈的煙網。煙霧中一個斷臂長人，面貌猙獰，披頭散髮，手持一面紙幡，連人帶煙，直往妖物撲去！

這時先前那溜綠火，已迎著尉遲火的飛劍，兩下一碰，一綠一白兩團光華雙雙墜地消滅。笑和尚原意遁出毒霧氛圍，再回身運用飛劍與尉遲火前後夾攻，剛飛出去里許地面，猛一回身，正見那斷臂妖人破了尉遲火飛劍，用一團黃綠煙霧，網一般圍住妖物破空飛去！不由大吃一驚，忙喝：「大膽妖孽休走！」手指處一道金光，疾如閃電，往前便追！

那斷臂妖人像是知道厲害，也不回身迎敵，怪嘯一聲，疾如飄風，直從尉遲火潛伏的危崖上面飛越過去！笑和尚劍光何等神速，連忙追去時，剛剛飛至危崖上面，忽然聞著一股奇腥，立刻覺得天旋地轉，目眩頭暈。若非素常修養精純，幾乎倒地！

就在這略一停頓之際，妖人逃走已遠，再看尉遲火，業已倒地不省人事！笑和尚大吃一驚，不顧再追敵人，因崖上毒氣太濃，不敢停留，百忙中屏著一口真氣，就地上抱起尉遲火，先飛離了險地再說。

他知道一時疏忽，闖下大禍，飛出里許，到了土穴左近，將尉遲火放在地上。一看尉遲火，二目緊閉，渾身綿軟，只前胸以下肉色未變，餘者自頸以上俱是色如烏漆。連忙塞了兩粒丹藥下去，在旁守護，等了兩個時辰，絲毫不見轉醒，知他受毒已深，靈丹無效，愈發憂急。

這時妖物雖然逃走，餘氣猶自籠罩崖谷，在晴空中隨風飄蕩，倘如隨風吹散，必要貽禍於人，也是將來隱患，只苦無法消除，乾看著急。

笑和尚準備尉遲火到晚不醒，只好自己抱著他，駕劍光回轉東海，拼著一身不是，求師尊搭救，別的暫時也顧不得了！

漸漸日色偏西，正是無法可施之際，猛見一道匹練金光電閃星馳般的飛來，宛如神龍夭矯，圍著妖穴附近繞去。接著便是震天價一個大霹靂，那道金光往崖谷只繞了一轉，便掉頭長虹瀉地般直往妖穴射去。

笑和尚一見金光，便認出是三仙一派來了救星，只不知是三仙中的哪一位，不由又驚又喜！不等來人現身，早合掌跪在當地，不敢抬頭。耳旁又聽霹靂兩聲，悄悄拿眼偷覷，金光斂處，現出一位慈眉善目的清癯瞿曇，緩緩從空中往二人存身之處行來。

笑和尚見是師父，目前妖氛已淨，尉遲火也不致喪生，固然忻幸，但是想起自己許多措置失當之處，雖然師父平日鍾愛，定難免去責罰，嚇得跪在地上不敢出聲，只不時拿眼偷看動靜。

苦行頭陀好似不曾看見笑和尚跪在地上一般，逕走近尉遲火身前，將他扶起，手指處，一道金光細如人指，直往尉遲火口中鑽去。一會功夫，那金光穿口出鼻，就在尉遲火七竅中鑽進鑽出不住遊走。

約有頓飯光景，苦行頭陀才收回金光。雙手合掌，口誦真言，搓了兩搓，手上放出光華，往尉遲火上半身撲了一遍，然後取了兩粒光彩晶瑩、綠豆大小的丹藥，塞進尉遲火口內。又過了頓飯時候，才聽尉遲火長長的咳了一聲，緩醒過來，見是苦行頭陀，連忙躬身下拜。

苦行頭陀道：「這次很難為你！如非事先疏虞，未看出妖人潛伏之處，妖物決然授首。我同玄真子道友在東海煉丹，正是火候吃緊，那丹關係三次峨嵋鬥劍，幾輩峨嵋道友生死存亡，我三人採藥多年才得齊備，一毫大意不得，所以來遲了一步，致你失去飛劍，身受妖毒，幾乎墜劫沉淪。那妖物毒氣本就厲害，這是牠的救命毒焰，休說你等小小功行，連正邪各派中主要人物也未必全能禁受！幸而你事前無心中服了萬載空青、靈石仙乳，又有東方太乙元精所化的石犀護著前心，僅僅七竅中了毒氣，不然縱有靈丹也難復原了！只是你飛劍既失、元氣又傷，事情為助我的孽徒成功而起，你始終不存一毫貪念，即此已很難得。現時你也不能再去積修外功，可隨我回轉東海，由我煉一口飛劍賜還與你，以獎你這一番苦勞之功便了！」

這時尉遲火已聽出苦行頭陀有怪罪之意，笑和尚更是早已聽出語氣不佳，嚇得心頭亂跳，戰戰兢兢膝行挨近前去，想等師父把話說完再行苦告乞恕。誰知苦行頭陀始終不曾理他，把話說完，不待他二人張口，僧袍展處，單攜了尉遲火，一道金光，直往東方飛去！

笑和尚一見不好，忙駕「無形劍遁」從後追隨。到了東海一看，洞門緊閉，知道師父劍光迅速，業已早到，若像往日，已然叩門逕入，因為負罪之身，又猜不透師父究要怎麼責罰，彷徨無計，只得跪在洞門外面低聲默祝。直跪到第三日清晨，毫無動靜，思前想後，愈發焦急起來。

正在惶急，忽見玄真子與乾坤正氣妙一真人雙雙緩步走來。笑和尚一見，彷彿是得了救星，連忙膝行著迎上前，懇求代為緩頰。

妙一真人道：「你師父性情平素看去較我等還要和易，但是戒律卻異常精嚴，你不應違犯戒條，據我看，你師父心中甚是難過，大有將你逐出門牆之意。所幸你尚能懺悔，覺悟前非，我又念你能為峨嵋宣勞，因此約了你玄真師叔向你師父求情。縱能免卻追還飛劍、逐出門牆，責罰也不在小，你可小心在此謹候，別任意行動，少時自有回音！」

笑和尚哪敢答言？不住含淚叩謝，眼看妙一真人與玄真子走到洞府門前，石門自開，雙雙走了進去。

一會諸葛警我走來，向笑和尚略一頷首，匆匆入內。又待有兩個時辰，才見諸葛警我面帶憂色走了出來，喚笑和尚起立道：「恭喜師弟，已蒙師伯寬恕了！」

笑和尚大喜，忙道：「師父可准小弟進去拜謁請罪？」

諸葛警我道：「此時談何容易！這事都怪我晚回來了兩三日，累得師弟你遭此無心之過。適才師父和妙一師叔，向苦行師伯再三求情，只免逐出門牆，尚有許多下文，暫時無暇談此，可隨我到釣鼇磯新闢的洞府中細談吧！」

笑和尚聞言，不由憂喜交集，先向著洞府跪謝師父寬恕之恩，然後隨著諸葛警我下了仙山，駕起劍光，直飛海濱釣鼇磯神吼洞坐定，聽諸葛警我詳說經過，才知苦行頭陀怪他不該狂妄貪嗔，一心看重寶珠，精神不屬，以致未看出妖人潛伏，遺留莫大後患，對他甚是灰心，不但不肯傳授將來衣缽，還要追去飛劍逐出師門。幸而念在他資秉不差，事後跪在洞前，尚能自覺前非，又經玄真子、妙一真人再三說情，才免逐出之罪，給與自新之路。

諸葛警我說起經過，笑和尚才知搶走文蛛那妖人，乃是百蠻山陰風洞妖孽，綠袍老祖門下叛師惡徒辛辰子。自從綠袍老祖在慈雲寺被「極樂真人」李靜虛腰斬，辛辰子趕到，趁著頑石大師失利的當兒，冒險將綠袍老祖上半身搶了逃走。

他拼命救師，心裡並非懷有好意，他因早已知道綠袍老祖尚有第二元神煉成的「玄牝珠」，乃是邪教中的至寶，存心不良，並不將綠袍老祖上半身送回百蠻山，尋找替身還元，逕將他帶至西藏大雪山極隱秘的玉影峰風穴寒泉之內，用妖術法寶將峰封鎖，每日毒釘邪火禁制，要逼綠袍老祖將「玄牝珠」獻出！

綠袍老祖知他心性歹毒，與自己不相上下。寧受折磨，至死不肯將珠交出，辛辰子才知弄巧成拙，憑自己法力，只能給他受盡痛苦，要弄死卻非容易。又加百蠻山尚有三十幾個前輩同門，時常查問綠袍老祖上半截屍身下落，俱疑辛辰子搗鬼，綠袍老祖未死，漸漸追問甚急，「玄牝珠」如能到手，便不愁這些同門餘孽不服！如果珠不能得，遲必生變！再要走漏機秘，被人救去，綠袍老祖殘忍非常，報復起來，定比自己施之於人者不知還要慘上多少倍！愈想愈害怕，擒虎容易放虎難，情急無奈，只得費盡心力手腳，盜了紅髮老祖一把「天魔化血神刀」來。

這「化血神刀」原是綠袍老祖的剋星，交珠便罷，否則便用神刀將綠袍老祖連殘身帶元神全部斬化。誰知遲了一步，綠袍老祖被妖人「西方野佛」雅各達救走，狠心毒意，乘人之危，在青螺魔宮中，雙雙活割了青海教祖藏靈子得意門徒師文恭的身軀，接復後遁回百蠻山去，發下大誓，二次再練百毒金蠶蠱，捉到辛辰子，將他折磨三十年，身受十萬毒口，然後斬去元神，化骨揚灰，用法術咒成蟲蟻，輪迴生死，日受毒蠶咬食，永世不完苦孽！

辛辰子當時被綠袍老祖用替身瞞過，未得追上，已知上了大當。後來一聞此信，嚇得膽落魂飛，哪敢再回百蠻山去！到處潛伏匿影，以避綠袍老祖的搜尋。知道盡日藏躲，終非了局，另聽別的妖人說起，要破金蠶蠱，只要生擒雲南天蠶嶺的千年文蛛，用自己的心血祭煉，與妖物分神化體，才可將金蠶一網打淨。這次綠袍老祖下了狠心，不久便將身與金蠶合而為一，蠶存與存，蠶亡與亡，就未必能制了！

他得了那妖人的指教，又傳了妖物文蛛禦制之法，用千年毒蠍腥涎合蛟絲凝結的毒網去擒妖物。預先在妖谷內用妖法隱去身形，笑和尚同尉遲火去時，他已查覺。本想下手暗算，又因妖物有「乾天火靈珠」護體，非毒網所能克制，指教他的妖人也算出他非因人成事不可，因此才隱忍未動，決計借別人搶珠之時下手。

但他生性太惡，就這麼打算，還趁尉遲火在谷口探頭之際，暗打了他一「陰魂毒火彈」。那彈中上，不出七天便要煩渴而死，偏偏尉遲火無意中又服了千載空青、靈石仙乳，才保無恙。及至笑和尚得珠到手，辛辰子趁他回身，用毒網抱了文蛛，汙壞了尉遲火的飛劍，行法遁走。笑和尚追他時，他因「乾天火靈珠」已與妖物元氣脫離，不但沒有顧忌，反起覬覦，原想暗施妖法一網打淨，一則恐人覺察傳揚出去，二則笑和尚劍光非比尋常，同時文蛛又放出毒氣，他雖滿身妖法，也覺禁受不住，連已經倒地的尉遲火都未及下手，逕自逃走！

誰想冤家路窄，指點他盗取文蛛的妖人走漏了消息，被綠袍老祖門下的一個名叫唐石的聽了去，密告了綠袍老祖，自是容他不得！早派了十幾個門下妖孽跟蹤窺探，一則搶他那柄「化血神刀」，又兼想連那妖物文蛛一齊得去，當時並未下手。直等辛辰子得手之後，暗地跟隨，到他潛伏的玉屏崖地穴以下，用妖法隱形化身入內，趁他和一個妖婦飲慶功血酒之時，暗下「銷魂散」將辛辰子和那妖婦醉得昏迷過去，再用「柔骨絲」綁好，連鮫網中的文蛛一齊帶回百蠻山陰風洞去！

行至中途，正遇紅髮老祖尋來，向辛辰子要還「化血神刀」。這一夥妖人不知厲害，語言不遜，惱了紅髮老祖，施展妖法困住眾妖人，斬斷「柔骨絲」，震醒辛辰子，索還「化血神刀」。辛辰子醒轉一看，才知道中了仇敵道兒！如非紅髮老祖索刀起釁，要被這些同門妖孽捉了回去，其身受的慘毒哪堪設想！當下便向紅髮老祖跪下謝罪，將刀獻還，歷說綠袍老祖怎樣狠毒，他盜刀自衛，情出不得已，再四苦苦哀求搭救！

紅髮老祖也未理他，將刀取回，逕自飛回山去。辛辰子趁眾人畏懼紅髮老祖，不敢動手之際，見紅髮老祖一走，連那妖物文蛛和心愛的妖婦都顧全不得，也乘機同時行法遁走。這夥妖孽欲待追趕，已自不及！只得帶了那妖婦和妖物文蛛回山覆命。

綠袍老祖聞得辛辰子中途逃走，暴跳如雷，不但恨紅髮老祖切骨，竟怪唐石不謹慎，一口咬斷唐石臂膀，又要將這些妖人生吃雪恨。還算雅各達再三求情，說他等俱非紅髮老祖之敵，文蛛既已得到，除了後患，可以將功折罪。辛辰子失了文蛛和「化血神刀」，無殊釜底遊魂，早晚定可擒來報仇雪忿，何必急於一時，這些妖孽才免葬身老妖之口。

那綠袍老祖自從續體回山，性情大變，愈發暴戾狠毒，每日俱要門下妖人出去抓來人畜與他生吃。人血一喝就醉，醉了以後，更是黑白不分，不論親疏，一齊傷害，不似從前對門下，暴虐之中還有幾分愛惜。總以為自經辛辰子這一來，其他妖孽難保不有人學樣，法術學成以後，去為將來叛師害己之用！

他從前雖然狠毒，女色卻不貪戀，自得妖婦，忽然大動淫心，每日除了刺血行法，養蠶煉蠱之外，便是飲血行淫。偏那妖婦又不安分，時常與門下妖孽勾搭，偶一覺察，他卻不究妖婦，只將門人慘殺生吃。門下三十幾個妖人已被他生嚼活吃了好幾個。在他淫威惡法禁制之下，跑又跑不脫，如逃出被他擒回，所受更是慘毒。不逃走，在他身旁，法術既不會再傳，又是喜怒難測，時時刻刻都有慘死之虞！

他回山沒有多日，鬧得這些門下個個提心吊膽，如坐針氈。及至這次唐石領了多人盜回文蛛，除去他的隱患，有功不獎，反將唐石咬斷了一隻臂膀，又要生吃眾人。雖經人解勸得免，可是一見唐石斷臂，便想起昔日咬斷辛辰子臂膀結怨復仇之事，不時朝唐石獰笑，話言話語，總拿辛辰子作比。

唐石平時雖然惡毒，甚得眾心，向辛辰子追究綠袍老祖下落，也是他一力主持，卻鬧得這般結果，朝不保夕。愈發眾心解體，反覺不如當初與辛辰子一氣，同謀將他除去，倒不致受今日荼毒。當真是眾叛親離！

那辛辰子卻自知早晚沒有活路，探知綠袍老祖為想利用文蛛煉成妖法與峨嵋尋仇，得到以後，並未弄死，只因金蠶蠱尚未煉成，不能分心，將文蛛仍用鮫綢網好，關在陰風洞底風穴之內。自己既與惡師勢不兩立，除了將文蛛再行盜回，覓地藏煉，將來還可以拼個強存弱亡之外，更無善策。處心積慮想去冒險一試，半月之內必要前去。

以上各點，全是苦行頭陀用佛法坐禪，神儀內瑩，智珠遠照，算出許多因果。又看玄真子與妙一真人情面，將斬除妖物之事責成笑和尚前去辦完。命諸葛警我傳語，指示了綠袍老祖藏匿妖物之所，給了三個密柬，外面標明日期，到日危急，才許開看。斬妖回來，不但將功贖罪，那時苦行頭陀也值功德圓滿，仍可令笑和尚繼承衣缽。

笑和尚備悉經過，好生憂慮，忙對諸葛警我道：「斬妖贖罪，責無旁貸，只是那綠袍老祖何等厲害，門下許多妖人皆非弱者，我人單勢孤，本領有限，如何能夠深入妖穴？師兄念在往昔情分，好歹救我一救！」

諸葛警我道：「你一人自不是他對手。所幸師伯雖命你一人負責，並未禁止你約請幫手。前輩師伯叔自不便請去相助。連我也因師父和這兩位師伯師叔時有差遣，不能離開一步。但是別的同門尚多，尤其是破完青螺以後，新入門的幾位同門不但本領高強，還有許多異寶。師伯第一封柬帖外面定有你起身日期，計算離今天還有半個來月，你何不趁此時期請好助手，一齊往百蠻山去相機行事，豈不是好！」

笑和尚道：「我平日不善和師姊妹應對，除你之外，只和小弟金蟬交好。他的能力還不如我！餘者同門雖多，我俱不熟，也不好意思事急請人相助！」

諸葛警我道：「你又呆了，斬妖除害乃是我等應為之事，雖說助你，也是為公，不過你身任其難罷了。只管對他們說，除非另奉師命，有事在身，都是義不容辭。峨嵋與我等一家手足，俱是同門，分什麼男女和交情深淺？我代你打算，這些同門當中，別看小師弟金蟬本領不如你，還就數他是第一福人，畢生永無凶險，又最得妙一夫人和諸同門看護，難得他又和你交好，約他相助，最為妥當！」

笑和尚點頭答應，將得到的「火靈珠」與諸葛警我看了，逕往峨嵋飛去，到了峨嵋，也不和旁人見面，逕和金蟬商議。

笑和尚對金蟬講完了一切經過，金蟬笑道：「笑師兄你也真是，這等大事，怎可怕不好意思，快隨我來！」說罷，不由分說，拉著笑和尚便走。

一起來到太元洞中，眾同門俱在，金蟬便將笑和尚現奉師命，要往百蠻山陰風洞斬妖除害將功折罪，只因綠袍老妖厲害，人單勢孤，來請同門相助之事說了。這些同門，除了靈雲、秦紫玲、吳文琪幾個素來持重外，餘下都是急功喜事，好幾個都願前往。笑和尚當然滿口稱謝，金蟬更是興高采烈，不住的商量怎樣去法。

靈雲看了甚是好笑，插口說道：「蟬弟你就是這火爆性子，也不知亂些什麼，你先不要打岔，聽我來說！」

金蟬見靈雲顏色似不贊同，心中大為不快，鼓著一張嘴搶著說道：「姊姊這還有什麼說，我們既然以劍仙自命，斬妖除害乃是天職，何況笑師兄受了苦行師伯重責，獨肩千斤重擔，我和他情若骨肉，你們不肯幫他，也得幫我！莫非這義不容辭的事，也要稟命而行麼？我不管你們，誰要怕事，只管不去！適才文姊姊和李師妹、申師妹、秦二師姊都說去的，想必不會說了不算，再連我一同──」

金蟬還要往下說時，靈雲見他一面激將，一面挾制，又好氣，又好笑，不等說完，喝道：「蟬弟住口！休得胡言。這凝碧仙府乃本派發揚光大之基！我以微末道行，奉師父前輩之命暫行主持。以後同門日多，都似你這樣放肆狂妄，言行任性，一言一動都似這般浮躁，豈是修道人的體統！外人為妖孽所侵，我等遇見尚難袖手，何況同門至契，只是凡事須有個條理章法，大敵當前，豈是隨便張惶便能了事的？」

金蟬原有些畏懼靈雲，只因激於一時義憤，疑心靈雲不肯相助，才說了那一番話，被靈雲義正詞嚴數說了一頓，早羞了個面紅過耳。英瓊、朱文一知來意就自告奮勇，寒萼、若蘭也相繼說是要去。英瓊素來天真，最得全體同門鍾愛，誰說她也不計較。朱文與靈雲姊弟又是生死患難之交，更不在意，反看著金蟬受屈好笑。若蘭得依峨嵋，引為深幸，平素本極敬重靈雲，反認為自己冒昧，不該也搶著說去。其餘自紫玲起，沒一個不佩服靈雲的，笑和尚自不便有何表示，只寒萼一人生來不曾受過拘束，自負甚高，又係初來，聞言好生無趣！

靈雲心中明白，轉向笑和尚道：「掌教師尊原有飛劍傳諭，命我等分頭建立外功。遇見這種事，不但相助師弟，如能僥幸成功，將綠袍老妖除去，正是我等積修外功機會。為公為私俱無坐視之理，偏偏仙府正值多事之秋，日前藏珍出現，也不知是何寶物，化成一道光華破空飛遁。適才第二口飛劍又要遁走，多虧師弟趕來，才得收住。現在不知穴中寶物還有多少，只有先事預防，一出便收，要是寶物還多，須留兩位本領較大能收寶物之人在此防守，以收盡為止，免致化形飛去，落於異派之手。是以其餘同門實難和你同往。」

這一席話自是解釋盡情，笑和尚早知師父以重責相委，必有磨難，決難容易之理，原在意料，倒也泰然，能得金蟬相助，於願已足。金蟬雖不甚樂意，想起目前仙府中實多礙難，只得罷了。商議停妥，笑和尚便將適才接的那口飛劍交還靈雲，又將柬封外面注明赴百蠻山的日期與眾人看了。

靈雲見那口飛劍，形狀特別，連柄長只尺許，劍身三稜，青芒耀眼，寒氣人毛髮。眾人正在傳觀，笑和尚猛的心中一動，對金蟬道：「藏劍寶穴現在何處？發現以後既然未能封鎖，各位師姊、師兄可曾入內觀察？」

一句話將靈雲提醒，忙答道：「這幾日，一則仙府多故，二則初回時因未看見飛走的法寶形相，恐道力有限，不敢妄入，如今有笑師兄在，笑師兄『無形劍遁』妙術通玄，只由我與笑師兄二人借了三位師妹的『紫郢劍』、『天遁鏡』、『彌塵幡』，連那『九天元陽尺』四樣寶物入內觀察，得便將穴中法寶收去，餘人各駕劍光在外防守穴口，以防寶物遁走，最為穩妥！」

當下便向三人要過三樣寶物，將新得飛劍帶在自己法寶囊內，佈置好了眾人，將「彌塵幡」交與笑和尚，「元陽尺」藏在袖內，一手持著「天遁鏡」，一手拿著紫郢劍，領了眾同門走到寶穴前面峭壁之下，先和笑和尚飛身上去，在穴口側耳一聽，裡面金鐵交鳴之聲又起，只不如先前響亮。

靈雲道：「先時每值寶物飛去以前片刻，響聲甚大。寶物一經飛出，便即停息。據這兩次聞聲觀察，這穴必甚深廣，現在就要進去，笑師兄可有什麼高見？」

笑和尚道：「師姊道法通玄，為同門表率，無須太謙，就請下手吧！」靈雲便將手一揮，峭壁下除了英瓊已將紫郢劍借與靈雲，芷仙不能身劍合一，只在下面旁觀外，餘人各將劍光放起，十來道光華沖霄而上，光似五彩匹練起在半空，神龍夭矯，略一遊轉，齊往寶穴上空會合。寒光寶氣，耀目生輝，雜以雷電之音，穿織成一盤光網，籠罩穴頂。

靈雲料無疏漏，對笑和尚道：「有僭！」揭開玉石穴蓋，用手中「天遁鏡」往下一照，見裡面是一個井一般的深穴。從上到下約有二十餘丈，比穴口約寬三倍，內壁上面有一個石門，餘外三面俱是平滑如玉的石壁，一無所有，才知寶穴原是兩層，寶物定藏在石壁以內。

略一端詳，看出穴中並無異兆，回頭招呼笑和尚，一前一後飛身下去。到了穴底，走向石門前一聽，果然金鐵之聲出自門裡，空穴傳音，分外清晰，鏗鏘悅耳。見那石門竟似天然生就，僅略看出一絲輪廓，無法進去。

二人商量了一會，先用笑和尚的飛劍往縫隙裡試了試，竟不能削動分毫！也不知先前寶物怎能破壁飛去，猜這石門定有仙法妙用，不然何致笑和尚的飛劍都破它不開？又用「彌塵幡」試了試，以為「彌塵幡」能隨心所至，穿金入石，必能連身入內，誰知彩雲起處，仍不能飛入雷池一步，只在石門之上迴旋，才知仙法厲害，愈發不敢大意，連忙收了「彌塵幡」，取出英瓊紫郢劍向門縫裡刺去。

先以為飛劍、寶幡無效，紫郢劍也未必成功，姑且試試，誰知紫光到處，立刻一道白煙一閃，石門不見。石門以內金光耀眼，夾著一團彩氣，疾若閃電一般盤旋，阻住去路。

二人不禁大吃了一驚，先以為這是寶物，猛聽出金鐵交鳴之聲出自光層裡面，才悟出這是仙法封鎖寶物的妙用。靈雲將「天遁鏡」交與笑和尚，要過「彌塵旛」，叫笑和尚持鏡遠照，相機進退，自己決意冒險入內一探，一手持著紫郢劍，用「彌塵旛」護體，再與自己飛劍將身合了，試探著往光層裡穿去。笑和尚在光層外面瞭望，眼看一道紫光會合一幢彩雲穿入光層以內，頃刻之間，倏見靈雲帶著一條青光，重又穿光而出，落地收了法寶飛劍，口中連稱：「好險！」

笑和尚忙問究竟，原來靈雲用法寶、飛劍護身，入了寶穴，裡面地方甚是深廣，玉柱瑤階，如同仙闕。盡頭處見有五道光華糾結盤繞，其形不一，彩色各異，光華照眼，也辨別不出是什麼寶物。正尋思一人決難下手收取，腳才著地，便覺適才所收那形如青蛇的三稜飛劍在百寶囊中跳動，未及檢看，便化成一條青蛇，破囊而出！虧得手快，才得將它收回。

百寶囊已破，無法收藏，只得連「彌塵旛」拿在手內，這青蛇才一照面，五道光華之中，倏地一道形如蜈蚣的紅光往手上撲來。這青蛇也好似要在手上掙脫，同時那餘外四道光華也紛紛飛到，靈雲見勢不佳，急忙仍用前法遁出，才保無恙。

那五道光華好不厲害！那頭一道紅光飛到時，若非紫郢劍敵住，險遭不測！就這樣還將百寶囊損傷，還有玉清師太所贈的「烏雲神鮫網」，連她自己練的兩樣小法寶俱都失陷在內，還不知能保原璧與否！

靈雲說了經過，笑和尚也覺無法可施，這時忽見一道光華從空飛降。來人正是輕雲，手中拿著兩封柬帖，標明拆看次序。那柬帖是妙一夫人的飛劍傳書，先是金蟬接到，因金蟬霹靂劍僅比紫郢稍次，勝過眾人，可以幫助防守。又因有一封柬帖還有取寶之法，才請輕雲下來交與靈雲。

靈雲先朝柬帖跪拜，打開第一封一看，不由心中大喜。顧不得先說別的，忙請輕雲將那青蛇形飛劍帶了上去，交與寒萼代收，約了秦紫玲與朱文，連她本人一同下來相助收寶，餘人仍在上面防守。不一會，輕雲將朱、秦二人約到。靈雲才將收寶之法說出。

原來那寶物乃是長眉真人採五行精英，用九九玄功，按七真形相煉就的七口飛劍。深藏在凝碧崖旁，天波壁中腰，青井穴中元洞內壁上七個玉石劍囊之內。總名「七修」，分龍、蛇、蟾、龜、金雞、玉兔、蜈蚣七種，各有象形，專破異派五毒，乃是峨嵋至寶。

長眉真人飛升之時，因火候尚未純青，未傳門下。用法術將洞穴一齊封閉，由七口飛劍各依生剋，晝夜三次在洞中相互擊刺磨煉，僅留了一封柬帖與妙一真人。昨日妙一真人算計時日已到，打開柬帖，才知這七口飛劍來歷和收用之法。

柬帖上並說因為那日母猿袁星身上來了周甲天癸，五靈脂汙了青井穴的法術封鎖，也正值寶物該是出世之期，穴外法術雖然被汙，內洞還有兩層封鎖，頭一層便是那石門，第二層是一面「六陽玦」。

這「六陽玦」如遇午年午月，每日午時，陽盛陰衰，物極必反，轉致失了效用。同時那七口寶劍在洞內相擊刺，因有生剋關係，較弱的一口必乘此時被迫穿出，石門阻隔不住，自然隨它本身靈性飛遁。內中有一口「玄龜劍」首先化形飛去，第二口蛇形的「青靈劍」也在次日相繼飛出，雖然當時收住，如不會運用，仍要飛逃。

頭一口「玄龜劍」飛出之後，落在一個未入門的弟子手內，不久自會珠還。其餘六口務要早日下手，以免失落異派之手。妙一真人因為與玄真子苦行頭陀輪流合煉一樣純陽至寶，不能分神，恰好妙一夫人到東海看望，也因有事他去，才用飛劍傳書，命靈雲率領輕雲、朱文等，照長眉真人所傳收劍之法即時下手。收劍之後，由靈雲收藏，等真人回山，再行分派。

看完第一封柬帖，靈雲吩咐好了人眾，傳了咒語，手舉「九天元陽尺」，念動真言，朝洞門內旋轉的光華一指，金光閃處，光華全斂，一面玉玦隨著飛入靈雲手內。眾人入內一看，洞中五道光華仍在閃轉騰挪，互相糾結，鬥個不息，正待往裡進步，門外「六陽玦」一收，寶物好似有了覺察，倏地相次分散，往外便飛！

靈雲早有防備，手中「九天元陽尺」往上一起，先化成一道金虹，往那五道光華圈去。餘人早各按分派，念動收寶真言，照預說的方位，往左右四壁一指。那五道光華各依眾人指處，掉轉頭，疾如閃電在往壁上飛去，晃眼鑽入壁中不見。

靈雲收了「元陽尺」，見適才遺失的「烏雲神鮫網」等寶物仍在地上，因未使用與劍相敵，並未損傷，便取來收好。同了眾人近前一看，有大小七個玉囊嵌在壁上，色如羊脂，與壁相平，僅看出周圍細縫，囊形也與劍形相類。注有古篆劍名：龍名「金鼉」、蟾名「水母」、雞名「天嘯」、兔名「陽魄」、蜈蚣名「赤蘇」，除去「玄龜」、「育靈」二劍外，俱在囊內。

眾人各用真氣，將七個劍囊一齊吸出，忽見金光閃處，壁上空穴全都生長還原，並無縫隙，俱都驚嘆仙法妙用不置。再看手上玉囊，竟是透明如晶。囊中劍形俱與名稱相似。各人高高興興捧了出洞，駕劍光上升穴頂，招呼洞外諸人同往太元洞內，又向寒萼要過「青靈劍」藏入囊中。眾人見那七個劍囊，只龍、蛇二劍最大，約有尺許，小的三、四寸大小，聽靈雲說起收劍經過，才知竟有若干妙用，互相稱賀了一陣。

靈雲便將「天嘯劍」取來帶在身上，其餘五劍，「金鼉」交與紫玲，「水母」交與輕雲，「陽魄」交與英瓊，「赤蘇」交與朱文，「青靈」交與若蘭，「元龜劍」空囊交與芷仙暫時佩帶，靜等教祖回來定奪。

靈雲原意「七修劍」乃是靈物，等三次峨嵋鬥劍時破異教「五毒囊」至寶，劍數太多，既不能全數隨身攜帶，供在室內又恐疏虞，不如分給眾人佩帶較為穩妥，既非私相贈授，又未傳付用法，不過是暫時分著保存，並非有所厚薄。不料隨意一分，又引寒萼許多不快，心中好生怏怏。

紫玲從旁看出，知道靈雲事出無心，寒萼塵孽本重，深恐她倚強任性，入門未久，得罪同門，大是不便，覷著眾人不注意時，偷偷用目示意。

寒萼明白乃姊用心，只微微笑了一笑，面容轉趨和藹，仍和往常一樣尋著若蘭說笑，好似依了紫玲暗示一般，紫玲才放了心。

第六回　一探妖穴　以毒攻毒

這時靈雲已將妙一夫人的第二封柬帖打開，與眾人傳觀，柬中提到余英男為往莽蒼山尋找李英瓊，現受黑霜陰霾之厄，凍僵在莽蒼山陰寒晶之內已有數日。幸得她未遭難時因腹中饑餓，從幾隻大猩猩手中奪了幾個以前英瓊採遺的朱果吃了，借著仙果之力，周身氣血雖已凍凝，惟獨心頭方寸尚是溫熱，苟延殘息。

那莽蒼山冰地萬丈，如此高寒之所，只為山陽藏有萬年溫玉精英，亙古不凝冰雪，四時皆春，所有寒陰之氣萃於山陰，英男年幼無知，被一妖道利用，想借她一身仙骨，幾世純陰，去盜取寒穴玄晶之內的冰蠶。他又本領不濟，未算準日時生剋化用。英男去時正值寒風歸穴之際，入穴數步便被寒風吹倒，妖道眼看別人為他僵死洞內，卻袖手而去，如今英男骨髓皆化成寒冰，可著英瓊隨機應變，前去救人等語。

大家看完了妙一夫人柬帖，頭一個英瓊悲喜交集，當下便要帶了一鶥一猿趕往莽蒼山去將英男救回。靈雲道：「瓊妹先不必如此急躁，既有掌教夫人之命，去是一定由你前去，不過也須慎重！那冰蠶和溫玉兩樣寶物，一個有妖道覬覦，一個有妖屍守護。那妖道處心積慮想得冰蠶，此去如遇妖人阻攔，切忌貪功輕敵，務須記住守多攻少，若用劍光護身，無論對方如何厲害，至多不能取勝，萬無一失。還可將紫玲師妹『彌塵幡』借去一用，在今晚課完時起身，將人救回以後，再商盜玉之策便了！」

英瓊答道：「師姊之言極是！只是妹子與英男姊姊情同骨肉，可憐她現在又為找尋妹子奔走逃亡，受盡艱辛，凍僵在寒穴之內。雖說吃了朱果苟延殘息，但是身已凍僵不能轉動，每日尖風刺骨，其苦更甚於死！妹子讀完恩師柬帖，心如刀割，早打算稟明師姊，拼著命不要，上天入地，也要尋她回來！今既知道她受苦之處，哪能再作遲延？」

靈雲初起原恐英瓊早去不能救人，遇見妖人怪物，又去貪功吃虧，才命她算好往返時辰前往，及見英瓊秀目紅潤，慷慨陳詞，誠摯悲壯，不覺為之動容。又因莽蒼面積甚大，柬帖只說風穴在山之陰，並未說明地址。縱然神鵰飛行迅速，目光銳利，早去探尋，也不為無理。只得請輕雲、文琪二人暫代神鵰守洞，再三囑咐小心。紫玲將「彌塵幡」遞過，英瓊致謝收下。別了眾人，連袁星同跨神鵰，直飛莽蒼山而去，暫且按下不表。

卻說英瓊走後，靈雲便問笑和尚對金蟬同去意下如何？笑和尚道：「來時諸葛師兄早料及此，諸位師姊不能分身，除妖之事，孽由自作，無可推諉，能得蟬弟同去已屬萬幸了。大師姊如無甚吩咐，現在就想同蟬弟告辭。」

靈雲再三留他盤桓幾日，笑和尚不慣和女同門周旋，求助之事只限於此，無意流連，仍是執意要走。靈雲只得留他暫住一日，明日早行。和眾同門陪了他將凝碧仙景走了一遍，又囑咐金蟬許多言語，將朱文「天遁鏡」借過，傳了用法，交與二人。

第二日清晨，笑和尚與眾同門作別道謝，同金蟬駕「無形劍遁」往百蠻山進發。

這一日行到滇桂交界，屈指行程，算來明日就是開視苦行頭陀第一封柬帖之期，笑和尚對金蟬道：「綠袍老妖何等厲害！此去只可智取，伺機行事。我如遇見不測，師弟你切不可輕易涉險！可駕劍光遁往東海，求恩師念在自幼相隨之情，寬我既往，與我報仇除害，再將我元神渡去，仰仗恩師法力轉劫托生，不致昧卻未來，就感恩不盡了！」說罷不禁淒然。

金蟬因素昔笑和尚總是嘻嘻哈哈，從無愁容，聞言心中甚是難過，便勸慰他道：「據家母飛劍傳書，和諸葛師兄所說之言，此去凶險磨難，自是難免，至於便遭不測，漫說你來因甚厚，本領高強，就是苦行師伯自幼教養，一番苦心，平素又那樣疼愛，也決不會任你葬身妖穴；至於我，更是和你情逾骨肉，除妖去惡，分所應為，更談不到感謝之言。師兄只管放心，縱不馬到成功，我想萬無一失！」

笑和尚強笑道：「多謝師弟好意。我又何嘗不知恩師用心，怎耐我平素嫉惡如仇，現時雖想謹慎從事，一入妖窟，見了那般兇殘狠毒之行，一個按捺不住，不暇計及利害輕重，稍一失慎，便遭毒手。事難逆料，蟬弟你只緊記我說的話便了！」

金蟬又勸慰了一陣，二人本來天性曠達，說過也不再提。

第二日行至中途，打開苦行頭陀第一封柬帖一看。除了外面注明下手日期，去的路徑外，裡面單只寫著「逢石勿追、過穴莫入、血焰金蠶、以毒攻毒」四句偈語。

二人彼此參詳了一陣，笑和尚道：「『逢石勿追』，那『石』不是人名，便是人姓。綠袍老人手下有一個惡徒名叫唐石，被他妖師嚼吃了一條臂膀，本領不在辛辰子以下，恩師命我等如遇上將他打敗，不要窮追，還可說得過去，第三、四句含有鷸蚌相爭漁人得利之意，現時雖難深知，也可解釋，只須到時留神便了，惟獨第二句『過穴莫入』，穴便是洞，這妖物文蛛明明被綠袍老妖封藏陰風洞底，要不入內，從何斬起？」

金蟬道：「苦行師伯預示先機，必有妙用。我等反正得去見機行事，猜它則甚？」

笑和尚道：「話不是這般說法，以前就因為大意才惹出亂子，還是謹記恩師手諭，彼此提醒的好！現在離除妖日期還有一日，恩師柬帖既未禁止早去，我意欲留賢弟在此，先去探一探動靜，並不下手，稍得著一點虛實，再與師弟同去如何？」

金蟬執意不肯，定要同行，笑和尚無法，只得同了金蟬逕往百蠻山進發。

劍光迅速，不多時已離百蠻山還有百十里之遙。那百蠻山獨峙苗疆萬山之中，四面俱是窮山惡水。嶺內回環，叢莽密菁，參天蔽日，毒嵐煙瘴，終年籠罩。離山五、七百里外還有少數生苗，野處穴居，五、七百里以內，亙古無有人蹤，除潛伏著許多毒蟲怪蟒外，連野獸都看不見一隻。

二人用「無形劍遁」盤空下視，見下面盡是惡雲毒煙籠罩。溝谷之中時見奇蟲大蛇之類盤曲追逐，鱗彩斑斕，紅信焰焰。知是百毒叢聚之區，此去須與盤踞此間的絕世妖人決一生死存亡，還未深入重地，見這般險惡形勢，已自觸目驚心！

因二人俱是初來，按照柬帖所示途徑，一路留神觀察，正待尋找百蠻主峰「陰風洞」所在，忽見下面煙嵐由稀而淨，四圍山勢如五丁開山，突然一齊收住，現出數千百畝方圓一片大平地，中間一峰孤矗，高出大半。漸行漸近，見這主峰有五六百畝大小，上豐下銳，嵯峨峻嶒，遍體都是怪松異石。山石縫中滿生著許多草花藤蔓，五色相間，直似一個撐天錦柱，瑰麗非常！

笑和尚、金蟬從一路毒煙惡瘴上面飛了過來，萬沒料到這苗蠻殊域卻有這般仙景，心中雖然互相驚異，因妖人機靈，不敢出聲，只圍在峰的上面觀察又觀察。剛剛飛向西面，笑和尚一眼瞥見峰西北方高崖後似有幾縷彩煙婀娜飄蕩，同了金蟬飛過崖去一看，那崖十分高闊，面前有百十頃山田，種著一種不知名的花草。

那崖壁石色深紅，光細如玉，縱橫百十丈，寸草不生。一邊排列著三個大圓洞，上下左右俱是兩三寸大小窟窿，每個相隔不過尺許，遠望宛如蜂巢一般整齊嚴密，不時有幾縷彩煙從那許多小窟中婀娜飛揚，飄向天空。仔細一看，那彩煙好似一種定質，並不隨風吹散。由窟中飛出，在空中搖曳了一陣，又緩緩收回去。飛行較近，便聞著一股子奇腥，知是妖人鬧的玄虛，再一細看崖下那一片田疇中所種的花草，花似通萼，葉似松針，花色綠如翠玉，葉色卻似黃金一般，分排井布，層次儼然。尤其是花的大小、葉的長短、與枝幹高下，一律整齊。宛如幾千百萬萬枚金針密集一處，在陽光之下閃動。又似一片廣闊的黃金麗褥上面點綴著百萬朵翠花，更顯絢麗。

笑和尚暗想：「久聞這裡妖孽專慣血食，奇峰仙景是天生，這些花田和這許多不知名的花草，分明人工種植，難道妖人吃人吃膩了，特意種些奇花來觀賞麼？」

他正在忖思之際，忽聽一陣怪嘯之聲起自崖後孤峰那邊。二人連忙將劍光升高，遁入雲中，往孤峰那面一看，只見峰腳南面一個洞中，走出二十四個奇形怪狀的高矮漢子。俱都面如白紙，沒有一絲血色，相貌猙獰，宛似出土殭屍一般！

那些人每個上身穿著一件不長不短，敞著頸口的紅衣。胸前戴著一隻金圈，兩手袖長只齊肘，手腕上黃毛茸茸，青筋暴露，乾瘦如柴。下身赤著一雙泥腳，手中各持一面白麻製的小幡，血印斑斕，畫著許多符籙和赤身倒立的男女。

為首一人扮相和日前所見的妖人辛辰子相似，卻沒他高，也斷了一隻手臂，單手拿著一柄長劍，麻幡卻插在身後。走起路來搖搖晃晃，口中不住發出「噓噓」之聲。一個個滿身邪氣籠罩，隨著為首斷臂妖人緩緩往前行走，宛如行屍，漸漸走到崖前。

那斷臂妖人先是口中喃喃似念邪咒，倏地怪嘯了一聲，這些妖人立刻按八卦方位分散開來，將足一頓，升起空中，與崖頂相齊。那為首妖人忽然忙亂起來，時而單手據地疾走如飛，時而筋斗連翻旋轉不絕，口中咒語也愈念愈疾。餘人隨聲附和，手中小幡連連招展，舞起一片煙雲，喧成一片怪聲，聽著令人心煩頭悶。

似這樣約有個把時辰，日光略已偏西。那斷臂妖人將手中劍一揮，只見一道綠光朝空中繞了一繞隨即飛回。然後將劍還匣，取出背後麻幡，全體妖人一聲怪嘯，將各妖幡朝下亂指，便見幡上起了一陣陰風，煙雲盡都斂去，隨幡指處，發出一縷縷的彩絲，直往花田上面拋擲，愈往後愈急，二十四面妖幡招展處，萬絲齊發，似輕雲出岫，春蠶抽絲一般。

頃刻之間，交織成一盤廣大輕勻的天幕，將下面花田一齊罩住。薄如蟬翼，五色晶明，霧紗冰紈，彩光奪目，透視下面花田中翠花金葉，宛如千頃金波湧起萬千朵翠玉蓮花，若非聞著腥風刺鼻，目覩妖人怪狀，幾疑置身西方極樂世界，見諸寶相放大奇觀！

金蟬和笑和尚二人知道厲害，各用手互拉示意，借著「無形劍遁」盤空下矚，連一絲形跡也不敢現漏。正在相顧驚奇，這五色天幕業已織得只剩為首斷臂妖人存身之處還有二尺方圓空隙。斷臂妖人又長嘯了一聲，餘人都停了手腳，全往空隙上空聚攏，仍駕陰風按八卦方位立定。

安排就緒，斷臂妖人從空隙中飛身而下，降離崖前約有十丈，仍是單手據地念咒，手舞足蹈了一陣，先放起一團煙霧籠罩周身，口中又是念念有詞。將手一撤，便有三溜綠火朝崖上三個大圓洞中飛去。法才使完，更不怠慢，接著慌不迭的騰身便上！

他身才離地，崖前狂風大起，崖上三個圓洞中先現出三個妖人。居中一個，頭如栲栳，眼射綠光，頭髮鬍鬚絞在一團，隱藏著一張血盆大口，兩行獠牙。身有煙霧環繞，看不甚清，一望而知是妖人首腦綠袍老祖。右洞妖人與先見妖人形象裝束相似，左洞妖人是個紅衣番僧，生得豹頭環眼，獅鼻闊口，金蟬認得是「西方野佛」雅各達，忍不住正想和笑和尚說他來歷，已聽下面「吱吱」連聲，猛覺笑和尚將他拉了一把，意思叫他噤聲，往下面觀看。

就在這撥頭轉臉的工夫，金蟬往下一看，不由嚇了一跳！原來就在斷臂妖人行完了妖法，慌慌張張往上升起，綠袍老祖洞前現身之際，崖上成千累萬的小洞穴中，一陣「吱吱」亂叫，似萬朵金花散放一般，由穴中飛出無量數的金蠶，長才寸許，形如蜜蜂，隻身略長，飛將起來，比箭還疾！

那綠袍老祖好似存心與斷臂妖人為難，容他飛離五色天幕還有一半，突然伸出一條又細又長像鳥爪一般的手臂，望空一指，上面二十三個妖人令到即行，毫不顧那斷臂同門生死，各將手中幡指處，又抛出無數縷彩絲，將那空隙一齊封蔽。

斷臂妖人也像是早知有這一場苦吃，飛得更快，眼看穿隙而上，忽見空隙被彩絲封蔽，金蟬慧眼看得最真，只見他滿臉怒容，咬牙切齒，口中喃喃，待要施為。又見那天幕一面的同黨，好似朝他用目示意，那斷臂妖人才長嘆一聲，重又飛落下去。

同時穴中飛出來的萬千隻金蠶，早如萬點金星朝天飛起。飛近天幕，似有畏忌，紛紛落下飛入那花田之中食金葉。「吱吱」之聲匯成一片異響，斷臂妖人剛往崖前落下，一部份千百隻金蠶忽然蜂擁而上，圍著斷臂妖人周身亂咬。

斷臂妖人想必萬分畏懼綠袍老祖，對這些並未煉成的惡蠶，只用一隻手護著雙目，不但不敢傷害，絲毫也不敢抗拒。跪在地上不住口喊：「師父救命！」轉眼功夫，咬得血肉紛飛，遍體朱紅！眼看肉盡見骨，連空中妖人見了這般慘狀，臉上都含不忍之色。一則上下相隔，二則綠袍老祖萬分殘毒，誰也不敢開口，還是西方野佛看不過去，朝著綠袍老祖說了幾句，似在代他求情。

綠袍老祖這才獰笑了一聲，厲聲說道：「唐石，你須記住！今日我煉的金蠶尚未成形，已然這般厲害，異日擒到你那叛逆師兄辛辰子，須令他供我金蠶每日零碎咬啃，見筋見骨，再與他上藥生肌，連受三年金蠶之苦，才將他銼骨揚灰，消魂化魄！你也被我那日發怒時咬去一臂，今日先給你嘗點厲害，你如學他背叛，便是榜樣！今看雅各達之面，先將你狗命暫且記上！」說罷，隨手一指，一道綠光一閃，那些金蠶似有靈性，紛紛捨了斷臂妖人，飛往花田之中去了。

斷臂妖人忍痛起身，已然渾身破碎，成了血人，咬住牙將身一縱，飛入南面大洞去。再看花田之中那些金蠶，更是厲害，耳旁只聽蠶翅磨擦之音與嚼吃「吱吱」之聲混合一齊，震人耳鼓。花田裡面竟如一片黃金波濤，湧著萬千朵翠玉蓮花起伏閃動，不消片刻，萬馬奔騰般「轟」的一聲，千萬朵金星離開花田，朝空便起！

綠袍老祖早有準備，突將手據地倒立，口中念咒，時而起立旋轉，細長頭頸上撐著一顆栲栳大的腦袋，亂搖亂晃。倏然兩手一搓，一條細長鳥爪般的手臂往崖壁上密如蜂窩的小洞穴中連連亂指，血盆大口張處，噴出一道綠煙飛向崖上，同時這些小洞穴中如拋絲般飛出千百道彩氣，彷彿萬弩齊發，疾如閃電，射往金蠶群裡，那千萬金蠶全被彩氣吸住，兩縷彩氣吸住一隻金蠶，掙扎不脫，急得「吱吱」亂叫，轉眼功夫，全被彩氣收入萬千小洞穴之內。

這時黃金一般的花田，已被這些惡蠶將千頃金葉嚼吃精光，只剩一些翠綠蓮花分行布列，亭亭田內。綠袍老祖用妖法收完金蠶，將長手往兩旁圓洞一揮，右洞一個妖人與左洞雅各達各帶四個妖人，手中抱著一個高大如人的葫蘆，走出洞來，先朝綠袍老祖打一稽首，然後飛身花田之上，約有五丈高下，分八卦方位站好，行使妖法，猛然一聲怪嘯，俱都頭朝上，腳朝下，連葫蘆也都倒轉，將手往葫蘆一拍，血光閃處，紅雨飄灑，由葫蘆之內噴了出來。

十個妖人凌空旋轉，將這花田全都灑遍，綠袍老祖怪嘯了一聲，雅各達同眾妖人收了妖法，各抱葫蘆歸洞。左洞內唐石手持麻幡，狼狼狽狽飛了出來，會合上面妖人，各使妖法，展動妖幡。眼看天空無量數的彩絲結成的天幕漸漸由密而稀，隨著妖幡招展，剝繭抽絲一般，頃刻之間化為烏有，眾妖人仍和先時一般緩緩走了回去。

笑和尚、金蟬隱身高空，正在觸目驚心，凝神下視，忽見綠袍老祖伸出長頸大頭往空連嗅了兩嗅，倏地一聲淒厲的怪嘯，大口一張，一溜綠火破空而起，直往二人存身之處飛來！金蟬不知究理，還未在意，笑和尚早就留神，一看綠袍老祖神氣，便知不妙，縱能支持，也是眾寡不敵，柬帖所示時機未到，仍以退去為是。未容綠火近身，輕輕對金蟬喊一聲「走」，駕著「無形劍遁」飛去！

笑和尚終是細心，飛出去約數十丈，回頭觀看。那一溜綠火先飛向適才存身之處，直沖上空，倏又急如閃電一般，左右四方上下激射，雖似在搜尋敵人蹤跡，只如渾水撈魚，並無一準目的，也未跟蹤追到。想是妖人嗅覺甚靈，聞出生人氣味，故爾如此。且喜自己「隱形劍遁」並未被識破，略放寬心。

正在徘徊瞻顧，那綠火在空中繞了幾轉，倏地往四外爆散開來。綠星飛濺，在百十丈方圓內隕星如雨般墜了下去，相距二人，也不過咫尺光景！知道厲害，決計明日再照柬帖所言行事。當下仍往回路飛走，尋到一處瘴煙稀少的山谷之中落下，互商明日進行之策。

笑和尚對金蟬道：「明日還是由我一人下去，先探明了封藏文蛛之所，然後相機行事，諸葛師兄原說明日辛辰子也要趕到，師父預示『以毒攻毒』，定應在此人身上。我二人俱非綠袍老妖之敵，只把妖物刺死，大功已成，那時進退由心，勝固可喜，敗亦可以回山覆命。雖說師父柬帖尚有兩封，大敵當前，能如我們預料固好，萬一失利，遭劫遇害，你千萬記著昨日所托之言，不可輕易涉險，即速趕往東海，或者我還有一線生路，否則白白連你一齊失陷，於事無補，就更糟了！」

金蟬見笑和尚這幾日總是防前顧後，把失利的話說了又說，面色非常沮喪，好生代他難過。勸慰了一陣，同尋了一個潔淨山洞，正準備打坐用功，到翌日黎明起身，忽然一陣腥風吹入洞來。笑和尚何等機靈，一見風勢，便知有異。知道此洞並無出路，除非與來的妖人迎個對頭。忙用隱形法連金蟬將身隱起，又用手拉了金蟬一把，示意噤聲。

二人剛把身形隱起，那陣怪風旋轉起一根風柱，挾著砂石，發出「噓噓」之聲，業已穿洞而入。金蟬慧眼看得最真，瞧出風砂之中隱約有一條細長黑影，進洞之後略一迴旋，倏又往洞外飛去。金蟬便要追出，又被笑和尚一把緊緊拉住，輕輕在耳邊說道：「蟬弟休要妄動，留神妖人回來！」一言甫畢，果然「噓噓」之聲由遠而近，二次又飛進洞來。

這次竟是忽東忽西，上下四方滿洞飛滾。笑和尚早有防備，拉了金蟬緊隨風柱之後，與之一齊滾轉，存心不讓他發覺自己，倒看看他是個什麼來歷！飛轉了一陣，那旋風忽然收住，現出一個長身細瘦，形如枯骨，隻眼斷臂的妖人，正是那日在天蠶嶺所遇，綠袍老祖門下惡徒辛辰子！

只見他才一現身，便朝洞內舉手喝道：「洞中道友何不現身出來相見？一連喊幾聲不見答應，漸漸有些不耐，先是臉上現出怒容，末後好似想了一想，又勉強忍住，改說道：「道友在此修煉，我本不合入洞擾鬧，但是為勢所逼，須借貴洞用上三日，事成之後必報大德，暫時驚擾，請勿見怪！」說罷，見仍無應聲，便盤膝打坐起來。

辛辰子自在唐石手中漏網之後，情知長此逃避，終須要遭綠袍老祖毒手，不如趁他金蠶蠱尚未煉成，心無二用之際，下手一拼，還可死中求活，特地在別處借了幾件法寶，趕到此洞，見這洞正合行法之用，入洞一看，先就聞見生人氣味。

若在平日，早就發威逞兇，用最狠毒的妖法禁制洞中之人現身出來。無奈自己已成驚弓之鳥，這裡又密邇仇敵，不敢再樹敵結怨，忍了又忍。

如是另尋洞穴佈置妖法，再沒這般隱秘合適之所；如就用本洞，雖然知道那生人決非綠袍老祖一黨，自己有妖法異寶護身，也非普通劍仙所能傷害，但自己行法之際，卻伏著一個外人在暗中窺伺，終是不妥，躊躇好一會，才決定仍與洞中之人打個招呼。如果洞中之人是個隱居修煉獨善其身之士，不來干涉，再好不過，否則自己既用妖法將洞口封鎖，他如輕舉多事，說不得只好和他決個勝負便了！

也是辛辰子太自大，以為除綠袍老祖而外，別無忌憚，卻忘了「東海三仙」隱形劍法和金蟬兩口霹靂劍決不是他的妖法所能封鎖，以致少時被笑和尚、金蟬二人無心中破了他從紅髮老祖門下借來的「五淫呼血兜」，以致慘死在陰風洞綠袍老祖之手，這且不提。

且說笑和尚、金蟬見辛辰子獨自搗鬼，看不見自己，甚是好笑。藝高人膽大，並未放在心上，若非記著柬帖「以毒攻毒」之言，依笑和尚心思，還想在暗中戲耍他一番。

誰知辛辰子才一坐定不久，便從身後取出七面妖幡，將手一指，七道黃光過處，一一插在地上。又取出一個黑網兜掛在七面幡尖之上，口中念念有詞，喝一聲「疾！」幡和兜突然由地而起，後面四根幡高與洞齊，前面三根只齊洞口一半，將那網兜撐開！恰似山中獵人暗設來擒猛獸的大網。

網撐好後，辛辰子站起身來，披頭散髮，赤身單手據地，口中念咒，繞著幡腳疾走。頃刻之間，便見幡腳下腥風四起，煙霧蒸騰，若在旁人，早看不見妖人形影。似這樣約有三、四個時辰，又聽一聲怪嘯，一溜綠火往洞外一閃，滿洞煙雲盡皆收斂，連人帶幡俱都不見。

金蟬用慧眼定睛一看，妖人雖走，七根妖幡仍然豎在地上。幡頭上有一層輕煙籠罩，連帶網兜，俱未攜走。知是妖人弄的玄虛，這裡離百蠻山陰風洞少說也有三、四百里，妖人法寶卻在此地施為，猜不透是什麼用意。

二人正想低聲商議，金蟬猛往洞口外一看，說道：「師兄，外面天都快明了！」一句話將笑和尚提醒，才知只顧著妖人行法，忘卻天已不早，一著急，拉了金蟬駕遁光往外便飛。

金蟬一見笑和尚飛得太急，竟忘了咫尺之內就是妖人設下的妖幡、妖網，不敢大意，連話都不及說，忙將雙肩一搖，身旁霹靂劍化成紅、紫兩道劍光，護著自己和笑和尚全身，由幡網中同往洞外衝去，耳旁只聽「嘶嘶」兩聲，當時並未在意。出洞一看，果然五月天氣，天色已漸微明，金蟬一面飛行，一面對笑和尚道：「可笑妖人枉自搗了半夜鬼，費了多少心神，他妖術邪法，竟無多大用處！」

笑和尚問是何故，金蟬便將前事說了，原來笑和尚目力不及金蟬，竟未看出妖網、妖幡尚在。一聽金蟬說洞外天明，恐怕遲去誤事，忙著往外飛遁，說不定便許中了妖法暗算，笑對金蟬道：「當時我只見洞外黑乎乎的，聽你一說天明，才想起你二目被芝仙舐過，已能透視塵霧，忙著飛走。見你展動霹靂劍，還以為是一時技癢，卻不想妖幡還在，據我看，妖人將妖法設置在遠處洞穴之內，必是想用誘敵之計，將仇敵引來，陷入網內。那妖幡、妖網敢與老妖為敵，絕非尋常，你那霹靂劍原是峨嵋至寶，我兩人既未被妖法困住，妖人法寶必然被你飛劍所毀無疑了！」

正說之間，金蟬忽喊：「師兄快看妖人！」笑和尚舉目一看，前面天空雲影裡隱約有一星星綠火閃動。連忙催動遁法，往前追去。不多一會，已追離百蠻山主峰不遠，眼看快要追上，那一溜綠火忽從雲層裡隕星墜流一般往下瀉去。二人跟蹤飛將下去一看，下面正是昨日所見的花田，就這一夜功夫，田中金草竟自長成！映著朝陽，閃起千頃金波。崖壁上彩煙縷縷，徐徐吞吐，四外靜蕩蕩的一點聲息都沒有。再看辛辰子，業已不見蹤跡。

兩人正在留神觀察，忽見崖上左面圓洞有一條人影一晃，連忙飛近洞前一看，這三個圓洞裡面各有一個妖人打坐。中洞妖人正是那綠袍老祖，細頸大頭，鬢髮蓬鬆，血盆闊口，獠牙外露，二目緊閉，鼻息咻咻，彷彿入定。

身旁俱是煙霧圍繞，腥風撲鼻。笑和尚心想：「妖人在此入定，正好趁此時機去斬文蛛，柬帖上雖說文蛛藏在陰風洞底，不知是否就從此洞入內？」正在尋思，忽見辛辰子從左側洞內飛身出來，手中拿著一面瓔珞垂珠，長有三尺的幡幢，對著崖壁才一招展，腥風大作，便聽「吱吱」之聲，廣崖上萬千小洞穴中成千累萬的金蠶，似潮湧一般「轟轟」飛出，直往那面幡幢撲去！

辛辰子更不怠慢，口中念念有詞，將手中幡幢往空中一拋，發出十丈方圓煙霧，裹住一團紅如血肉的東西，電閃星馳往他來路上飛去。那些金蠶如蟻附羶，哪裡肯捨，「軋軋、吱吱」之聲響成一片，金光閃閃，遮天蓋地，紛紛從後追去！

金蠶飛走不多一會，左洞一聲怪嘯過處，飛出昨日所見的斷臂妖人唐石。抬頭往空一看，見金蠶全都飛走，不由慌了手腳。先飛身進了洞中，見綠袍老祖入定未醒，急得口中連連發出怪聲，頃刻之間，又由中洞內飛出二、三十個妖人，齊問：「師兄何事，這般著急呼喚！」

唐石道：「禍事到了！師父金蠶全被人引走，師父入定醒來，我等性命難保，還不快追！」

眾妖人聞言，俱往崖上看了一眼，不約而同怪嘯一聲，全都飛起高空。只見塵沙漫漫，煙雲滾滾，宛如一陣旋風簇擁著一天綠火，直往來路追去。那辛辰子埋伏在洞側崖壁之下，始終未被人發現。眾妖人走後，唐石倏地濃眉倒豎，目露凶光，將足一頓，待要飛向中洞。剛剛飛至洞口，又似有所顧忌，撥轉頭似要飛走，身才離地，辛辰子也隨著跟蹤而起。

這時崖洞中只有綠袍老祖與西方野佛入定未醒，依了金蟬，恨不能乘機下手將這兩個妖孽殺死！笑和尚細心，早看出唐石昨日無辜受了荼毒，懷恨在心，適才命許多同門去追金蠶，自己卻置身事外，便知他不懷好意，看他欲前又卻，並未下手，這種妖人，居心狠毒，有甚師徒情義？分明知道厲害，顧忌不敢下手，又因綠袍老祖雖然入定，滿身煙霧，似有防備，仍以慎重為是。辛辰子引走金蠶，並不逃走，必是想盜文蛛。柬帖又有「逢石勿追，以毒攻毒」之言，只須跟定辛辰子，便知文蛛下落！正向金蟬示意攔阻，誰知唐石一去，辛辰子也跟在身後，大出意料之外，惟恐稍縱即逝，不假思索，便也隱形追趕。

當下辛辰子跟定唐石，二人又跟定辛辰子，剛剛飛過那座孤峰。忽見辛辰子朝前面唐石打了一個招呼，唐石回頭一看，見是辛辰子，先要變臉動手，猛一尋思，將手一招，雙雙落了下去，二人也隱身跟下。

才一落地，便聽唐石道：「我早猜那金蠶是你放走！你想我幫你叛他，我卻不敢似你這麼膽大！那文蛛有三個藏處，兩個你都知道，惟有一處在他打坐的石頭底下，風穴之內，有法寶封鎖，只恐你盜走不了。他用第二元神修煉多日，靜中參悟玄機，比從前還要厲害，就是各派劍仙有名的飛劍，也傷他不了！」

辛辰子冷笑一聲，似不值唐石所說，唐石又道：「可笑他心腸狠辣，當時只顧將師文恭害死，取了人家屍體接續全身，沒料師文恭中了天狐『白眉針』，鬧得要死不活，一見難逃老妖毒手，將所中兩根『白眉針』運用玄功真氣導引，藏在兩腿之內，自己卻甘願受老妖飛刀之苦，只為叫老妖難得便宜，多受痛苦，老妖原是瞞著毒龍尊者行事，作賊心虛，急於將身體接續，哪知忙中有錯。每日一交寅、卯、辰三時，『白眉針』在兩腿穴道中作怪，痛、癢、酸、辣一齊全來。

「到了每日寅、卯、辰三時，只好將穴道封閉，將真火運入兩腿，慢慢燒煉。須過兩個八十一天，才能將那兩根『白眉針』煉化。煉時元神須要遁出，以免真火焚燒自己。他自從你背叛以後，把門人視若仇敵，入定時非常小心，常用法術護衛全身，元神卻遁往隱僻之處，以防門人暗算。那『西方野佛』雅各達也用師文恭的斷手相接，雖無『白眉針』在內，不知師文恭使什麼法兒，也是到時作怪，這時他正和死去一樣！」

辛辰子雙眉一揚，正待開口，猛然抬頭一看，不由大驚失色：「惡蟲飛回，紅髮老祖法寶被人破去，如何是好！」

笑和尚聞言回頭往來路一看，遠方雲空中果有一叢黃光綠火波動，正在觀望，猛覺金蟬拉了他一下，轉身再看兩個妖人業已不在眼前。正要問金蟬可曾看見妖人何往，金蟬用手往前面一指說道：「那不是辛辰子？」

原來辛辰子自被紅髮老祖親自將「化血神刀」取還，益發不是綠袍老祖敵手。他和紅髮老祖門下姚開江、洪長豹偷來轉借，情知要和綠袍老祖拼命，除了請洪長豹設法轉求紅髮老祖相助，決無辦法，及至尋著洪長豹一問，說紅髮老祖無故不願和人開釁，為那「化血神刀」，自己還遭了許多埋怨，漫說求他相助，連自己下山也不能夠！不過自己也不肯坐視，願將兩件心愛法寶，一個叫作「天魔聚毒幡」，一個叫作「五淫呼血兜」，借他拿去報仇。

這兩樣東西專破正邪各派法寶飛劍，「五淫兜」更是金蠶的剋星，乃是紅髮老祖所傳鎮山之寶！為了朋友情長，擔著不是相借，務須謹慎從事，以防失落。又傳了他一種極厲害的潛形匿影的法術，如遇緊急，只管使法將二寶拋在隱密之所，別人任是道力高強也難看出，以免落入外人之手。

辛辰子知道二寶厲害，當下不便再求紅髮老祖相助，道謝起身，昨日便趕到了百蠻山陰風洞上空往下窺探。綠袍老祖聞風知異，先將陰火放起追尋，幸而辛辰子新學紅髮教下潛形之法，沒有被他發現，不敢怠慢，遵照洪長豹所傳，先覓好了相當之地，如法佈置。

不料笑和尚、金蟬二人已先在洞中隱身，辛辰子報仇心切，以為洞中之人是別派中隱居崖穴的煉士，又仗著法寶厲害，未曾顧忌，被金蟬慧眼看出行徑，霹靂劍雖不如紫郢劍，也同是當年長眉真人煉魔除邪之寶，自賜與了妙一夫人，更經多年修煉，已是百邪不侵！無意中遇見剋星，竟將他借來的「五淫兜」破去！

辛辰子哪裡知道！先趁著綠袍老祖入定之際，用妖法將金蠶一齊引走，自己再安全穩妥盜取文蛛，得手之後回往原處，那些同門妖人除了唐石一人還可與他支持外，餘人不是他的對手，何況又有兩件厲害法寶在身，說好便好，說不好，索性一齊除去！雖不能當時便將綠袍老祖制死，也可去掉他身邊的羽翼，偏巧又看出唐石也要背叛，更是心喜。

二人見面之後，算計時間還早，正在興高采烈勸唐石和他一同背叛。說還沒有幾句，猛抬頭看見天邊金光閃動。仔細一看，金蠶業已飛回，知道「五淫兜」定被別人破去，好不咬牙痛惜，暴怒如雷！知事情已緊急，許多昔日同門必然回來將綠袍老祖驚醒，蠶母回穴，更是無門可入，文蛛不能到手，被綠袍老祖知道行徑，再想得手，豈不萬難？

依了唐石，原主慎重，暫時避開，改日下手，辛辰子哪裡肯聽？事已至此，不入虎穴，焉得虎子？說不得只好孤注一擲，當下見唐石不敢同去，獰笑一聲往廣崖那面便飛。笑和尚、金蟬二人自是不捨，也雙雙隨後追趕。

身才離地，便聽身後一聲慘呼，金蟬回頭一看，大小兩溜綠火正往孤崖之下投去。金蟬知道那兩溜綠火有一個是唐石所化，怎會多出一個妖人？自己當時竟不曾看見！正想之間，無形劍遁迅速，已追離辛辰子背後不遠。

第七回 再探妖洞 險死還生

眼看辛辰子並未覺察二人跟在身後，逕投中洞，望著煙霧環繞中的綠袍老祖咬牙切齒，戟指低罵了兩句，急匆匆轉過身後，鑽入一個形如七星的小洞下面去了。笑和尚、金蟬二人連忙跟蹤而入，只見下面黑沉沉，腥風撲鼻，深有千尋。

二人初入虎穴，莫測高深，只跟定前面那溜綠火在黑暗中轉了不少彎子，末後轉入一個形如壙穴的甬道，忽聞奇腥刺鼻，盡頭處有一道深崖，崖口掛著一面不知什麼東西織成的妖網，彩霧蒸騰，紅綠火星不住吞吐！

定睛一看，正是那妖物文蛛！四雙長爪連腹下無數小足，緊抓住在那面網上，似要破網飛去。這時辛辰子已然現身出來，離窟口三、五丈遠近立定，身上衣服業已脫淨，正要赤身倒立，念咒行法。那文蛛一見生人到來，早又張開尖嘴闊腮，露出滿嘴獠牙，「呱呱」怪叫起來，聲音尖銳，非常刺耳，金蟬尚是初見這種醜惡狀態，不禁駭然！

笑和尚情知這種毒鮫蛇涎結成的妖網，專汙正教法寶飛劍，不敢下手，只好靜等，只等辛辰子將妖網一破，便在暗中出其不意連辛辰子帶妖物一齊斬去！眼看辛辰子使完了法，站起身來，手指處一道綠光火焰，粗如人臂，直往網上燒去。文蛛正在怪叫掙扎，一見綠光飛到，嘯聲愈加厲害，猛的口一張，從網眼中噴出萬朵火花，將那綠光迎住，兩下相持約有半個時辰。

辛辰子想是知道時光緊迫，只急得抓耳撓腮，滿頭大汗。笑和尚見辛辰子不能得手，雖說潛形遁跡，不怕妖人看見，到底身居危境，也是非常著急。只有金蟬年幼心高，並不怎麼顧忌，反倒看著好玩，猛的失聲說道：「師兄這樣等到幾時，我們還不下手？」

一句話將笑和尚提醒，猛想起自己身邊現有天遁寶鏡，何不取出應用？

想到這裡，剛要用手取鏡，那辛辰子百忙中聞得黑暗中有人說話，嚇了一跳，以為中了綠袍老祖的道兒，把心一橫，先收回那道綠光，咬破舌尖，一口血噴起，化成一道黃煙籠罩全身，直往窟口撲去，伸手便要摘網！

辛辰子原知綠袍老祖妖法厲害，及見陰火無功，時機轉瞬即逝，不得不拼死命想連網帶妖物一齊盜走，逃出之後再作計較。手將伸到網上，金蟬也已口念真言，道聲「疾」！一道五彩金光，匹練長虹般罩向網上，登時煙雲盡滅，光焰全消。那妖物文蛛也似遇見剋星，抓伏網上，閉著一雙綠黝黝的眸子，不住怪叫，毫不動彈！

那辛辰子忽見一道金光一閃，現出一個小和尚和一個幼童。認得那小和尚曾在天蠶嶺盜文蛛時見過，那幼童手上拿著一面寶鏡，出手便似一道五彩金光，照得滿洞通明，煙霧潛消。知道來者不善，未免有些心驚，猛一轉念：何不趁著眼前時機，搶了文蛛逃走？

說時遲，那時快，辛辰子已將鮫網揭起半邊，一見文蛛和死去一般，並不轉動，心中大喜！正要往前撲去，忽聽腳底下鬼聲咻咻，冒起一叢碧綠火花，知道中了仇人暗算，顧不得再搶文蛛，正待飛身逃走，已來不及，被那一叢綠火湧起來，當頭罩住。同時覺著腳底下一軟，地下憑空陷出一個地穴，似有什麼大力吸住，無法掙脫，活生生將辛辰子陷入地內去了。

這裡笑和尚全神注定辛辰子，準備他從妖網之內將文蛛抱出，便飛劍過去一齊腰斬。忽聞異聲起自地中，陷出一個地穴，冒起一叢火花，將辛辰子卷了進去，便知不妙。正喚金蟬小心在意，猛覺眼前有五根粗如人臂的黑影，屈曲如蚓，並列著飛舞過來！正待先將身形隱起，身子已被那五條黑影絞住，笑和尚一著急，大喝一聲，索性用劍光分出迎敵。

就在這時，他眼前又倏地起了一陣綠火彩焰，聞見奇腥刺鼻，自己飛劍竟失效用！身子卻被幾根蛇一般的東西束住，才知飛劍被汙，身已被人擒住！剛喊：「我已失陷，蟬弟快照昨日所說，逃往東海！」

一言未了，一道金光長虹照將過來，金光影裡看清那地穴中現出一個碧眼蓬頭的大腦袋，伸出一隻瘦長大手臂，正是妖人綠袍老祖！束身黑影便是妖人邪法變化的大手，吃金蟬「天遁鏡」照在他的臉上，眼看妖人綠眼閉處，手也隨著一鬆，笑和尚連忙用力掙脫。那大手想也畏懼鏡上金光，竟自疾如蛇行，收了回去。

笑和尚已被妖人大手箍得周身生疼，喘息不止。金蟬忙著跑了過來，剛將笑和尚扶好，地下鬼聲又起。先是一叢綠火彩煙過處，那封藏文蛛的怪洞忽然往地裡坍落下去，如石沉水，一點聲息全無。接著滿洞綠火飛揚，四壁亂晃，腳底虛浮，似要往下陷落。笑和尚見事危急，忙喊：「蟬弟快帶著我將身飛起，我飛劍已被邪法汙損了！」

金蟬聞言大驚，剛剛扶著笑和尚將身飛起，果然立腳之處又陷深坑。腳底火花如同潮湧，光影中隱隱看見綠袍老祖齜開一張血盆大口，眼露凶光，舞搖長臂，伸出比簸箕還大形如鳥爪的大手，要攫人而噬。

金蟬不敢怠慢，運用霹靂劍護著全身，手持寶鏡照住坑穴。穴內萬千火花被金光一照，便即消滅。叵耐妖法厲害，滅了又起，下面綠火彩煙雖被「天遁鏡」制住，可是四外妖火毒煙，又漸漸圍繞上來！

這時地洞中形位變易，已不知何處是出口。相持了好一會，笑和尚知道妖人厲害，暫時雖擒不住自己，必然另有妖法，遲則生變，好不著急！及見四外火煙雖然愈聚愈濃，卻只在二人離身兩、三丈以外圍繞，並不近前，情急智生，悄聲囑咐金蟬道：「火煙不前，說不定便是霹靂劍的功效，你一雙慧眼能燭見幽冥，何不權拼萬一之想，冒險覓路逃生，死中求活？」

金蟬原是全神貫注綠袍老祖，恐他乘隙飛起，抵敵不住，驚慌忙亂之中竟忘了逃走一事！被笑和尚提醒，才定睛往四外一看，火煙中依稀只左側有一條彎曲仄徑，彷彿來時經行之路，餘者到處都已陷落，四外都是火海煙林，一片迷茫，無路可通。忙挾著笑和尚，身與劍合，一面將寶鏡舞起一團霓光，光照處火煙消逝，路更分明，可是後面地下異聲大作，也隨著追了上來！

笑和尚忙喊：「快走！」金蟬運用真氣，大喝一聲，直往外面飛起。才飛走了不遠，便聽後面山崩地裂一聲大震。二人哪敢回頭，慌不擇路，有路便走，居然飛離穴口不遠。

金蟬慧眼已看見穴外天光，心中大喜！及至身臨穴口，剛要飛起，一眼看見外面天空似穿梭一般飛翔著二十四個妖人，為首之人是紅衣番僧雅各達，各拿一面妖幡，彩絲似雨一般從幡上噴起，已組成了一面密密層層的天幕。見二人出穴，齊聲怪嘯，二十四面妖幡同時招展，那面五彩天幕映著當天紅日，格外鮮明，被妖法一催動，迅速往二人頭上網蓋下來！

二人見勢不佳，因知妖網一定厲害，想起昨日曾經看妖網在生門上留有空隙，欲待尋著飛出。定睛細看，果然西面角上有一個小洞沒有封閉，只是相隔甚遠。正要駕劍光飛衝過去，忽聽後面怪聲，回頭一看，綠袍老祖同了幾個手下妖人已從穴內飛出，現身追來。一叢綠火黃煙，如飄風一般湧至，相隔只有二十丈遠近！

只見綠袍老祖長臂伸處，又發出千百朵綠火星，同時那五彩天幕已離二人頭上不過兩丈。金蟬用「天遁鏡」上下左右一陣亂晃，後面綠火雖能暫時抵住，鏡上金光照向天幕，卻並無動靜，愈發心慌意亂！

眼看天幕愈低，將及臨頭，煙火中，綠袍老祖用一隻手擋著頭面，另一隻長手不住搖晃，就要抓到！四外妖人也都包圍上來，二人只憑一面「天遁鏡」護住全身，顧了前後，顧不了左右，稍一疏虞，被妖火打上，便有性命之憂！

情勢業已萬分險急，一落妖人之手，便無倖理！只一轉念間，耳聽綠袍老祖發出兩聲怪嘯，四外妖人忽然分退。由綠袍老祖身旁飛出三道灰黃色匹練，直往二人捲去。天幕也快要罩到二人頭上。

笑和尚知道再不冒險衝網而去，絕沒活路！口中念起護身神咒。說時遲，那時快，金蟬也是怕兩口飛劍被妖人彩幕所汙，及見存亡頃刻，把心一橫，用丹田真氣大喝一聲，駕著紅紫兩道劍光，沖霄便起！劍光觸到網上，彷彿耳邊「嘶嘶」幾聲，及至飛起上空，那天幕竟被霹靂劍刺穿了一個丈許大洞，彩絲似斷綃破絹般四外飄拂！

綠袍老祖以為兩個敵人已成甕中之魚，自己可得兩個生具仙根的真男作一頓飽餐，還可得那面寶鏡，正在大喜，萬沒料到來人雖然年幼，飛劍卻這般厲害，竟然不怕邪汙，破網而去，出其不意，又驚又恨，暴跳如雷，怪嘯一聲，宰了手下妖人，破空便追！

笑和尚和金蟬見後面滿天黃煙、妖霧、綠火、星光，如風捲殘雲般趕來，哪敢遲延，急忙催動劍光如飛遁走。無奈笑和尚飛劍被汙，不能隱形潛跡，霹靂劍雖然迅速，雲空中現出紅、紫兩道光華，正是敵人絕好目標，綠袍老祖哪裡肯捨，只管死命追趕，轉瞬之間，已追離昨晚投宿山洞不遠。

二人在空中偶一回望，別的妖人飛行沒有綠袍老祖迅速，俱都落後。只剩綠袍老祖一人業已愈追愈近。煙光中怪聲啾啾，長臂搖晃，眼看不消片時就要追上！

正在危急萬分，忽見腳下面腥風起處一片紅霞，放過二人，直往後面飛去。二人又飛出去有百十里遠近，漸漸聽不見後面聲息，覺得奇怪，這才回身一看。遙見遠遠天空中適才所見那一片紅霞，已和後面追來的綠火黃煙絞住一團。光煙瀲灩，翻騰繚繞，宛如海市蜃樓，瞬息千變，知道妖人又遇勁敵。適才所見紅霞雖然逃走匆忙，不及細看，但是色含暗赤，光影暗黃，隱間奇腥之氣，定是一個妖邪之輩，不知為何幫助二人，反與妖人火拼，甚是不解！

金蟬還想稍往回飛看個動靜，笑和尚飛劍被汙，心亂如麻，急於尋覓地方拆看第二封柬帖，那一片紅霞雖說相助自己，也不一定是好相與，再要抵敵不過，又生意外！當下催著金蟬飛走。

那陡然間飛來，擋住了綠袍老祖的一片紅霞，正是紅髮老祖門人洪長豹所發。原來洪長豹因和辛辰子交情深厚，當時有事不能分身，及至將法寶借與辛辰子，又後悔起來。恐自己法寶有什麼失閃，拚著冒險，瞞了紅髮老祖，盜了天魔化血神刀。借著採藥為名，偷偷趕往百蠻山。

他知辛辰子必在百蠻山左近一路尋蹤追跡，洪長豹尋到一處，見下面有一崖谷，地勢隱秘，離百蠻山主峰不過二百里左右，甚是合用，正心疑辛辰子在此施為，停了遁光仔細留神一看，果然聞見「五婬兕」的氣味，忙即下來，找到辛辰子昨晚行法的洞穴，一進門便知「五婬兕」業已被人破去，又驚又怒，好生痛惜。再唸了現形魔咒一看，七根妖旛不知被什麼東西嚼咬粉碎，兩樣至寶全都被毀，如何不恨！

正要趕往百蠻山陰風洞，忽聽頭上雷聲隱隱，夾著一陣破空之聲，一紅一紫兩道光華如電閃星馳一般由遠處空中打頭上飛過。

洪長豹暗想：「綠袍老祖妖法高強，這裡是他老巢，如何會有別派之人到此？」剛想藉遁光飛起，迎上前去看個動靜，身才起在空中，來人劍光迅速，已打他頭上飛出好遠。猛一抬頭，看見綠袍老祖發出萬點綠火星，煙霧圍繞中，伸出鳥爪一般的長臂大手，風捲殘雲，趕將過來。

因為時間湊巧，便猜前面逃走的紅紫光華許是辛辰子請來的幫手，被綠袍老祖戰敗追來，已然快到面前，百忙中並未尋思邪正不能並立，峨嵋教下豈能與辛辰子一黨！心疼法寶，怒髮千丈，仗著本領高強，學會「身外化身」，又有綠袍老祖的剋星「天魔化血刀」在身，不問青紅皂白，劈頭迎上前去，厲聲喝道：「辛辰子何在？我的『五淫兜』是否被你所毀？」

綠袍老祖催動妖雲，正在追敵心急，忽見一片紅霞中現出一個身高丈許，相貌猙獰的赤身紅人攔住去路。擋住妖火已是不快，及聽來人發話，定眼一看，認得是辛辰子莫逆好友紅髮老祖門人洪長豹，不由勃然大怒，兩下連話都未多說，就在空中爭鬥起來。

一會功夫，後面手下妖人一齊追到，一片妖雲綠火將洪長豹圍了個風雨不透。洪長豹見人孤勢薄，寡不敵眾，長嘯一聲，將「化血神刀」放起。一道赤陰陰、冷森森的光華才一飛出手去，滿天綠火星，掃著一點便如隕星紛紛下墜，近身妖人早死了好幾個，平空變成數段殘軀落下地去！

綠袍老祖見洪長豹放過笑和尚和金蟬，將他攔住，本想就下毒手。到底有些顧忌著來人的師父紅髮老祖，打算使洪長豹知難而退，自己好去追趕兩個逃走的肥羊。

誰知洪長豹本領竟是不弱，一片紅霞裹住了滿天綠火，絲毫不能前進一步，眼看先前兩個仇敵逃走已遠，已是咬牙切齒忿恨，及至洪長豹放起「天魔化血神刀」，一出手先破了妖雲綠火，死了四、五個門人，不由怒從心上起，惡向膽邊生！

這時手下妖人正在紛紛敗退，「化血神刀」劈面飛來。綠袍老祖把心一橫，一聲怪嘯，伸出簸箕般的大手，就近抓起近身一個門人迎上前去，只聽一聲慘呼，那道暗赤光華接著那人只一繞，便斬成兩段。

綠袍老祖更不怠慢，將手一指，一陣陰風起處，從那門人血腔子裡冒出一股綠煙，將那暗赤光華繞住，兩半截殘軀並不下落，不住空中飛舞，刀光過處，血雨翻飛，一霎時盡變殘肢碎骨，仍是隨著綠煙與刀光糾結，兀自不退！雖然幾次被「化血神刀」沖散，怎耐那是妖人陰魂及綠袍老祖妖法催動，隨聚隨散，緊緊圍住刀光。

洪長豹見綠袍老祖竟是這般殘忍，不惜犧牲門人生命，用「小藏煉魂卻敵大法」將飛刀裹住，不由大吃一驚。正要另想別的妖法施為，對面一閃，綠袍老祖蹤跡不見。還未及仔細觀看，忽覺眼前一團綠陰陰的光影罩向頭上，才暗道得一聲「不好」，已被綠影裡綠袍老祖元神「玄牝珠」幻化大手抓個正著！頓覺奇痛徹骨，知道想要全身後退已來不及，只得咬緊鋼牙，厲聲喝道：「我與你這老妖，今生今世，不死不休！」說罷，玄功內斂，怪嘯一聲，震破天靈，一點紅星一閃，身軀死在綠袍老祖手上，元神業已遁走！

綠袍老祖原因「化血神刀」厲害，自己並不能破，所以用一個門人去做替死鬼，糾住刀光，暗運玄功擒到洪長豹，心中大喜，滿想擒回山去用極惡毒的妖法消遣報仇，不想洪長豹竟學會「身外化身」之法，將元神遁走！人一個未擒到，反與紅髮老祖結下血海深仇，將來平添一個勁敵，又驚又怒，再看「化血神刀」時，那刀究是靈物，主人一去，失了主持，竟也隨了飛去。

綠袍老祖未施解法，一任那千百殘骨碎肉纏繞著「化血神刀」，電閃星馳破空飛去。想起今日連連損失許多法寶門人，看看手上洪長豹屍身，愈想愈恨，猛的張開血盆大口，咬斷咽喉，就著顱腔，先將鮮血吸了一陣，算計那兩個敵人無法追尋，厲聲命將已死門人帶回去享用，手持殘屍，一路叫囂嚼吃，駕起妖雲，回去拿辛辰子洩憤去了。

這一幕驚心慘劇，把手下一干妖人嚇得魂飛魄散。積威之下雖不敢彼此商量，兔死狐悲，物傷其類，先見他用自己人去抵擋「化血神刀」，臨死還遭消魂碎骨之慘，邪教入門時本有「捨命全師」誓言，還可說臨危救急，不得不爾。及見最初那幾個為他禦敵而死的同門，都要將屍身帶回山去嚼吃，未免觸目驚心，一個個都有了異圖。

那不見機的十來個還誠惶誠恐、奉命惟謹的帶了那幾口死屍回去！見機一點的，彼此存心落後，覷一個便，紛紛逃走，即或被同類發現，俱有心照，誰也裝作不知。這一天功夫，綠袍老祖手下妖人連死帶逃叛，倒去了一半多，共只剩下十來個膽子較小的妖人回轉。

洪長豹白白為了辛辰子犧牲一個肉身，又喪失了幾件法寶，元神回得山去。紅髮老祖見傳衣缽的心愛門人吃了大虧，對於綠袍老祖當然不肯干休！

不過他為人比較持重，不肯輕舉妄動，機會一到，自然會去代徒報仇，這且留為後敘。

且說笑和尚、金蟬兩人，直飛到雲南絕緣嶺，未見有人追來，才按落劍光。先尋了僻靜之處，笑和尚開拆苦行頭陀交下的第二封柬帖。

在第二封柬帖上，苦行頭陀口氣已比較緩和，且勉勵笑和尚先覓地休養，再接再厲。笑和尚想起失去無形劍遁，隱不住身，硬要冒險再入虎口，豈不比初上百蠻山還要難上十倍？一手拿著柬帖，望著這口被污了的飛劍，雖然晶瑩鋒利，不比凡鐵，但是靈氣已失，不能使用，前途危難正多，絲毫沒有把握，好不傷心！

金蟬道：「勝負乃兵家常事，這有何妨？柬帖上教你我先覓地休養十餘日，將我的飛劍分一口給你，練習純熟，只須謹慎小心，仍有機緣成功，此時悔恨，有何用處？」

笑和尚也明知除了奮鬥成功，不能回山再修正果了，只得打起精神，照柬帖所言行事。

他和金蟬俱是一般心理，沒有成功，不願再回凝碧崖去。見絕緣嶺風景甚好，可惜並無適當的洞穴可以打坐凝神，尋了幾處不大合意。

笑和尚猛想起莽蒼山藏有兩口長眉真人煉魔飛劍，一口叫作「紫郢」，已被李英瓊得去，連許多前輩劍仙的飛劍都不能及，尤其是不假修煉便能出手神化，還有一口尚未出世，何不趕到那裡，順便尋訪？即或自己與此劍無緣，也可先行默祝，暫借一用，如能到手，豈不比分用霹靂劍要強得多？金蟬因李英瓊現正尋找余英男，不知已否尋到，她為人甚好，又有神鵰，說不定她能背著靈雲乘機助笑和尚一臂之力，聞言甚為贊同。

二人打定了主意，離開絕緣嶺，直飛莽蒼山。到時業已深夜，先尋了一處樹林打坐，養神斂息，不久天明起身，看了看地勢並不中意，重又飛身空中留神觀察。無奈此山面積廣大，路徑不熟，飛了許多地方，一些徵兆都沒有。明知此山太大，要尋覓那口飛劍，無殊大海撈針！

似這樣尋了三、四日，俱未尋見，猛想起：「英瓊救人盜玉，身在山中，漫說她用紫郢劍和妖人爭鬥，不會不現形跡，就是那一鵰一猿，俱是龐然大物，焉有不見蹤跡之理？定是日裡潛伏，夜晚才去動手也說不定。」想到這裡，決定晚間再去尋找。連日飛行，笑和尚皆使用向金蟬借來的一口霹靂劍，運用也漸純熟。

這日晚間，二人由黃昏時分直找到半夜，猛見西北方遠處有一道銀光，疾如流星，直往正北山凹裡飛投下去。笑和尚見那劍光非比尋常，雖看不出是何派中人，決非異教所有，好生驚奇，急忙同駕劍光跟蹤飛去。

落地一看，竟是一片廣崖，崇崗環抱，稀稀落落的生著數十根大楠樹，古幹撐天，濃陰匝地，月明如水，光影浮動，時有三、四飛鶴歸巢，鳴聲唳天，愈顯景物幽靜。

遍尋那道銀光下落，已無蹤跡，又等了一會，並不見二次飛起，心中好生納悶。猜他不曾去遠，必在附近崖穴之中隱身，雖然事不關己，因那道銀光正而不邪，不是同門，也是同道之士。惺惺相惜，總想尋出一個下落，與那人見上一面，看看到底何許人也！

找來找去，找著一個山洞，甚是寬敞潔淨。連外面風景都比以前幾日所居要強得多，便決定移居在此，就便尋訪那道銀光的下落。商議既定，同出洞外飛身上空，四外觀察。

這時朗月疏星，猶自隱現雲際，東方已現了魚肚色。一會日出天明，四圍山色蒼翠如染，遠遠高山尖上的積雪與朝霞相映，變成濃紫，空山寂寂，到處都是靜蕩蕩的。二人飛行巡視了一陣，那道銀光竟如神龍見首，不再出現。

兩人回山洞中一同坐下，互相談說。笑和尚道：「想不到昨晚看得那般仔細，相隔又不甚遠，竟找不到那道銀光，我近來真是愈修愈往後退了！」

金蟬道：「誰說不是，李英瓊師姊明明在此山中，我們前後尋了這幾日，連個影子都未找見，真是古怪！我們還是先找師祖遺藏的那口寶劍吧。」

笑和尚道：「人都尋找不見，那口寶劍外面必有法術符籙封鎖，更是可遇而不可求了，適才我在空中見此山有許多地方甚是靈奇幽奧，還有極隱秘之處，莫如從今日起，我們實事求是，步行尋找，那藏溫玉的古洞想和凝碧崖一般，別有洞天，就連那口寶劍也在無心中發現都說不定！」

金蟬笑著答應，二人略歇片刻，又走出洞去，穿過一大片密林，忽見前面峭壁之上似有銀光一閃。

笑和尚忙拉了金蟬一把，悄悄飛身過去。金蟬早已看出一些形象，猛伸手將壁上藤蔓揭起，現出一個極狹小的洞口。一個秀眉虎目、隆準豐額的白衣少年，長身玉立，英姿颯爽，滿臉笑容站在那裡。二人未及發言，那少年已開口問道：「二位敢莫是峨嵋同道麼？」

二人見那少年一臉正氣，雖不認識，知非異教中人，甚是心喜。

金蟬忍不住先答道：「正是峨嵋掌教之子齊金蟬！這位是『東海三仙』

苦行禪師門下弟子笑和尚，道友何以知我二人來歷？」

那少年聞言，慌忙下拜道：「原來是二位師兄！小弟乃是太湖西洞庭山、妙真觀方丈嚴師婆的侄孫，賤名『嚴人英』，新近拜在峨嵋醉道人門下，奉師尊之命來此等候一人！」

他說時，臉上微微一紅，略頓了一頓又說道：「那人該要明日才來，我奉命秘助她得一口長眉真人遺留的『青索劍』，到手以後再和她一同去助一位李英瓊師姊同盜溫玉。來時師父曾說妖人厲害，就是明日那二位師姊，藉紫郢、青索二劍之力，也不過將他逐走，並不能就此除去，小弟道淺才疏，吩咐到此覓地潛伏。昨晚小弟也曾冒險到北山一探，果然妖人佈置嚴密，難以下手。彼時曾見月光下一團紫光，護著一隻大黑鵰往東飛去。小弟劍光在黑夜中極為顯目，也幸妖人只顧追趕那道紫光，不曾發現小弟，不敢逗留，就回來了！」

笑和尚一聽那少年是長眉真人同輩的劍仙「碧雯仙子」嚴師婆的侄孫，又是醉道人新收弟子，同門一家，越發忻喜。一面忙著還禮，聽完答道：「昨晚銀光竟是你麼?真正門下無虛，我二人找了一夜也未發現，不想無心相遇，真妙極了！」金蟬也喜得不住拍手。

笑和尚又向人英道：「適才師弟說明先助一道友去得那口長眉真人遺留的青索劍，後來又提起二位師妹。那得劍的人不知是誰？我日前在百蠻山失敗，也曾有借劍一用妄想，現在知道物各有主，未便妄借，頗願一聞究竟，可能說否？」

人英聞言，臉上又是一紅，微現忸怩之色，答道：「得青索劍的是周輕雲周師姊，若論此劍，原與李師妹所得紫郢功用大同小異，只是取時比較紫郢要難得多。倒是我日前曾見到一道光華飛墮此間，定是極好的飛劍，遍尋無著，並非小弟心貪，既經發現，或許有緣，此時如果放棄，異日落入外人之手，豈不可惜？何不我們三人一同細加搜尋，僥倖得到手中，豈非快事！」

笑和尚一見人英，便看出他語言純摯，胸襟開朗，不愧峨嵋門下之士，心中甚是敬愛。及見他兩次提著得劍之人，都是面紅遲疑，末後又拿先時發現的那道光華岔開，情知內中必有隱情，等他說完，見金蟬還要追問，便使了個眼色止住金蟬道：「嚴師弟之言極是，我們先助他尋那寶物吧！」

金蟬忽然靈機一動，插口問道：「你說那道寶光，可是顏色金黃，雜有烏光，飛時光芒閃爍、變幻不定的麼？」

人英詫道：「那光華正和師兄所說一樣，怎便知曉？」

金蟬又問明發現時日，拍手笑道：「恭喜師兄，這寶劍是峨嵋凝碧崖青井穴七口飛劍當中的『元龜劍』，而且這劍終也歸你所得無疑了！」

人英忙問何故？金蟬便將青井穴封鎖被靈猿無心汙穢，又該是「七修劍」出世之時，遁走了一口等情形一一說出。

笑和尚道：「若論那『七修劍』中的『青蛇劍』，收時頗為容易。後來我和大師姊入穴去收其餘五口，卻是那般繁雜，只不知這口如何？要和那五口一樣，我們三人不一定能收不能呢！這劍原為三次峨嵋破妖人五毒之用，不能缺少，既經發現，關係重大，現在就去找吧。」說罷，互相分頭搜尋。

別人不說，如有寶光，須瞞不過金蟬慧眼，結果仍是一無所獲！他們既知是「七修劍」中之一，哪肯死心，直找到第二日清早，恐怕英瓊等要來，彼此相左，才廢然停手。由笑和尚與嚴人英在澗前等候，著金蟬順她二人來路飛身迎上前去。

到巳末午初，果然英瓊同了輕雲並駕神鵰摩空穿雲而來。金蟬早在空中等候，連忙上前招呼，彼此都不及談話，由金蟬領導到了洞前，停鵰下地，任神鵰自行飛去。見著笑和尚與人英，大家敘禮之後，一同入洞落坐。

金蟬想起袁星，不由衝口問道：「小師妹，你不是將袁星也帶來了麼？牠呢？」

英瓊說道：「再也休提，連我都幾乎吃了大虧，牠至今死活還不一定呢？」

輕雲笑道：「你兩個說話總是這般性急，像這般沒頭沒尾的問答，別人怎會清楚？蟬弟你只靜聽，由她從頭說吧！」說時無意中與人英目光相對，二人都覺心中似有什麼感覺，彼此都把臉一歪，避將過去。

這裡英瓊也將救余英男涉險盜玉之事說出。

原來英瓊那日讀罷妙一夫人飛劍傳書，允許她獨往莽蒼山救回英男。為友血誠，早已關心，又加入門未久，師尊竟許以這般重任，不由喜出望外，急匆匆辭別了凝碧崖諸同門，獨自帶了一鵰一猿星馳電掣般直往莽蒼山趕去。

及至越過莽蒼山陽，漸及山陰，忽聽尖厲之聲起自山後，恍如萬竅呼號，狂濤澎湃。隱隱看見前面愁雲漠漠，慘霧霏霏，時覺尖風刺骨，寒氣侵人。英瓊駕著神鵰往陰雲之中飛去，憑著自己與神鵰兩雙神目，仔細尋找英男失陷的洞穴。

在陰雲中飛行了一會，忽聽神鵰長嘯一聲，倏地左翼微偏，一個轉側斜飛上去。英瓊情知有異，連忙定眼下視，只見下面愁雲籠罩中隱隱現出一座懸崖，崖根凹處旋起一陣陰風。風中一片片黑氣似開了鍋的沸水一般，「骨嘟嘟」湧沫噴潮，正往鵰腳冒起。神鵰想是知道厲害，剛將身側轉避過，那旋風已捲起萬千片黑影沖霄而上！飛起半空，微一激蕩，便發出一種極尖銳的怪聲。怪聲倏地飛散，化成千百股風柱，捲風中滿天黑點，往四面分散開去。

英瓊在鵰背上微微被風中黑點掃了一片在臉上，覺著奇冷刺骨，機伶伶打了個寒顫。取下一看，色如墨晶，形同花瓣，薄比蟬翼，似雪非雪。再看神鵰、袁星、均各自著了幾點，袁星固是喊冷不已，連那神鵰也不住抖翎長鳴，片刻方止，不由暗自心驚！

過不多久，怪聲漸遠，風勢漸小。下面景物略可辨認。才看出那崖背倚山陰，色黑如漆，窮幽極暗，寸草不生。崖根有一百十丈方圓的深洞，滾滾翻翻，直冒黑氣。彷彿巨物獅蹲，怪獸負隅，闊吻怒張，欲吞天日，形勢險惡，令人目眩！正要下去看個詳細，忽聽巨洞中怪聲又起！

神鵰早有防備，不等旋風黑霜從穴中捲起，先自沖霄直上。這次飛得較高，只見鵰足下千百根風柱中墨霜翻騰，飛花四濺，怪聲囂號，萬壑齊吼，比先前聲勢還要來得駭人！

英瓊雖在風的上面，有時鵰翼被風頭掃著下，竟覺鐵羽鋼翎，都有些排馭不住，等二次旋風吹散，重又沖霄下視，才及穴口，三次旋風又起。似這樣循環上下飛行了十來次，以英瓊的本領，實無法在下面落腳，休說再想入穴救人！

英瓊好不著急，神鵰被狂風激蕩了一陣，倒不怎樣，袁星已有些禁受不住。雖在強自支持，上下牙齒卻不住在那裡打戰。英瓊暗想：「這也難怪，牠不過是一個畜類，通靈未久，怎比神鵰受過真傳，道行深厚。束上原說趁風出穴之際才能入穴救人，看風勢一次比一次激烈，想必還早，何不先著她和神鵰離去？」

當下英瓊令佛奴負了袁星，遠離風穴，以便自己可以身劍台一，相機行事。神鵰飛走後，英瓊索性飛身上空靜候。直等到正午時分，風勢才漸漸減小。救人心急，不顧寒冷，決計用「彌塵幡」和劍光護體冒險衝入。主意打定，恰好旋風黑霜漸漸停歇，只穴口黑氣似澗中山泉，微微起伏翻滾。英瓊先不使「彌塵幡」，身與劍合成一道紫虹，從天下注，直往洞內穿去。飛臨洞口，覺著那洞口黑氣竟以千萬斤阻力，攔住去路！

畢竟紫郢劍不比尋常，被英瓊嬌叱一聲，運用玄功，衝破千層黑氣。入洞一看，紫光影裡，照見洞口內只有不到五、六尺寬的石地，日受霜虐風殘，滿洞石頭都似水蝕蟲穿，切銼鑱削，紛如刃齒。過去這數尺便是一個廣有百尋的無底深穴，黑氛溟溟，奇寒凜烈，森人毛髮。這還是寒颶業已出淨之時，連英瓊這般身具仙根仙骨，多服靈藥靈丹，已有半仙之體，都覺禁受不住！不敢怠慢，便將「彌塵幡」展開護身，再尋英男，哪有蹤跡？

心想妙一夫人柬上原說英男被妖道所算，入穴便倒，如今不見在此，萬一陷入無底深穴之內，怎生下去尋找？正在傷心焦急，忽聽穴底隱隱又起異聲，洞外怪嘯也彷彿由遠而近，遙相應合。暗喊：「不好！倘如狂飆歸洞與霜霾出穴兩下夾攻，萬一這幡不能支持，豈不連自己也葬身穴內！」又因柬上指定今日，時機稍縱即逝，想起英男，不忍就去，徘徊瞻顧，好不驚惶失措！

她口中連喊「英男」，毫無應聲，反覺穴底風吼雷鳴愈來愈緊。紫光影裡眼看穴內黑氛愈聚愈濃，冷得渾身直打抖戰，危機轉瞬將臨！心想：「今日不將英男救出，休說對不起朋友，屢次出山失敗，有何面目去見凝碧崖同門？」不由把心一橫，咬緊銀牙，準備駕劍光犯著奇險到穴底探看一番。

身臨穴口，還未下入，倏見一絲黃光在洞壁上閃了一閃。回身一看，洞口黑氛聚處隱隱見有一道黃光退去。猛一眼瞥見洞口左近地面上，似有一個四、五尺長短的東西隆起，通體俱被黑霜遮沒，只一頭微微露出一塊白色。定眼一看，不由心中大喜，如獲至寶，飛上前去，抱了起來，立覺透體冰寒，身體麻木！

第八回　盜玉救人　誤放妖屍

這時內穴異聲大作，黑氛已自衝起，知道危機一發，不敢絲毫怠慢，也不暇再顧身上寒冷，戰戰兢兢，捨死忘生，駕起劍光從洞口千層黑氛中破空飛起。身才離地不過十丈高下，忽見一道黃光直從對面飛來！

英瓊懷中抱著一人，渾身冷戰，正愁無法抵禦，忽然又見一團黑影翩然下投，英瓊仗著紫郢劍剛剛讓開，耳聽一聲慘叫，兩道光華同時閃處，那黃光如隕星墜流落下地去。回頭一看，那團黑影正是神鵰，上面袁星舞著兩口長劍，發出兩道光華，已將敵人擊落。

英瓊因為救人要緊，自己雖有幡、劍護身，仍恐閃失。忙喊：「你們快來！」神鵰聞聲回飛，英瓊在彩雲擁護之中，命往山陽飛去。行未片刻，後面狂飆大作，黑眚遮天，又是剛才陰慘氣象，不一會飛過山陰，尋了一個有陽光之處落下，一看自己周身，業已濕透。再看懷中英男，全身僵硬，玄冰數寸，包沒全身，只微微露出一些口鼻，不由一陣心酸，流下淚來，急於想將英男身上堅冰化去，看看胸前是否還溫？

所幸山陰山陽一冷一熱宛如隔世，又值盛夏期中，陽光不消片刻將玄冰化淨，現出英男全身。面容如生，只是顏色青白，雙目緊閉，上下牙關緊咬，通體僵直，解開濕衣一摸，果然前胸方寸雖不溫熱，卻也不似別處觸手冰涼。知還有救，先將身帶靈丹，強撬開口塞了進去。

英瓊專注英男，不願將袁星帶來帶去，便命牠暫留莽蒼山，等自己救人回來，一同去盜溫玉，匆匆抱起英男上了鵰背，直往峨嵋飛回。到了凝碧崖落下，靈雲等見將英男救回，甚是心喜，連忙接入洞內。這時英男服了丹藥，一路上受了和風暖日，自腹以上已不似先時寒冷，只四肢手足還是冰涼。

靈雲對英瓊道：「瓊妹竟如此神速將人救回，真是可喜。據我觀察，必有更生之望。不過她在玄晶洞多受風霜之厄，已然凍得周身麻木。此時將她救轉，必然痛苦非凡，還是由瓊妹急速去將溫玉盜來，方可施救。事不宜遲，快去快回吧！」

英瓊聞言，急匆匆換了濕衣，又向靈雲要了幾粒丹藥在身旁備用。見英男秀目緊閉，仍未醒轉，抱著滿腹熱望，二次別了眾人，駕起神鵰直往莽蒼山飛去。飛到山麓，業已深夜，空山寂寂，四無人聲，英瓊在鵰背上藉著星月光輝憑虛下視，四外都是靜蕩蕩的，除泉鳴樹響外，什麼動靜都沒有。

英瓊暗想：「那溫玉在妖人巢穴之中，更深入妖穴，總得有一番安排才是。袁星只是畜類，功力不深，更不可令牠亂闖，先等見了牠再說。」當下按下神鵰，喊了幾聲「袁星」，神鵰連作長鳴，俱都不見回應。

英瓊暗罵：「蠢東西，日裡雖不曾明白吩咐，難道就不知等在原處！」先在附近找了一遍，仍未找著，二次上了鵰背，憑著神鵰一雙神目仔細搜查，哪有些微蹤跡！觀看星色，已離天明不遠，一賭氣，命神鵰重又降下，唯恐離開了袁星尋找不見，只得在原處候至天明再作計較。

神鵰放下英瓊，便自飛走，只剩英瓊一人獨坐岩石旁邊。正在調息凝神之際，忽聽遠遠風吹樹梢，簌簌作響，聲音由遠而近。只顧盤算盜玉之事，當時聽了並未在意。一會功夫，忽覺一股冷氣吹到臉上，登時不由機伶伶打了個冷戰，毛髮根根欲豎，定睛一看，離身才三尺以外站定一個白東西，形如芻靈，長有丈許，似人非人，周身都是白氣籠罩，冷霧森森，寒氣襲人，正緩緩往自己身前走來！

這黑夜空山之中，看了這種奇形怪狀的東西，英瓊雖是一身本領，乍見之下也不免嚇了一跳！乃至定睛注視，才看出那東西一張臉白如死灰，眉眼口鼻一派模糊，望著自己直噴冷氣，行起路來只見身子緩緩前移，不見走動。英瓊猜是深山鬼魅之類，估量他未必有多大能為，一面暗中準備，且不下手，看看他玩些什麼花樣！見他前進一步，自己也往後退一步。

那東西也不急進，仍是跟英瓊緩緩往前移動。似這樣一進一退約有二十多步，英瓊猛想起：「袁星平素極為靈敏，怎會今日不在此相候，莫不是中了妖物暗算？不過袁星身佩雙劍不比尋常，似這般蠢物，豈有不能抵禦之理！」

想到這裡，忽然頸後又是一股涼氣吹來，回頭一看，也是一個白東西，與先前所見一般無二，正在自己身後相離不到二尺，兩下一伸手便可將自己抱住！怪不得先前一個並不著急，只是緩緩跟隨，原來是想將自己逼到一處，兩下夾攻！暗罵：「大膽妖物，你也不知我的厲害，竟敢暗算於我！」說時遲，那時快，那兩個白東西倏地身上「鏘鏘」響了兩下，風起雲湧般圍了上來。英瓊早已防備，腳點處先將身縱開，正待將身旁飛劍放起，忽見那兩個白東西竟互相扭作一團，滾將起來。只覺冷氣侵人，飛砂走石，合抱粗樹被他們一碰就折，力量倒也著實驚人！有時滾離英瓊身旁不遠，竟好似不曾看見一般，仍自扭解不開。

英瓊好奇，便停了手靜作旁觀，心中好生奇怪，只不解是什麼來歷用意。眼看東方已見曙色，這兩個白東西仍是滾作一團，不分勝負。英瓊不耐再看，手指處紫郢劍化成一道紫虹，直往那兩個白東西飛去。紫光影裡只見白影一晃，蹤跡不見，竟未看出是怎麼走的！

這時朝陽正漸漸升起，遠山凝紫，近嶺含青，晴空萬里，四下清明。惟獨北面山背後有數十丈方圓灰氣沉沉，彷彿降霧一般。氣團中隱隱似有光影閃動，英瓊年來行功精進，已能辨別出一些朕兆。情知袁星失蹤，昨晚又看見那兩個白色怪物，神鵰一去不歸，吉凶難測，附近一帶縱非妖人窟穴，亦非善地！那團灰霧說不定便是妖人在弄玄虛！想到這裡，便往那有霧之處飛去。

飛過北面山崖，往下一看，不由大吃一驚！原來下面是一個極隱密的幽谷，由上到下何止千尋，四圍古木森森，遮蔽天日。那霧遠望還不甚濃，這時身臨切近，簡直是百十條尺許寬、數十丈長的黑氣，在那裡盤繞飛舞。隱隱看見袁星騎在鵰背上舞動兩道劍光，神鵰飛到哪裡，黑氣也跟到哪裡，交織成一面黑網，將神鵰、袁星罩住。

袁星兩道劍光有時雖然將黑氣揮斷，叵耐那黑氣竟似活的一般，隨散隨聚，剛被劍光衝散，重又凝成一條條黑色匹練當頭罩到，休想脫出重圍！

英瓊見鵰、猿正在危急，心中大怒，不問青紅皂白，也未看清對面妖人存身之所，嬌叱一聲：「袁星休急，我來救你！」一言未了，連人帶劍直往黑氣叢中穿去！

果然長眉真人煉魔之寶不比尋常，一道紫色匹練往黑氣影裡略一回翔，便聽一陣鬼聲啾啾，漫天黑氛都化作陰魂四散。英瓊大喜，精神勇氣為之一振。

袁星在鵰背上殺了半夜，已殺得力盡精疲，神昏顛倒，只顧舞那兩道劍光，竟未看見主人到來，妖法已破，仍不停手，還是神鵰看見主人從空飛降，不住昂首長鳴，才將牠驚覺。同時英瓊也飛身上了鵰背，忙問：

「妖人何在？」

袁星氣喘吁吁的答道：「是兩個鬼小孩，就在那旁岩石上面！」

英瓊手指劍光護著全身，從袁星手指處一看，半崖腰上有一塊突出險峻岩石，石上放著一個葫蘆，餘外什麼都沒有。不敢大意，先將劍光飛過去，只一繞間，葫蘆粉碎。近前觀察，並無什麼奇異之處。情知袁星適才只顧迎敵，神智不清。又問神鵰：「可知妖人去處？」神鵰也搖頭表示不知，英瓊無法，默忖：「妖人知難而退，必在暗處弄鬼，自己現在明處，不可大意，還是暫時離去的好！」

當下策鵰遠飛，在一處崖谷落下，問起袁星這半日何往。袁星仍有餘悸，道：「我已見過那妖人了，原是一個大殭屍，頸上還有鏈子鎖著！」

英瓊叱道：「慢慢從頭說！」

袁星忙道：「是，主人昨日走後，我在山中隨便走動，發現一個山洞，洞外甚窄，擠進去，裡面竟是一個大洞，只見一個塌鼻凹口，紅眼綠毛，一身枯骨，滿嘴白牙外露的殭屍，頸上有一條鏈子鎖著，雙腳底下，又套著一個鐵環。殭屍走不遠，一到鐵鍊拉盡，鏈上便發出火星，燒得他綠毛枯焦發臭，急得兩手扯住鐵鍊，又咬又叫，卻沒法去弄斷它。我正在看著，殭屍忽有所覺，怪叫起來，奔出兩個鬼小孩，手上拿著一口黑魆魆的小劍，上面發出烏光，又放出一條條黑氣。那黑氣是生魂煉成的妖法，真是厲害，看似空的，劍斫上去，雖能將它斫散，卻是非常費力，剛剛斫散，又合攏成龍。我被纏上走不脫，正在危急之時，幸而佛奴、主人相繼趕來，才得活命！」

英瓊聽了，正在皺眉沉思，忽見身旁不遠的石縫處，似有烏光一閃。不假思索，指揮劍光往那石縫裡射去。一道紫虹閃過，碎石紛裂，震開石縫，再連人帶劍飛將出去，落在崖頂上面。耳旁猛聽「咦」的一聲，一道烏光斂處，面前站定一個青衣少年，猿臂蜂腰，面如冠玉，豐神挺秀，站在那裡，似帶驚異之容。

英瓊久聞靈雲等常說，異派劍光顏色大都駁雜不純，離不了青、黃、灰、綠、紅諸色。這人用的劍光烏中帶著金色，雖未聽過，估量不是什麼好人，來人年紀至多不過十七、八歲，穿著似僧非道，赤足芒鞋，也與袁星所說「鬼小孩」相似，不由分說，一聲嬌叱：「大膽妖孽，敢來窺探！」一言未了，手指處一道紫虹直往那青衣少年飛去！

這少年來歷，後文自有交代。

且說英瓊滿以為紫郢劍天下無敵，少年怕不身首異處！誰知敵人並非弱者，那道劍光烏中帶著金彩，閃幻不定，與自己紫光糾結一起，暫時竟難分高下！暗想：「妖屍手下餘孽已自如此難勝，少時身入妖穴，勢孤力薄，豈不更難！」不由又急又怒，一面留神看那少年，也不張口，只管朝自己用手比劃，恐他另用妖法，又和以前一樣吃苦，將腳一頓，飛身上去，用峨嵋真傳「身劍合一」，迎敵上去。

那少年先見紫虹宛如飛龍，甚是害怕，及見自己烏光竟能敵住，略放寬心。苦於說不出話，正用手比勢，招呼敵人住手，忽見敵人飛入紫光之內，身劍相合，憑空添了許多威勢，只得停了手勢，聚精會神迎敵，仍是不支。漸漸覺著自己劍光芒彩頓減，再不逃走，眼看危機頃刻，無可奈何，嘆了一口氣，將手一招，收回飛劍，借遁光便往回路逃走。

英瓊嫉惡如仇，一向趕盡殺絕，紫郢劍疾若閃電，饒是少年萬分謹慎，且敵且退，就在收劍遁走的當兒，還是被紫光飛將過來，微微掃著一點紫芒，只覺頂上一涼，情知不妙，飛起時一摸頭上，後腦髮際已掃去一大片！嚇得亡魂皆冒，不敢再顧旁的，催動遁法，飛星墜流般逃命去了。

英瓊哪裡肯捨，忙駕劍光隨後追趕。眼看一道黑煙中含著一點烏光，比電閃還快，往正北方疾馳而去。追過兩、三處山巒，忽然烏光一隱，便沒了蹤影。上面碧空無雲，下面雖有坡陀，也無藏身之處，又未見烏光落下，不知被他用什麼法兒隱去。仔細往四外一看，晚照餘霞，映得四外清明。只有北山後面如下霧一般，灰濛濛籠罩了二、三里方圓地面，飛近前去一看，頗與袁星所說地形相似。按劍光落下，尋著了袁星所說的石洞仄徑。

英瓊斂了劍光，心想：「偷盜終是黑夜的事，自己又不知溫玉形相，天已不早，索性等到天黑再行入內，先看明了溫玉所在，能下手便盜，不能再退出另打主意。」因此不即入洞。

這時將近黃昏，倦鳥在天際成群結隊飛過。適才所見灰色濃霧已不知何時收去。峰巒插雲，峭壁參天，山環水抱、嚴壑幽奇。洞旁綠柳高槐上，知了一迭一聲叫喚，鳴聲聒耳。花草松蘿隨著晚風飄拂，愈顯清靜幽麗，令人到此意遠神恬。誰又料到這奧區古洞中，潛伏著一個窮凶極惡的妖屍呢？

英瓊打好了主意，便將身隱入山洞缺口以內，待時而動。身才立定，忽聞人語，悄悄探頭往外一看，由側面大洞中走出兩個幼童打扮的人來。及至近前，細看容貌，一個生得豹頭塌鼻，鼠耳鷹腮，一雙三角怪眼閃閃發光，看去倒似年紀不大；另一個生得枯瘦如柴，頭似狼形，面色白如死灰，鼠目鷹腮，少說也有三旬上下，都和先前所見青衣少年一樣，道袍長只及膝，袖子甚短，頭梳童髻，赤足芒鞋。

英瓊一見這兩人，便知是妖屍一黨。正在尋思之間，那兩個妖人已走至缺口左面一塊磐石上，挨著坐下，交頭細語。英瓊伏在缺口左面，暗忖：「如在暗中下手，將他們除去，枉自打草驚蛇。不如先從這二人口中探一些虛實。」便輕輕移了兩步，正當二人身後，相隔不過數尺。二人雖是悄聲低語，也聽得清楚。

先聽那瘦子對他同伴道：「米道兄，我們兩人也修道多年，為了想盜溫玉，結果卻落在妖屍手裡，被他收去法寶，破了飛劍，強逼著我二人做他的奴隸，打扮得大人不像、孩子不像，休說見著同道，即使將來法寶盜回脫身逃走，傳將出去，也是笑話！」

那姓米的聞言嘆了一口氣答道：「劉道兄，事到如今，埋怨也是枉然。憑良心說，我二人並非善良之輩，可是一到他的手內，才覺出世上惡人還多！這還是長眉真人的『火雲鏈』尚未被他弄斷，他的元神尚未練得來去自如，已然如此厲害！」

姓劉的也嘆了一聲，道：「我們是沒有辦法，最奇的是日前登門拜師的那孩子，一身仙骨。那種好質地，又值各派收徒之際，何愁沒人物色，偏投到他的門下，不知和他說了些什麼，居然能得妖屍寵信！」

姓米的苦笑著，道：「如今我們倒是每日可見那亙古至寶，陽氣所鍾的『溫玉』，只不過那玉被他終日拿在手上，我們近身不得，雖說每日黃昏前後，有個把時辰回死入定，有那孩子在側守護也難近身，要想盜玉更是休想！早晚他元神煉就，我們便死無葬身之地了！」

英瓊聞言才知道這兩個矮子不是妖屍本來黨羽，出於暴力壓迫，為他服役，心中並不甘願，無形中要少卻多少阻力，頗為心喜。不過溫玉現在妖屍身旁，片刻不離，不能近身，這兩個矮子雖不知道行如何，聽他二人說話語氣也非弱者，竟被妖屍制得行動不能自如，妖屍本領厲害可以想見。下手盜玉，決非易事！

且喜已從二人口中得知，妖屍黃昏黎明前後，有一兩個時辰回死，這二人已抱了坐山觀虎鬥之心，只須制得住那妖屍寵信的少年，便可下手。此時想是妖屍回死之時，所以這二人在洞前這般暢然無忌。適才趕走的少年如是他們所說的孩子，正好趁此時機前往洞內探個明白。只是自己不會隱形之法，如要出去，又恐被這兩個矮子覺察，到底也有不便！

她正在委決不定，猛覺靈機一動：「現放著兩個絕好內應，何不現身出去和他二人說明？不提盜玉之事，只說奉了長眉真人遺命來此除妖，情願助他二人盜寶脫身，叫他說出那孩子詳情，諒無不從之理！」想到這裡，才要舉步走出，忽聽洞內傳來一陣異聲，那兩個矮子一聽，立刻顯出慌張的神氣，互相拉了一把，一言不發，起身便走。

與此同時，洞前一點烏光從空飛墮，現出適才所見青衣少年，才一現身，便指著那兩個矮子直比手勢，口中喃喃，單見嘴動，不見出聲。那兩個矮子好似和他分辯，隱約聽見「師父入定，我二人因洞中煩悶，又以為你在洞中守護，出來閒眺，並未遠離」等語，那少年仍是戟指頓足，比說不休。

英瓊已看出矮子所說的孩子果是適才所見少年，不由又增了幾分膽氣。看神氣甚是向著妖屍，又和自己想定的主意作梗，心中有氣，暗罵：「看你一表人才，卻去做那妖屍手下鷹犬！何不趁此時機將他除去，去了妖屍爪子，乘機入洞除妖盜玉便了？」隨想隨即將手一指，一道紫虹直往少年頂上飛去。

那少年猝不提防，大吃一驚，一面仍用那道烏光迎敵，一面往洞中退走，兩手不住朝著英瓊連揮。那兩個矮子早一道黑煙直往洞內飛去。

英瓊也不明白那少年揮手用意，趁妖屍未醒，索性一不作，二不休，緊緊追逐不捨。

那少年見英瓊進洞，滿面驚疑之容，不住比手頓腳，英瓊也不理他。追入洞中一看，那少年已從石門中退入，英瓊跟蹤追進，裡面是一個天井，方圓約有數十丈。庭中有一株大可十抱的枯樹，年深久遠，已成石質。左右石室分列，玉柱丹庭，珠纓四垂，光幻陸離，美麗已極。到了這裡，那少年愈發情急，拼命運用玄功迎敵英瓊飛劍，手裡直比，不到萬分無奈，不肯退後一步。

英瓊早變了先前主意，暗想：「不入虎穴，焉得虎子？這啞少年又非自己敵手，既已顯露形跡，樂得追到妖屍存身所在，乘他未醒時將他除去，豈不一舉兩得？」正在舉棋若定之際，忽見那少年顏色慘變，猛覺腦後微微有兩絲冷氣襲來。

英瓊陡地打了一個寒噤，情知有異，連忙回身一看，不由吃了一驚。只見離身三二尺遠近，站定一個形如骷髏的怪人，頭骨粗大，臉上無肉，鼻孔張，目眶深陷，一雙怪眼時紅時綠，閃閃放光，轉幻不定。瘦如枯木，極少見肉，胸前掛著一團紫焰，渾身上下黑煙籠罩，走路和騰雲一般，不見腳動，緩緩前移，正伸出兩隻根根見骨的大手往她頭上抓來！

英瓊覺得心煩頭暈，寒毛倒立，機伶伶直打寒戰，知道妖屍出現，自己恐不是他的對手，不敢再顧那少年。少年劍光也非弱者，誠恐腹背受敵，連忙將手一招，招回劍光護住全身，百忙中一看那少年，業已收劍旁立，面帶憂容，並未上前助戰。

英瓊若趁此時遁走，本可無事，無奈素常好強，貪功心切，總以為紫郢劍萬邪不侵，目前已煉得身劍合一，即使不能取勝，再走也還不遲。只這恃強一念，幾乎命喪妖窟！這且不提。

且說英瓊當下飛劍直取妖屍，眼看紫光飛到妖屍頭上，那妖屍忽然一聲獰笑，從頭上飛起一條紅紫火焰，直敵紫光，一顆骷髏般的大腦袋撐在細頸子上，如銅絲鈕的撥浪鼓一樣，搖晃個不停。

那紅紫火光宛如龍蛇，和英瓊紫光絞在一齊。舞到疾處，有時妖屍頸上也冒起火來，燒得他身上綠毛焦臭，觸鼻欲嘔。那妖屍滿嘴獠牙，挫得山響，好似他也怕火非常，只不知他自己煉的法寶何以用時連他本人也要傷害！

似這般相持了個把時辰，漸漸那條紅紫火光被英瓊劍光壓制得芒煙銳滅，那妖屍卻怪笑連聲。英瓊暗忖：「原來妖屍不過如此，除了那條火光並無別的本領。」正在心中高興，猛聽兩個矮子在暗中說道：「你看師父頭上的『火雲鏈』，只要一被這女子的紫光燒斷，便可出世了！」

英瓊一聽，猛想起適才在洞外所聞之言，那道火光便是長眉真人的「火雲鏈」，怪不得妖屍忍受火燒，也不用別的法寶和自己對敵，原來是想借紫郢劍去破「火雲鏈」！若不是這兩個矮子從旁提醒，險些上了妖屍的大當！

這妖屍本就兇惡，「火雲鏈」一去，更是如虎生翼，那還了得！但是既不能用飛劍除他，難道和他徒手相搏不成?就在這稍一遲疑之際，那妖屍好似忻喜萬狀，怪笑連連，跳躍不停，頸上火光逐漸低弱，眼看就要消滅！

英瓊一見不好，連忙將手一招，剛要將劍光收回時，那妖屍已似有了覺察。未容劍光退去，倏地將長頸一搖，口中噴起一口黑氣，催動那條火光，如風捲殘雲般飛將上去。火光裹住紫郢光尾只一絞，英瓊收劍已來不及，耳聽「錚錚」兩聲，紫光過處，將那條整的火光絞斷，爆起萬千朵火星，散落地面。

英瓊情知「火雲鏈」已被紫郢劍絞斷，好生後悔。同時那妖屍早狂嘯一聲，破空飛起。英瓊不知妖屍深淺，見他想逃，惦著那塊溫玉，一時情急，忘了危險，竟將手上紫光一指，朝空追去！紫光升起約有二、三十丈，英瓊正待跟蹤直上，猛覺腦後寒風，毛髮直豎，急忙回身，又一個妖屍，與前一般無二，周身黑氣環繞，直撲過來！離身不過數尺，便覺腦暈冷戰，支持不住，知道中了妖人分身暗算，收回劍光護身，決來不及！

當此危機一發，忽然急中生智，猛想起昔日與若蘭同赴青螺，芷仙一人留守峨嵋凝碧崖，心中害怕，若蘭曾傳芷仙「木石潛蹤」之法護身，自己當時好奇，將之學會，從未用過，如今事在危急，何不試它一試？

當下一面將身縱開，百忙中竟忘了收回紫郢劍，心中默念真言，就地一滾，剛要將身形隱起，對面妖屍已噴出一口黑氣，總算英瓊一身仙骨，秉賦過人，逃避又快，雖然沾受一點妖氣，立時跌倒，身已隱去！

那妖屍原知紫郢劍來歷，拼著忍受痛苦，借它斬斷了「火雲鏈」後，知道敵人有此護身，決難擒到。且喜鎖身羈絆已去，便將元神幻化，先將紫郢劍引走，然後趁敵人身未飛起，從她身後暗下毒手。偏偏英瓊十分機警，竟自避開，將身隱去。

妖屍也看出敵人用的是隱身之術，必然尚在旁邊。因為不知敵人本領虛實，又因敵人既然身帶長眉真人當年煉魔的第一口寶劍，必是峨嵋門下嫡傳得意弟子，不論來人功行如何，就這口飛劍先難抵擋，明知敵人尚在洞中受傷未去，顧不得擒人，不如趁她暫時昏暈之際，來一個迅雷不及掩耳，先使著法術將她困住，將那口寶劍隔斷，然後用「冷焰搜形」之法慢慢將她煉化，以除後患！

妖屍忌憚紫郢劍，便宜了英瓊。英瓊才一隱身，妖屍便口中念念有詞，黑氣連噴，頃刻之間，地上隱隱起了一陣雷聲過去，偌大山洞全變了位置。妖屍知道紫郢通靈，外人無法收用，敵人已被自己用「玄天移形」大法困住，不易脫身，仍回地穴之內去施展那「冷焰搜形」之法去了。

英瓊當時覺著一陣頭暈眼花，渾身冷戰，倒在就地。耳旁只聽雷聲隱隱，地肺齊鳴，身體宛如一葉小舟在海洋之中遇見驚濤駭浪一般，搖晃不定。昏沉沉過了好一會，所幸生具仙根，真靈未泯，心中尚還明白，強自支撐坐起身來。從身畔取出靈雲給的丹藥咽了下去，才覺神智清醒。猛想起那口飛劍還未曾飛回，知道那劍是通靈異寶，除了自己，別人無法駕馭，即使勉強收了去，一經自己運用吐納玄功，一樣可以收回。誰知連用幾次收劍之法，毫無影響，猜是入了妖屍之手，這才著急起來！

同時向四外看去，都是黑漆一片，彷彿身在地獄。用盡目力也看不出是什麼境界。又過了一會，雷聲漸止，已不似先前天旋地轉，還想逃出，後來見無論走向何方，俱如鐵壁銅牆一般。飛劍在手尚可勉強想法，利器一失，更是束手無策！情知已被妖法困住，不能脫身，只急得渾身香汗淋漓，心如油煎。正在無計可施，忽聽四壁鬼聲「啾啾」，時遠時近，平空一陣陣冷氣侵來，砭人肌骨，地底也在那裡「隆隆」作響。先前還可以禁受，幾個時辰過去，漸漸凍得身搖齒震起來。

那鬼聲愈聽愈真，現出形相。英瓊知難抵禦，索性仍用那「木石潛蹤」之法避個暫時。叢叢綠火中隱隱看見許多惡魔厲鬼幢幢往來，似在搜尋敵人。那地下響聲更如萬馬奔騰，轟隆不絕，聽了心驚。英瓊強忍奇寒，咬緊牙關，和捉迷藏一般與這些惡鬼穿來避去。

第九回　妖屍谷辰　移形換嶽

似這般避來躲去，也不知經過了多少時候，忽又聽得遠遠妖屍怪嘯，那冷氣好似箭簇一般直射過來！先還是稀稀落落，後來竟似萬弩齊發，由疏而密，漫說是黑暗之中，就在明處，任你天生神目，遇見這種無形的冷器，也叫你無法躲閃！

英瓊吃這冷箭射到身上，宛如利簇鑽骨，堅冰刺面，又冷又疼。覺得東邊射來的冷箭來得密，便躲到西邊；西邊密，又躲到北邊。一方面還得躲著那些鬼火魔影，到處都是危機！

似這樣在這不見天日的幽暗地獄中，朦頭轉向四面亂撞，不知如何是好。一會妖屍怪聲愈來愈近，雖仗有法術隱身，究不知能否瞞過敵人眼目。再加魔鬼寒飆無法抵禦，地下響聲大震，更不知妖人鬧的是什麼玄虛，時候一多，實覺支持不住，眼看危機頃刻，就要凍得痛暈倒地！

也就在此際，英瓊才猛地想起，自己身邊還有「彌塵幡」可用，一上來就被妖屍毒氣噴中，亂了陣腳，以致忘卻。忙握幡在手，念動真言，立時覺得身子騰空而起。

緊接著，冷氣漸斂，溫風吹到，已見光亮，同時一道紫虹正在飛舞，英瓊認得是自己的紫郢劍，不由喜出望外，連忙將手一招接住。飛劍在手，膽氣一壯，聽神鵰鳴聲愈急，知牠通靈，必是在喚自己逃走！

此時英瓊雖脫虎口，尚在險地，覺得周身酸痛，四肢麻木，又見神鵰用嘴緊扯衣袂，情知不是妖屍對手，要想盜玉，還得略為將養再來。正待乘鵰飛走，妖屍已從洞中飛身出來，只得勉強用劍光護住全身，相機進退。

那妖屍一見紫郢劍仍在英瓊手內，大吃一驚，立時施展妖法。英瓊見妖屍忽然停步，周身冒起黑煙，轉眼之間又是天旋地轉！知道再如不走，難免又蹈先前覆轍！忙將身飛上鵰背，神鵰奮起精神，直飛霄漢！

過沒有多大時候，倏地眼前一亮，定睛一看，神鵰已然落下，面前一片大梅林。

英瓊驚魂甫定，忽聽神鵰長鳴，頭上傳來飛劍破空之聲。一道烏光直往身前不遠降下，現出以前兩次交手的青衣少年。一手拿著一張紙卷，一手連連搖擺，似要試探著走將過來。

英瓊見妖屍黨羽跟蹤而至，又驚又怒，不問青紅皂白，手指處劍光直飛過去！那少年早已防到，也不抵敵，先將手中紙卷拋將過來，滿臉愁容，將足一頓，破空便起，一點烏光轉眼飛入雲中消逝。英瓊吃過苦頭，不敢窮追。那紙捲上面還包著一塊石頭，拾起一看，大出意料之外，甚是後悔！

原來那少年名叫莊易，本是與紅花姥姥同輩的異派劍仙可一子的唯一門人。只因可一子早悟玄機，不肯濫收徒弟，自知所學不正，難參正果。愛莊易資質，不肯誤他，只傳了一些防身法術，可一子兵解以前，莊易因誤食溜芝，失聲喑啞，可一子與他留下兩封柬帖，吩咐到時開視，自有仙緣遇合。

可一子兵解以後，莊易打開柬帖時一看，上面寫著命他某日去到莽蒼山玉靈崖前一個大洞，裡面有一個妖屍，守著一塊萬年溫玉。那妖屍名「谷辰」，曾將自己一部道書盜去，窮凶極惡。後來長眉真人用七口神劍將他誅心而死。知他因得那部道書，已能變化幽冥，當時不能將他元神消滅，若干年後仍要出土為害，給他頸上鎖了一根「火雲鏈」，再用玄門先天妙術開叱地竅，將他屍首元神一齊封閉。

「妖屍」谷辰秉天地極戾之氣而生，與百蠻山陰風洞綠袍老祖心腸手段一樣毒辣。只因真人飛升在即，不能運用「八九玄功」將他元神煉化，出此權宜之計。

當時曾經留下兩口煉魔寶劍同兩個預言，等妖屍在地竅中煉得可以出土之時，自有能人前去除他。那妖屍雖能將「火雲鏈」煉得長短隨心，到底長眉真人至寶有生剋妙用，無法解脫，仍不能離開玉靈崖一步。再加他周身已成枯骨，雖然得了那塊溫玉，只能使身上漸漸還暖，不能長肉生肌，須要本門「百草陽靈膏」才可使他還原。

可一子為使莊易便於盜那溫玉，因此命莊易拿了「陽靈膏」同一封書信，推說師父被峨嵋派所算，死時想起谷辰該到出世之日，命莊易拜在谷辰門下，用「陽靈膏」堅他的信心，必蒙收留，只須設法將他那塊萬年溫玉盜在手內，便不愁沒有機緣得歸正果！

莊易看完柬帖，依計行事，妖屍果然大喜，非常信任。他知妖屍厲害，那溫玉常掛在胸前，雖然早晚有一兩個時辰回死，怎奈人一近前便中邪倒地，不敢造次，只得靜等機會，無事時也常往滿山遊玩。

這日忽見對面飛來一道烏光，冒險用他師父可一子所傳收劍之法一試，居然收住，原來是一口龜形小劍，烏光晶瑩，鑑人毛髮，劍柄上有兩個「元龜」篆字，知是一口上好飛劍！

莊易心中高興，正在諦視，忽然滿眼紅光，現出一個道婆，白髮飄蕭，高鼻大耳，手拄一根鐵拐。莊易見那道婆氣概不是尋常，以為劍主人追來，情知不敵，一時福至心靈，躬身施禮，便要將劍奉還。

那道婆已看出他是個啞子，便對他道：「物各有主，果然不差。劍是你的，無須還我，我隱居在此已有多年，從無一人知道。今日正在丹室閒坐，瞥見一道劍光飛過，我認得那是長眉真人的「七修劍」，稍來慢了一步，已然落在你手，想是前緣！聽說妖屍業已出土，你在此少候，待我去看看，或能助除妖盜玉的人一臂之力，也未可知。」說罷，便化成一道紅光，往莊易來路飛去。

約有頓飯光景，道婆飛回，手中拿著一封柬帖，道：「長眉真人纖微之事俱能前知，真不愧為一派開山宗祖。你的來歷我已明瞭，我現受長眉真人遺柬之托，說你奉有師令，準備改邪歸正。那溫玉你到不了手，自有能人來取，從今以後可以息了那盜玉之想，處處取那妖屍信任，靜候機緣到來。那盜玉的人名叫李英瓊，是個少女，所用飛劍呈一道紫光。你只須助她成功，必能歸到峨嵋教下。這口『元龜劍』乃長眉真人當年親煉，異教中人能夠運用者極少。我現在先傳你口訣，從明日起你可抽空練劍，那妖屍也知此劍來歷，你回洞以後不可隱瞞，只說偶然得到就是。」

莊易已看出那道婆是神仙一流，早跪了下去，還未及請問法號，那道婆已把話說完，化道紅光飛去。自此莊易不時照所傳煉「元龜劍」。莊易又看出，被「妖屍」谷辰強收為徒的兩個矮子心有異志，不時市恩市惠，加以籠絡，靜候老道婆所說的盜玉女子來到。誰知等著了李英瓊，李英瓊卻將他當作了妖屍一黨，莊易又有口難言，無法解釋，錯過了好些時機！

英瓊看完紙捲上所記的一切，急忙騰身空中，只見那啞少年莊易面帶焦急之容，正在往來盤旋。見英瓊現身出來，慌忙上前相見。英瓊知他口啞，便先向他道了歉，然後請他坐下，用手在地上寫畫，以代談話。

莊易點了點頭，隨手折了一枝樹枝在地上寫道：「那妖屍頭上『火雲鏈』已破，復原之後便要飛往別處，為防英瓊再去和他為難，已用『身外化身』之法，將元神分化，另用極厲害的妖法防衛本身，全洞都布好了羅網。頭層洞門都難入去，我此時抽空與你送一個信，須要急打主意才好！」

英瓊又問了問妖屍的起居動作，知妖屍防護嚴密，那塊溫玉就掛在他的胸前，實在想不出好法子！

莊易又因身在虎穴，妖屍頭上束縛已去，行蹤鬼秘，來去飄忽，萬一回醒，元神飛出，一個不及覺察，被他看破，便有性命之虞，急於要想回去。

英瓊想知多一點情形，又問他那兩個矮子來歷。莊易匆匆寫道：「兩個矮妖人，一名『米鼉』，一名『劉裕安』。原是異派中有數人物，因盜溫玉未成，反被『妖屍』谷辰迫作奴僕，常思背叛。」

莊易寫完，匆匆離去。

英瓊盤算了一陣，雖覺妖屍不是易與，但盜玉之事勢在必行。不入虎穴，焉得虎子？只好等到天黑，趁妖屍回死之際，再去冒險。找了一個隱蔽所在，運用玄功。直到天黑，才往玉靈崖妖屍洞內飛去。不多一會，便已到達，這時四外靜悄悄的，一個人影俱無，天空霧濛濛，低得似要到了頭上。

英瓊定了定神，再看洞門，黑氣瀰漫。定睛細看，僅僅辨出門戶。當下大著膽子，身劍合一，冒險穿了進去。裡面倒還光明，只封鎖門戶的黑氣有二、三尺厚，雖然聞見奇腥，卻無他異。到了裡面一看，一排五間天然生就的石室，几榻丹爐森然羅列，石壁瑩潔，似玉一般。因早得莊易指示，知道當中一間鐘乳屏障後面，甬頭盡處有一深穴，下面即是妖窟。便將劍光按住，悄悄循路走進。

等到走完甬道，忽覺奇腥刺鼻，黴氣襲人。用劍光一照，果然有一深穴，內裡黑氣籠罩，看不見底。只得加緊戒備，仍用劍光護身，往下飛落，降有數十百丈，才得到底。又前行了幾丈遠近，忽睹微光，漸漸身子也穿出濃霧。劍光照處，看出前面現出一個廣洞，到處都是濕陰陰的，黴氣中人欲嘔，那微光便是從洞中發出。

英瓊心知妖人巢穴已到，且喜沒有驚動。二次收了劍光，移步行進洞前，微微聽得獸息咻咻。探頭往內一看，洞裡竟是一個怪石叢列、窮極幽暗的深窟。寬約百丈，滿地上豎著數十面長幡，俱畫著許多赤身魔鬼。當中有一面一尺數寸長小幡，獨豎在一個數尺高的石柱之上，幡腳下有一油燈檠，燈芯放出碗大一團綠火，照在妖幡上面，愈顯得滿洞都是綠森森陰慘慘的，情景恐怖，無殊地獄變相！

英瓊雖然膽大，看著也未免心驚，正想細查妖屍蹤跡，忽聽當中主幡後面起了一陣怪聲，接著滿洞吱吱鬼叫，陰風四起，大小妖幡一齊搖動，那些獸頭也都目動口張，似要飛起。

英瓊疑心妖屍又鬧什麼玄虛，待要使用劍光護身時，怪聲忽止，陰風頓息。猛一眼看見石柱背後還躺著一個綠衣怪物，微將身縱起，辨別正是日前對敵的妖屍！周身四圍一圈綠火將他圍住，綠衣赤足，僵臥地下，口裡黑煙嫋嫋，胸前碗大一團紅紫光華，正是那塊溫玉放光！英瓊心中大喜，不問青紅皂白，就要飛進。

她剛一入洞，忽然劈面一樣小東西打來，被劍光一擋，落在地下，同時好似見石柱在閃動，迎面有一道烏金光華飛來。定睛一看，哪有什麼石柱，竟是啞少年莊易穿了一身黑綠怪樣衣服垂身站在那裡，頭頂一個燈檠，因為滿洞幽碧，適才沒有看清。見他飛劍來得甚慢，知道是示警叫自己退去，並非為敵。

英瓊暗想：「日裡明明和他約定來此一試，他既未再見自己的面，事前又未說明妖窟還有這般佈置，只說往常妖屍回死，他便可隨意飛出，怎又與妖人去作燈檠？尤其是以前兩次和自己對敵，總怕紫郢劍傷了他的劍光，且戰且退，這次卻死命抗拒自己的飛劍，攔住去路，不能上前拿玉，好生令人不解！」

英瓊一面迎敵，一面盤算，還待抽空衝到妖屍身旁動手時，忽聽洞頂怪石上有人喝道：「大膽女娃，竟敢前來送死！」言還未了，便聽「叮叮」幾聲磬響，襯著地下回音，眼前怪狀格外令人心悸！

英瓊尋聲注視，看出洞頂怪石上面還站著日前所見的米、劉兩矮，穿著麻衣麻冠，臉如死灰，手中一個持磬亂敲，一個持鐘待打，手卻指著英瓊往外直揮，意思也是要她退出！

英瓊雖然明白他們的用意，但是事已至此，一不作，二不休，嬌叱一聲：「妖孽休要猖狂，還不納命！」說罷，算計莊易劍光不會傷害自己，打算拋開莊易，上前搶玉。

正在這連前帶後之際，倏地磬聲才畢，鐘聲又動，地下妖屍突然緩緩坐起。先是目瞪神呆，宛如泥塑，倏地嘻開闊嘴，露出滿口獠牙，似笑非哭的怪嘯一聲！接著把手一揮，大小妖幡全都展動，滿洞陰風起處，鬼聲啾啾，暗綠光影裡數十個赤身魔鬼帶起濃霧黑煙，直撲過來！妖屍身旁綠火化成千萬點黃綠火星一窩蜂般飛起，妖氣薰人，頭暈目眩，地動石搖，似要崩陷，又和上回被陷情形一樣！

英瓊驚弓之鳥，才知先未見機，後退嫌遲，不敢怠慢，忙將身劍合一，依來路飛逃。且喜紫郢劍畢竟是長眉真人至寶，英瓊又是不求有功，但求無過，始終不曾離身。就在這慌驚昏暗之中，默運玄功，一任劍光覓路飛遁，紫光閃閃，宛如飛電駕虹般往上遊走穿行，不時聽到後面地合石墜，宛如地震山崩，驚心悸膽，哪敢回看！

不多一會，總算逃出，到了山嶺之上，獨自心煩，不知如何才能對付妖屍，正在煩躁，忽見眼前彩光一閃，疑心妖屍追來，及至來人現身，卻是秦紫玲！

英瓊想起自己屢次盜玉無功，不禁大是羞慚，叫了紫玲一聲，低著頭不出聲。

紫玲笑道：「你屢次失利，早在師長算中，如今凝碧仙府正被妖人圍攻，不等你將溫玉盜回，不能破去妖陣。現下除妖時機未至，你又受毒不輕，尚未復原，不如先回山去吧。」

英瓊無可奈何，又記掛英男，只得應允。當下取出彌塵旛，交還給紫玲。

紫玲接過旛來一晃，化為一團彩雲，飛回峨嵋。彌塵旛出入防守凝碧仙府的仙陣，全由心意，英瓊、紫玲進了太元洞，幾道光華閃處，靈雲、輕雲、寒萼、芷仙先後入室。

諸同門相見之後，靈雲首先說道：「異派妖人侵犯仙府，打算劫取芝仙和七口飛劍，如今全山雖被妖法封鎖，一日三次風雷攻山，有我等支持，並不妨事。英男師妹已蒙掌教夫人飛劍傳書收歸門下。又用靈符開了本山溫泉，將她身體自腰以下浸入泉眼，借靈泉陽和之氣暖身，已能言笑如常，就只暫時不能隨意走動，再將溫玉得來，當時便好！你要與周師妹同往莽蒼尋師祖遺留的青索劍，再去盜取溫玉，不是你二人雙劍合璧，絕不能如願！」

英瓊聞得英男回生，心中大喜，急著想見一面。靈雲道：「此後成了同門，朝夕聚首，何需急在一時？那助你的莊、米、劉三人，除莊易是奉有師令準備入本門之外，那米、劉二人已有改邪歸正之心，那日見你孤身涉險，將妖人的鐘磬故意慢打，才使你於萬分危急之中脫身而去。這三人都被妖屍看透行藏，因為尚有利用之處，表面故作不知，心中已恨如切骨！米、劉兩人以前雖行不義，近已洗手多年，又有向善之心，不宜負他，掌教夫人說你將來光大門戶，用人之處甚多，與別人不同，特授取捨之權，任你伺機處置。不過你到底年幼道淺，一切仍須小心謹慎為是！」

英瓊見師尊如此器重，自是感奮異常。靈雲說完了話，便取飛劍傳書中附來的丹藥，與英瓊服了。英瓊服藥不久，便覺神氣漸漸清健，便要和輕雲一起到莽蒼山尋青索劍，靈雲知她心急，又命紫玲將「彌塵幡」相借。與輕雲同駕彌塵幡，一幢彩雲飛出通天壑，直升高空。神鵰早在空中等候，迎上前來。當下二人一鵰，同往莽蒼山飛去，先到了地穴之中一看，卻不見袁星。

英瓊心裡一急，忙問神鵰：「袁星被妖屍捉去了麼？」神鵰點了點頭。依著英瓊，當時便要前往探看。

還是輕雲再三主張慎重，道：「既然妖窟有了三個內應，妖屍又在黃昏時分回死，何必急在一時？」英瓊只得勉強忍耐，決定與輕雲先尋那口青索劍的藏處，到了傍晚再作計較。

輕雲說起青索劍的來歷。原來紫郢青索，一個陽剛，一個陰柔，青索劍原埋藏在妖洞左近，離昔日英瓊斬木魃的山壑不遠。青索劍原本靈通，在地下穿行，三日之內便要穿透地殼，自行飛往北海，不到時候，沒法掘取，到時稍一防備不及，稍縱即逝，難於追尋。

英瓊也聽靈雲說起過，本門師叔醉道人已派了一個與輕雲有三世宿緣的人在等著輕雲，而輕雲提起在彼等待的人，又欲語又止，不能詳談，英瓊自也不便追問。

二人談論一回，到了黃昏將近，英瓊、輕雲騎著神鵰往玉靈崖飛去，離崖不遠落下，英瓊以為仍可從三個內應口中得知一些底細，照舊由袁星所指的秘徑進去。那秘徑原本仄小，自經那日妖法震動，好些地方俱被堵塞。兩人用劍光費了好些事，才開出一個缺口，英瓊首先聽得外面有人笑語，探頭往外一看，並非莊、米、劉三人，乃是從未見過的兩個道童。

英瓊將手一拉輕雲，相繼飛身出去。才一照面，那兩個道童已自覺察，知道來了敵人，同時站起，手揚處，各飛出一道黃光，輕雲暗笑小小妖魔也會賣弄！玉肩搖處，早將劍光飛出，將兩童黃光繞住。接著飛縱過去，用玉清師太所傳禁身擒拿之法雙雙捉住，那兩道黃光早已被英瓊劍光絞斷！

英瓊、輕雲捉了兩人，嚇問之下，才知妖屍發覺莊、米、劉三人聯合背叛，覺得不妙。偏偏這日又來了一個惡黨，便是這兩個小道童的師父，雲邊石燕峪三星洞的青羊老祖，路過莽蒼山，看見一隻猩猿在那裡舞劍，宛然峨嵋嫡派，細看無人在側，用妖法將牠擒住。那猩猿竟通人言，說劍是在土內掘的，因昔日偷看別人舞劍，學得一些，並沒師父，只要放了牠，自願拜師，跟回山去，牠說這山裡還有一口劍，可惜拿不出。

青羊老祖聞言自是心喜，要牠領去，領到一處山崖，忽從空中飛來一隻大黑鵰。那猩猩突然高叫起來，那鵰聞後往下飛撲。青羊老祖看出那鵰是白眉和尚的神禽，才知上了當，正和那鵰對敵，巧遇洞中妖屍神遊洞外，幫著青羊老祖用妖法將鵰趕走，將猩猿擒回洞去，留青羊老祖師徒幫他幾日忙。那猩猿非常狡猾，幾番想逃，都被識破，本想將牠殺死，因為妖屍要用牠日後煉那妖法，如今吊在地穴已有數日了。

兩人說到這裡，輕雲見那兩個道童一身妖氣，知非善類，本想殺他除害，又因他二人年紀太幼，於心不忍，正在尋思，忽聽外面一聲怪叫，兩童聞聲同時高喊道：「師父快救我們！」

輕雲手提兩人，原未沾地。因見他們俱都馴伏乞憐，毫不掙扎，漸漸疏了防範。這時聽外面有了怪聲，略一分神，兩童喊了一聲，倏地往下猛力一掙，一道黑煙閃處，直往外飛去。輕雲、英瓊也跟蹤追出，見迎面飛來一個青臉長鬚道人，穿著一身青服，手持一根竹杖一晃，化成一條青蛇飛來。

英瓊知是道童師父，手起處紫光飛出。道人一見紫光，知道不妙，想收法寶已來不及，紫虹過處，將那青蛇斷成兩截，略一迴旋，直往道人頂上飛去！道人見情勢危急，不及再使別的妖法，化成一溜黑煙，逕往洞內飛逃。英瓊剛要追進，倏地四圍黑煙瀰漫，地動山搖，鬼聲啾啾，慘霧濛濛。隱約聽得神鵰在空中連聲示警，連忙招呼輕雲用劍光和「彌塵幡」護體，縱身高空，上了鵰背遁走。

英瓊見今晚和那日涉險一樣，妖屍到時並未回死，越發長了凶焰！尤其袁星被擒，三個內應俱被妖屍覺察，甚為懊惱。

到了次日清早，英瓊又要輕雲早將青索劍找到手，便可早日將事辦完。輕雲道：「尊師命有時日，早去也是無用。」英瓊道：「不是還有一位同門道友在那裏守候嗎？就是不能得劍，早作商量也好。」輕雲仍是推託不去，英瓊無法，對於妖穴三個內應，畢竟還未放下心去，見這日無事可作，心想既有「彌塵旛」可以護身退走，索性日裏前去探上一回！

輕雲不便再不應允，只得答應一同前往。這次神鵰都不帶，逕自出其不意，直撲妖穴。來一個迅雷不及掩耳，或者盜玉，或者救出袁星，一得手便即遁回。只須二人堅持「彌塵幡」形影不離，再加有紫郢劍護體，雖不一定有功，料無失閃。

商議已定，由輕雲將「彌塵幡」一展，化成一幢彩雲，直往二層妖洞飛去。將要到達，離地還有數十丈，便見下面黑霧沉沉，將一座山洞完全罩住。轉眼之間，彩雲幢護著二人穿過黑霧。落在二層洞內一看，四外靜得一點聲息俱無。二人見未被敵人覺察，忙將「彌塵幡」收起，暗持手內。

英瓊原是熟路，悄聲將那已成化石的古樹穴指給輕雲看，以備萬一脫身之用。然後輕悄悄照日前經行之路，仍由當中石室走了進去。才一進內，便聽見側面一間石室有人嘆息，英瓊側耳一聽，盡是耳熟。一個道：「你說救星快來，怎麼還不見響動，時機一過，沒活路了。」另一個正要發言，英瓊已然探頭往裡，看出說話之人正是米、劉二矮，腳上頭下倒懸空中，兩腳似被什麼東西綁住，卻不見繩索痕跡。

輕雲對於旁門左道知道不少，看出那兩個矮子被妖法禁制，倒吊室中，身旁定有妖法埋伏防人援救，見英瓊毫不思索便要走進，連忙拉住。悄悄對英瓊說了，叫她不可造次。

同時兩矮也看見英瓊同了一個仙風道骨的女子站在室外，正議論救他二人之事，忙同聲喊道：「我們雖被妖屍用『黑煞絲』捆住吊起，身旁設有埋伏，但是並攔不了李仙姑的紫郢劍，只須用那紫光朝我二人頭腳身側繞上一繞，便可破去。我們已和莊易商量好了，決計改邪歸正，助李仙姑盜溫玉斬妖屍，快請下手相救吧！」

英瓊不俟二人把話說完，早指揮手上劍光直往二人近身之處飛繞了兩遭。紫光影裡，果然看見百十條黑絲似斷線一般滿室飄揚。

米、劉二矮脫身之後，慌不迭的跑將過來說道：「那妖屍甚是機警，此時必因煉法將身絆住，如不快走，等他發覺，必然又用妖法移形換嶽，將我等困住，再用陰罡地火化成齏粉，那時想走便走不脫了！」言還未了，英瓊正想和他打聽袁星、莊易蹤跡，猛覺雙腳一軟，往下一沉，腳下的地面平空直陷下去！同時陰風四起，鬼聲啾啾，黃霧綠煙一齊飛湧，紅火星似火山爆發一般往上升起！

輕雲本就時刻留神，一見不好，首先一手拉住英瓊，一手展動「彌塵幡」，往上升起。煙霧火星中，眼看足下成了一個無底火坑！米、劉兩矮猝不及防，哪裡存身得住！竟似彈丸飛墮，往下翻滾飛落。口中不住哀號：「仙姑救命！」英瓊、輕雲在彩雲轉瞬升起之際，一見二人命在頃刻，竟忘了危險，大動惻隱之心！連話都未說，似彼此都有意會。不約而同，手中掐訣，反身往下飛沉，彩雲飛墮中降落有二十多丈，一人撈著一個，同喊一聲「起！」比雷還疾，沖霄直上！

英瓊百忙中注視下面，見一朵火花一閃，往腳底衝上，耳旁又聽怪聲，那妖屍突的從地穴下面現身追上，睜著一雙黃綠不定的怪眼，張開滿嘴獠牙，手拿著一面妖幡，一手掐訣，那五色焰花似春潮一般往上發來！五色焰花挨近彩雲，全都消滅，再抬頭往上一看，不禁大吃一驚！原來兩人只顧救人，忘了危機四伏，就在彩雲下沉之際，雖然時光極短，上面適才裂開的地穴突又四面合將攏來！眼看只剩二尺寬的隙口，下是無邊無底的火焰地獄，上面地殼又將包沒，如何不急！剛要將紫郢劍飛出手去，猛聽「嚓嚓」連聲，身子已由彩雲包護中穿出地面。再見下面，石塊如粉，已將地殼包沒，真個是危機一發，少遲便未必能夠脫身！

這時石室已被妖法震裂，二人便駕著彩雲，提著米、劉二矮，穿透黑氛，直往空中飛去。到了遠處落下，米、劉二矮先謝了救命之恩，英瓊問起袁星，才知如今袁星同莊易俱被妖屍困入地穴，業已多日。

英瓊聽了，心中著急，二矮忽然跪了下來，說道：「我二人雖然身在旁門，業已洗手多年，明知峨嵋門下男女弟子不能亂收，尤其是異派旁門中人。但因向善與避禍心急，我二人也頗會一些旁門道術，善於隱形潛蹤，入地穿行，並不一定要求傳授，只望作為驅遣的奴僕。一則借地福庇，二則除了妖屍時，好代我們奪回已失去的幾件法寶和所煉的護命元丹，千萬懇求仙姑收錄！」說罷，叩頭不起。

英瓊正為袁星之事愁煩，原是一則念他二人前次在妖穴兩番提醒之功，二則又不忍見他們身遭慘死，三則想得一點虛實，才奮勇冒險將他等救出。一聞跪求之言，又不便伸手相扶，不禁著起急來道：「你兩人真是胡鬧！我在峨嵋不但所學有限，而且許多年長功深的同門並無一人收徒，無心收了一鵰一猿，已恐教祖怪罪！何況你二人雖在旁門，俱是得道多年，又是男的，我怎能壞了教規，做你們的主人師父！你們如有心向善，事成之後，待我代你們稟過大師姊，請她給你們設法，此時萬萬不可！」邊說邊往側面避開。

米、劉二矮仍不起來，一味哀求，道：「仙姑來歷，我等早已聞傳言，非比尋常，主人如不收容，我們早晚並遭橫死！否則這位周仙姑，一樣是仙根深厚，因為無緣，所以不敢相求。主人既因教規為難，我等情願立下重誓，永歸正教，只求收為奴僕，托庇門戶，也不敢隨主人廁居仙府。但求事完帶返峨嵋，我們另在附近擇地潛修，不奉呼喚也不妄與人相見，有事驅遣再命我二人前去，豈不可以兩全？鵰猿畜類尚蒙主人收留，何況我等！」

無論如何懇切陳詞，英瓊只是一味躲閃。

二矮忽然對使了個眼色，一陣旋風，似走馬燈一般將英瓊圍住，跪拜哭求起來。輕雲本就見二矮生相奇特，又見英瓊受窘，不禁好笑。正要開言勸說，英瓊被逼不過，倏地秀眉一聳，說道：「我一肚皮愁煩，你二人卻如此糾纏，真悔適才誤救了你們！再不起來，休怪我手下絕情了！」說罷，手一揚，將創光飛去，指著二人。

英瓊原是想將二人嚇退，誰知出手快了一些，二矮又是十分情急，不曾留神躲避。紫光照處，只聽「噯呀」兩聲，輕雲一見不好，忙將劍光放起攔阻時，二矮已雙雙倒於就地，鮮血淋漓！英瓊連忙收劍，同輕雲近前一看，一個削落半截手臂，一個將頭髮削去大半，頭皮也削去一層，痛暈過去。好生過意不去，直說：「怎好！」忙著便要取靈丹出來救治。

輕雲早看出二人受傷不重，多半是用幻術打動英瓊憐憫。一則因來時有靈雲吩咐，二則代米、劉兩人設想，也是旁門中得道多年有數人物，只為脫劫心切，情願為一女子奴僕，可見修行委實不易！早動了惻隱之心，一見英瓊為難，樂得覷便成全，便說道：「瓊妹，你忘了臨來時大師姊傳掌教夫人法旨麼？三英二雲，獨你根厚。日後光大門戶，險難正多，須多要幾個助手，鵰、猿遇合，因是仙緣註定；這兩人如此存心，也非偶然。人家為做你門人，落得受了重傷，你還不屑答應麼？」

第十回

青索神劍 靈珠寶光

英瓊著急道：「你怎麼也幫著說情？你看他兩人生相和以前行為，漫說教規有礙，我也不敢當此大任，保他將來！如說助我盜玉有功，向善心切，我情願遇見機會盡力幫助他們，不是一樣？何必非做我徒弟奴僕不可！於我有損無益，還傷了他們的體面呢！」

輕雲道：「緣有前定，由不得你！掌教夫人怎不准別位同門相機便宜行事？你如再為難，不妨和他們說明須等事完回山稟過大師姊，問了諸同門，再定可否，如蒙讚許，不論為徒為僕，仍照他們自己請求，在仙府附近另尋修真之所。平時供你驅遣，到時助他脫劫，你看如何？他二人俱是旁門，被你仙劍所傷，不易痊癒，我曾從玉清師太學了一點旁門法術，你如依得，我情願成全他們將傷治好。否則成了殘廢，你又不收人家，孽由你造，我可不管！」

英瓊經輕雲再三勸說，只得勉強應允。輕雲才含笑過來，取了兩粒靈丹，與二人傷處各安一粒，口中念念有詞，喊一聲「疾！」二人應聲而起，先向英瓊叩完了頭，又謝了輕雲成全之德。英瓊一看地上血跡雖在，二矮傷處卻是好好的，任何仙丹也無此快法，才知上了人家的當！既已答應，不便反悔，埋怨了幾句。輕雲只含笑不答，米、劉二矮則是垂手侍立，非常恭敬，因知袁星被困地穴，除了制伏妖屍，萬難入內，只得先商議尋劍之事。

二人正在商議之間，英瓊一眼瞥見米、劉二矮站在一邊交頭接耳，低聲細語，神鵰在一旁也不住長鳴。英瓊對這兩人本是無可奈何，暫時將之收下，並非出於心願，一聽神鵰鳴聲有異，四下一看，夕陽偏西，松林晚照，四外靜蕩蕩的悄沒一些聲息。回頭見二矮仍在低語不休，愈發起了疑慮，正待開言喝問，二矮已走近身側，躬身說道：「弟子等蒙恩收錄，異日超劫有望，只是寸功未立，難邀主人及各位仙長信任。弟子等曾聽人說起青索劍的取法，不知可否上達？」

英瓊、輕雲聞言甚喜，米、劉二矮道：「當初長眉真人原為此劍未煉到火候純熟，非常野性，極難駕馭，所以才將它封鎖地肺之內，受地底水火風雷晝夜淬煉，一出地面便有千百丈精光照耀天際，須要預先有人深入地肺取了劍囊，順著此劍穿行之路由後追趕，直追它出土之所，上面更須有劍術極精之人，用四、五口極好仙劍攔堵。那劍異常通靈，一見不能飛越，必然掉轉頭來飛回故道！恰好地下之人正手持劍囊等候，上面的人再一用峨嵋本門收劍口訣，一入劍囊，得劍之人只須受過峨嵋真傳行法之後便能應用自如。那劍囊現時仍在那深壑崖縫之中，弟子等雖有入地之能，只是還有長眉真人封鎖，非有本門解法，不能近前。」

英瓊聞言，仍在半信半疑，沉吟不語。輕雲早看出二矮雖在旁門，並非凡士，所說真誠，亦無虛假，心中大喜，便代答道：「你二人如此誠心，異日必蒙教祖嘉許。至於收劍一層，我們事前已有掌教夫人傳諭，到時自有安排，惟獨你們所說劍囊，甚關緊要，你二人既有入地之能，等到今晚看準寶劍穿行所在，由我們親自保護前去，用解法解開深壑封鎖，好讓你們下去。

此乃入門第一件奇功，你二人所受艱苦不少，須要格外仔細。我再給你二人靈丹數粒，以防地氣中人。」說罷，取出四粒丹藥，分給二矮。

二矮連忙稱謝，接過道：「弟子等當初所煉旁門左道，原善於在地下潛形遁跡，尋常陰寒卑濕之氣已是不能侵害。可惜此山石質太多，稍覺費事，更恐時久有些窒息，無處吸引清氣，有此靈丹便無妨害了！」

四人一陣問答，時光易過，不覺到了黃昏。出洞一看，神鵰不知何時他往，六月天氣，夕陽已沒入暮景。

二矮說要早點去取劍囊，別了英瓊、輕雲自去。英瓊、輕雲到第二天早上，駕了神鵰，去和相候的人會合。那在等候英瓊、輕雲的人，便是嚴人英。前文已有交代，金蟬、笑和尚已和嚴人英相會，英瓊、輕雲一到，金蟬已迎了上來。

金蟬帶著她們與嚴人英、笑和尚相見。人英因為醉道人事前有話，說他和輕雲是三世情侶，所以先時見了輕雲未免神態不寧。談了一陣，因見為時無多，那劍又該歸輕雲所有，只得忸怩對輕雲道：「小弟來時奉有師命，原有柬帖一封面交師姐，小弟只知上面寫有取劍之法，不過家師曾說此信只可令師姐一人觀看罷了。」說罷恭身正色，將柬帖取出放在身旁石上。

輕雲也在師長處隱約聽過自己還有一個三生情侶一事，原本心內有病，連忙抬起走向旁邊一看，不禁臉上紅了又紅，轉身對人英說道：「醉師叔柬上說師兄已知收劍之法，就請師兄吩咐，相助妹子成功罷！」

人英道：「理應如此，不過師姐原是主體，目前尚少一人相助，不知會不會有差錯？時機已到，我們先到外面指定的地方商量，以防萬一如何？」

金蟬忍不住答道：「嚴師兄，先前問你怎樣收劍，你不願說，如今又和周師姊對打啞謎，說什麼還缺少一個人，莫非以我們五人之力還不行麼？」

說時五人正往外走，忽見外面一道烏光一閃而過。人英驚呼道：「那口仙劍在這裡了！」一言甫了，大家全以為青索劍出世，紛紛駕起劍光飛出。英瓊在後面先未聽清，及至隨了眾人飛出一看，烏光斂處，現出一個青衣少年，正是那被困妖穴的莊易，連忙喊住眾人，分別引見。

輕雲道：「莊道友來，恰好湊足人數，大家快準備。」眾人忙按方位站好，才一站定，便見米、劉二矮神情困頓，冒土而上，手上持著一個劍囊，交給輕雲。那洞原本甚大，眾人分配已畢，便聽地下隱隱起了異吼，眾人俱都聚精會神，目不旁瞬，覷準中心柬帖所指處。只聽地下聲音愈吼愈近，一聲招呼，除去英瓊，餘下四人各將劍光飛起。烏光銀光，與金蟬笑和尚霹靂雙劍的紅紫光華聯結成一團異彩光圈，照眼生輝，籠罩地面。

不一會地皮震裂，漸有碎石飛起。英瓊也連人帶劍化成一道紫虹飛貼洞頂，注目下視。頃刻之間石地龜裂，裂紋四起，全洞石地「軋軋」作響。忽然「轟」的一聲大震，洞中心石地粉碎，宛似正月裡放的花火一般，四下飛散！地下陷了一個大洞，砂石影裡，一條形如青虯的光華離土便要往洞外飛騰！

守在當門一面的正是莊易、嚴人英，一道烏光和一道銀光如銀龍黑蟒，雙絞而上，攔住去路。只幾個接觸，便覺不支。恰好笑和尚、金蟬二人的霹靂劍也轉瞬飛來，才行敵住。

四口仙劍糾纏這道青光，滿洞飛滾了好一會，漸漸青光愈來愈純，也不似先前四下亂飛亂撞，急於逃遁。輕雲也飛身入穴，持著從二矮手中取來的劍囊，喊道：「瓊妹還不下手！」

英瓊早等得不甚耐煩，聞言指揮紫郢劍飛上前去，才一照面，青光倏地在空中一個翻滾，大放光華，掙脫原來四口飛劍，撥轉頭便往原來地穴飛去。輕雲正用自己飛劍護著全身，口誦真言，使用收劍之法。一見青光飛來，方要手舉劍囊收劍入竅，猛覺一股寒氣森人毛髮，竟將自己劍光震開！

剛喊得一聲「不好！」幸而人英飛劍追來，一見輕雲危急，不顧厲害，飛身與劍合一，直穿過去！英瓊劍光也同時飛到，兩下一合，將青光壓住，輕雲才能站定。

其時，六人五道劍光緊束著這道青光，緩緩歸竅，入了劍囊，才行停手。大功告成，輕雲自是心喜。因為急於要用此劍去盜溫玉除妖，一切都顧不得談，先回人英洞內尋了一間石室，請大家在室外守護，以防不測，獨自在室內用峨嵋心法煉氣調元，身與劍合，一俟純熟，便可前往除妖奪玉。

那口青索劍也真奇怪，先時那般神妙莫測，夭矯難制，一經用了峨嵋本門心法收劍歸竅之後，便即馴伏。輕雲入門較久，功候頗深，因知此劍非比尋常，仍是絲毫不敢大意。先將真氣調純，誦完口訣，二目聚精會神覷定劍柄，運氣吐納，直到那劍順著呼吸出入劍囊，青光瑩澈，照得眉髮皆碧，了無異狀，才敢放心大膽將劍收起。凝煉先天一炁指揮移動，不消個把時辰，雖還不能身劍相合，已是運用隨心！練到黃昏過去，居然能以馭劍飛行，輕雲便駕著劍光出室，滿洞遊行了一轉，才收去劍光，落下與諸同門相見，大家自免不了一番稱讚道賀。

莊易手比著，在地上畫字代言，告訴各人，他能來到，全靠一位仙人之助。那位仙人就是他當日巧得「元龜劍」時現身與他相見的老道婆，名叫「青囊仙子」華瑤崧，乃是前輩劍仙中數一數二的人物。這次也會和各人合力對付妖屍，又有些指示等語。眾人聽了，更是心喜。

又談了一會，金蟬道：「仙劍合璧，本門光大，妖屍授首在即，先時李師妹那般著急，如今正該早些前去除妖奪玉，也省得袁星多受許多罪！怎麼大家說起閒話來了？」

英瓊道：「大家都說我性急，小師兄竟比我還要性急！你沒見適才莊道友寫，華仙姑說，須乘妖屍入定下手，奪玉要容易些麼？」

金蟬方才無話。英瓊見笑和尚總是悶悶不語，便笑問道：「聽說師兄得了一粒寶珠，何妨取出來大家鑒賞一回？」

笑和尚道：「再休提這粒珠子！我如非一時貪心，尚不至惹出這般大禍，將多年辛苦煉成無形仙劍成了頑鐵。此珠雖在身旁，因尚未除去妖物，將珠獻過家師奉命收用，一則不知用法，二則有些悔恨，實不願取出來玩賞，日前只蟬弟強著看了一次，不看也罷！」

輕雲道：「師兄休要心中難受，那無形仙劍乃是苦行師伯獨門傳授，不比尋常寶劍！凝成五金之精，採三千六百種靈藥，汲取日月精英化成純陽之火，純陰之氣，更番洗煉成形，再運用本身真元，兩門靈氣合而為一才成。可惜師兄功候尚未臻絕頂，所以才被邪汙。但是靈物一樣要受災劫才成正果，聽家師說，三仙二老以及各位前輩所用鎮魔之劍，哪一口不經幾回災劫才到今日地步！何況靈氣未失，本元尚在，只須除妖回山，略費一些功夫，必比以前還要神妙，何必為此愁煩呢？倒是這粒寶珠委實非比尋常，異日一經苦行師伯祭煉，化邪寶為靈物，足可照耀天地！上次在凝碧仙府未及鑒賞，還請取出讓我等一開眼界如何？」

笑和尚本來見了女子不善應答，被周、李二人相繼一說，雖不甚願意，不便再為拒絕。只得說道：「此珠我尚不會應用，不過早年隨家師學了一些藏光晦影的障眼法兒，因見此珠精光上燭九霄，自知本領不濟，恐啟外人覬覦，特地將它收入寶囊，將光華用法術封蔽。如就這樣觀看，只是一顆鵝蛋大小的紅珠，並無什麼出奇之處。如要看它原形，須稍費一些事罷了。」說罷，從僧袍內先取出一個形如絲織的法寶囊，然後把那粒自「文蛛」處搶來的「乾天火靈珠」取將出來，請大家觀看。

眾人圍攏前去一看，那珠果有鵝蛋大小，形若圓珠，赤紅似火。擸在笑和尚掌上滴溜溜不住滾轉，體積雖大，看上去卻甚是輕靈，餘無他異。

英瓊好奇，便請笑和尚將法術解去，看看光華如何。

笑和尚答道：「此珠自經那日在東海當著諸葛師兄封蔽寶光之後，雖與蟬弟看過，並未顯露寶光。妖穴密邇，恐有驚覺，豈不有了妨害？」英瓊說：「此洞深藏壑底，寶珠雖然靈異，光華豈能穿山貫嶽而出？」執意要看，金蟬也因以前未見此珠靈異之處，從旁力請。

笑和尚無奈答道：「我此時正當背晦，還是謹慎些好！我這寶囊乃是家師採集東海鮫絲，轉托嚴師兄的令祖姑，太湖西洞庭山妙真觀方丈嚴師婆用『神女梭』織成。經過法術祭煉，專一收藏異寶。另有一根鮫絲條繫在頸間，一經藏寶入囊，不但不會遺失，外人也休想奪去。既是諸位同門道友執意要看，好在離除妖還有兩個時辰，待我將它先收好了再看也是一樣。」說罷，先將「火靈珠」收放囊內，手持囊頸，盤膝打坐，口誦真言。

約有頓飯時頃，漸漸囊上發出一團紅光，照得滿洞皆赤，人都變成紅人。寶囊原極稀薄透明，先還似薄薄一層淡煙籠著一個火球，頃刻之間，光華大盛，已不見寶囊影子，彷彿一個赤紅小和尚手擎著比栲栳還大的火團一般！除了金蟬一雙慧眼，餘人俱難逼視，更不知經過祭煉，運用時節還有多大神妙！

大家齊聲稱讚了一會，笑和尚正在施展法術封蔽寶光，英瓊猛聽洞外神鵰忽然連聲鳴嘯，心中一動，喊聲「有警！」便駕劍光飛出洞去。寶光果然上透崖頂，把天紅了半邊，星月都映成了灰青色，尋聲一看，山北面一道黃光如電閃星馳般飛走，神鵰展開雙翼正在追趕。

英瓊知有妖人窺探，哪裡容得！忙駕劍光追上前去，身還未到，神鵰已先追臨切近，那黃光倏地回頭往神鵰飛來。英瓊見這道黃光與那日妖洞道童所用雖是一樣路數，光華卻強盛得多，恐怕神鵰有失，手指處紫郢劍飛迎上去，後面眾人也隨後追到，紛紛將劍光祭起。還未近前，黃光已被英瓊紫光絞成粉碎，化成百十點金星四散。再尋那行使飛劍之人，已然不知去向。

英瓊聽神鵰隨著落下，還在叫喚，過去一看，原來鋼爪之下還緊緊抓著一個妖人，神氣業已奄奄待斃。英瓊認出是那日所見羊面妖人的徒弟，正要接過來問，莊易連忙搶上前去，口誦禁法，從身旁取出一根絲條捆好，提在手上，不使沾地，與眾人比了比手勢。輕雲想起那日被妖童掙逃，明白用意，知道小妖會借土遁逃走，便和眾人說了。

那道童先是裝死，知道識破機關，決難活命，不住口大罵，尤其把莊易罵了個淋漓盡致。眾人問他話也不言語，只管罵兩聲，高喊一聲「師父救命」！

金蟬恨他不過，順手一個嘴巴，連門牙打掉了好幾個，他仍是罵不絕口。這時笑和尚也收了寶珠飛來，見他拼死大罵，過來說道：「你好生招出實情便罷，否則你想好死，且不能呢！」說罷，將手一指，使用佛門「降魔鎖骨縮身」之法，那道童立刻覺得周身又疼又癢，骨髓奇酸，實在禁受不住，忙喊：「快請住手，我說就是！」

眾人問他來意，才知他和另外一個俱是青羊老祖門徒，適才妖屍忽見南山紅光燭天，看出是一種靈物千年修煉的稀世奇珍，便命二童同駕青羊老祖的劍光前去探看。準備到子夜煉成了妖幡之後，再去取那寶物，同回雲邊石燕峪三星洞去，連同各異派能手與峨嵋為仇。二童才到，正遇神鵰盤空巡視，那裡容得？只一下先將一個抓擒，另一個一見不好，撇了同伴獨駕劍光逃走。

眾人一聽還逃走了一個，少不得回去報信，已然打草驚蛇，多數主張就此前往。惟獨笑和尚不以為然，說道：「妖屍自恃妖法厲害，決不捨去煉幡機會逃走，至多尋了前來，既然華仙姑事前指示，還以到時進行為是。好在為時無幾，我們如不放心，且將人分佈妖穴上空，相機行動如何？」

金蟬、英瓊不肯，仍主早些下手，笑和尚不好意思拗眾，只得作為罷論。依了笑和尚與人英，妖童到底年幼，既已說了實話，不妨告誡一番饒他活命，英瓊卻說妖人手下絕非善類，還是除去好。米、劉二矮也從旁說此人萬不可留，久必為惡多端。妖童還待哀求，金蟬已等得不甚耐煩，只說了一聲：「這還有什麼為難的？」把手一揚，劍光過處，斬為兩截。

當下由米、劉二矮前導，同駕劍光，直飛妖穴。到了一看，到處都是黑煙妖霧籠罩，哪裡還看得出山崖洞府？眾人端詳了地位，首由周、李二人當前開路，餘人由金蟬手持「彌塵幡」護身跟蹤下去。英瓊、輕雲二人剛一落地，便見庭院之內景象陰森，無殊地獄變相，與那日地穴所見大略相同。滿院雲煙籠罩，到處獸嚎鬼哭，數十面大小妖幡發出黃綠煙光，奇腥刺鼻。

周、李二人劍光到處，黑煙隨分隨聚，雖然不為妖法所傷，只看不清妖屍妖人與袁星所在。正待指揮劍光往發光的妖幡上掃去，忽聽金蟬高叫道：「周師姊！那西邊古樹前面不是袁星麼？你們還不趕快上前救他！」

英瓊聞言忙和輕雲駕劍光往西飛去，身臨切近，青、紫兩道光華照處，才看見袁星綁在一面長幡之下。英瓊劍光過去，數十縷黑絲化為飛煙四散，袁星脫了羈困，看見紫光在黑煙中飛翔，方要趕過，忽然一隻枯如蠟人的怪手伸將過來，一把將袁星抓去。接著群幡齊隱，不見蹤跡。英瓊聞聲追上，那怪手已隱入黑煙之中！

這裡嚴人英、莊易、笑和尚、金蟬、與米、劉二矮，六人已與青羊老祖相遇，仗著金蟬一雙慧眼，早借「彌塵幡」掩護，各人指揮劍光將青羊老祖圍住。周、李二人見黑煙愈來愈盛，看不見妖屍所在，袁星又被妖屍搶去，情知危險。又恐妖屍逃脫，焦急萬狀。一會功夫，青羊老祖的飛劍，被人英等劍光絞斷，自知不敵，一同沒入黑煙之內。眾人益發冥搜無著，只得由人英等六人將劍光在空中交織，以防妖屍遁走。

各人正在無計可施，劉裕安忽對笑和尚道：「滿天都是『黑煞絲』，妖屍將溫玉光華隱起，我們雖有至寶護身，要想傷他頗非容易。妖屍鬼計多端，遲則生變，莫要中了他的道兒！大仙那粒『乾天火靈珠』，精光上燭重霄，純陽之寶，何妨取出一試？」

笑和尚自得此珠，因為取自妖物身上，未奉師命，不知用法來歷，從未用過。被劉裕安一句話提醒，心想用雖不能，若持在手中照覓妖跡，或者可用也說不定！

當下忙請金蟬、人英等站到一邊，用「彌塵幡」護身，盤膝坐地，口誦真言，解了掩法。剛剛將寶囊取到手中，便覺地皮震動，同時一團紅光透起，照徹天地，妖氣淨掃，闔院通明。這才看出妖屍已將滿院妖幡全數移在隱僻之處，袁星又被綁在一根幡腳之下，青羊老祖守護在側，妖屍閉目瞑坐，口誦手搖，五指上發出五道黑氣指著袁星。

英瓊、輕雲一見袁星情勢危急，雙雙飛出劍去，一取妖屍，一取青羊老祖。紫光過處，青羊老祖應聲而倒，斬為兩截。剛要協助輕雲夾攻妖屍，猛聽地底「砰」的一聲大震，立刻地覆天低，當即陷下一個無底的深坑，坑內罡風挾著烈焰如怒濤一般往上湧起！就趁眾人驚心駭顧之間，妖屍倏地化成一股黑氣，比電閃還疾，衝到英瓊身邊！

英瓊日前吃過苦頭，不知是妖屍煉成的黑煞飛劍與身相合，微一顧忌卻步，被他就地上又將袁星搶起！也不和眾人為敵，滿院亂飛，所到之處，將地上懸立的數十百面大小妖幡逐一拔起。

二矮知道妖屍就要收幡挾了袁星逃遁，連忙齊聲高叫：「諸位大仙，妖屍就要拔幡遁走，溫玉在他胸前『黑煞絲』結成的囊內，非有生血不能點破，快快下手！」

二矮只顧一路狂喊，眾人早將劍光紛紛飛上前去。雖有劍光、「彌塵幡」護身，烈火不侵，但是妖屍非常厲害，一條黑氣宛如烏龍出海，在七、八道劍光叢中閃來避去，怪聲啾啾，並沒有受著一些傷害，得便就將妖幡收去，轉眼功夫，妖幡剩了不到十面。

英瓊既恐袁星喪命，又恐他帶了溫玉逃走，正在著急，恰巧笑和尚觸動靈機，暗想：「妖屍如此重視那些妖幡，到了這般田地，還想帶了逃走，我們怎的見事則迷，何不先將妖幡斬斷？」

想到這裡，逕將劍光直往那些妖幡上面飛去。這些妖幡共是八十一面，每一面都經妖屍在地底修煉多年，如何肯捨！打算收一面是一面，到了勢在臨危，再行遁走，一見眾人只顧追敵，不曾顧到妖幡，益發得志！

他那「黑煞劍」在異派中最為厲害，又存心不與紫郢、青索迎戰，一味避讓，所以眾人困他不住。只可惜安壇之時頗費手腳，雖能隨意移動位置，收起來也非頃刻可成。知道今日雖無幸理，只須避開紫郢、青索二劍，餘人劍光，不能傷他。英瓊、輕雲一時情急，忘了雙劍合璧之訓，由他往復縱橫，乾自著急。這時一見笑和尚飛劍去斬妖幡，猛被提醒，二人一個在東，一個在南，雙雙不約而同，各將劍光直往一面幡前飛去。

也是妖屍該遭劫數，自恃不走，搶幡心切。英瓊的紫郢劍原與金蟬的霹靂劍同是一般的顏色，只光華威勢略有差異。先與金蟬同追妖屍，妖屍一見笑和尚已將妖幡連連斬去兩面，九九之數既不能全，恐不足八九之數，異日報仇更難！情急匆忙，回顧紫光追來，只圖避讓，直往幡前飛去。

沒料到英瓊倏地分道揚鑣，妖屍一到，正要用收訣取幡，猛見輕雲青索劍迎面飛來，一時亂了步數，不及躲閃。打算姑且一擋再走，諒不妨事。無巧不巧，英瓊紫郢劍也同時飛到！青紫兩道光華無心合璧，光華大怒，幻成一道異彩，繞著黑氣一絞，只聽「吱、呱」兩聲慘叫，黑氣四散，一朵黃星疾如星飛，沖霄而去！

這時上面妖霧未散，地下烈焰猶在飛騰。金蟬眼快，一眼看見黑煙散處，兩團黑影正在火坑中墜落，想起袁星在那黑煙之中，忙將「彌塵幡」展動，往下一沉。伸兩手一把一個，撈個正著，上來未及說話，嚴人英叫道：「此處快要地震，我們飛身出去再說罷！」

眾人見金蟬一手提著妖屍軀殼，一手提著袁星，還帶著一團紅紫光華，知道袁星遇救，妖屍除去，溫玉已得，心中大喜，聞言紛紛各駕劍光飛起。

到了遠處峰頭落下，妖屍天靈蓋震破，直冒白煙。袁星滿口血跡，兩手緊持那塊溫玉業已死去，英瓊見了不由悲慟起來。

米、劉二矮道：「主人不必難受，袁道友想是聽我二人說那溫玉在『黑煞絲』結成的囊內潛光晦華，非有生血不能破去，趁妖屍挾著牠飛行疏於防範之際，咬碎舌尖，破了妖法，將玉搶到手中。正值妖屍在遭劫之時發覺，急欲運用元神遁走，沒顧得下手將袁道友弄死，也許只噴了一口妖氣，如將牠帶回仙府，必能設法起死回生。那妖屍神通廣大，幸是我們下手快了一步，妖屍又心圖留著牠活命，以為煉幡之用，不然微一彈指之間，怕不將牠身體裂如碎粉，縱有起死靈丹也難活命了！」

袁星一死，雖然周身依舊溫暖，眾人因為連用丹藥施救無效，牠兩口寶劍也不知失落何方。縱得溫玉，也覺得不償失，個個戚然無歡。惱得英瓊、輕雲性起，各將飛劍放出，指著妖屍枯骨，青紫光華連連繞轉，只聽碎骨沙沙之聲，頃刻成了粉碎。正待商量攜著袁星骸骨回山，忽聽山崩地裂一聲大震，連眾人站立的峰頭都搖搖欲墜，眼望妖洞那邊沙石驚飛，揚塵百丈，把一座大好靈山仙洞震塌了一個深坑。

金蟬眼快，看見塵沙之中似有兩道光華沖起，正隨著許多殘枝碎木由上往下飛落，知是寶物，忙將「彌塵幡」一晃，一幢彩雲直往塵砂之中飛去。

少時飛回，撈了許多東西回來，內中正有袁星兩口寶劍，只是劍鞘全失。還有一柄拂塵，兩個鐵鈴，一柄烏金小劍。二矮一見大喜道：「我等知道地肺倒轉，頃刻山崩地裂，不及取回法寶，原打算事定之後再去掘土搜尋。不想齊大仙竟施妙法代我們取來。這兩件是我二人多年辛苦煉成，雖被妖屍收去，靈氣已失，再加祭煉，仍可還原。餘下還有幾件東西，且等隨了諸位大仙回轉靈山，異日再來尋取吧！」說罷，拿眼望著輕雲。

輕雲知他二人志在尋回故物，又恐後返峨嵋，事有變局，因已看出二人向善心誠，便對他道：「你隨我們同返或是後去，俱不妨事，我等回山必代你二人力求，如有仙緣，早晚一樣。莫如你二人還去尋你們的法寶，就便尋取袁星失落的劍鞘，以免落入外人之手！」說時金蟬早將所得之物交還二矮。

二矮聞言正合心意，一面謝了金蟬，答道：「既承周仙姑體諒微衷，還是主人開恩成全，萬一袁道友難於回生，我二人情願深入北海，盜取『返魂香』救牠活轉，以報收容之恩！」

英瓊點了點頭。

二矮剛走，英瓊猛想起神鵰為何不見？正問眾人可曾看見，忽見神鵰健翩摩雲，從西南方面盤空而來，轉眼飛到眾人頭上，鋼爪鬆處，擲下一封柬帖，竟往妖洞陷落之處飛去。

英瓊打開柬帖一看，乃是「青囊仙子」華瑤崧交神鵰帶回來的。大意說眾人去得稍早了一步，妖屍末劫未終，僅僅兵解而去。所煉妖幡邪寶俱已失去，解卻異日兇焰不少。袁星乃被妖屍邪氣所中，昏迷不醒，只須回轉仙山，用「九天元陽尺」驅走邪氣，再用靈丹調治，即可回生。數十面妖幡在地下埋藏，等神鵰將妖幡搜出以後，可做一堆放好，自會來拿，並命眾人不可私自攜走，無益有損。莊易可隨笑和尚、金蟬同往百蠻山先立外功，自有復音良機。餘人回轉峨嵋，雙劍合璧，解凝碧仙府被困之期已至。不久便是妙一真人夫婦回山，開闢峨嵋五府，眾弟子分寶修真，出世濟人之時等語。

眾人讀罷，望空拜謝一番，尤其是啞少年莊易受恩深重，臨別竟未得向青囊仙子當面叩辭，異日有無再見之期，柬上未曾提起，心中更為難過。

金蟬道：「笑師兄，我們此去百蠻山又得一個好幫手了！」莊易聞言連忙搖手遜謝不迭。

再說神鵰一經飛落玉靈崖妖屍地穴之上，鋼爪起處，砂石翻飛，頃刻之間便掘深下去有三數十丈。米、劉二矮又幫著用徹地玄功一同尋找，不多一會，將七十餘面妖幡，兩個劍匣，連米、劉二人失去的寶物全被搜掘出來。二矮當中，以劉裕安存心較貪。他知妖屍主幡共是大小九面，還有兩面最小的才只七寸長短，更見妖屍行法時持在手內，估量是個厲害法寶。恰巧尋時首先被他自己發現，便悄悄取來藏在寶囊以內。神鵰何等靈異，況且來時青囊仙子又說過數目不少，那妖幡不運用時雖然看似黃色粗麻織成，上面僅只畫些赤身男女魔鬼與奇怪符籙，並無異處，但是上面妖氣怎能瞞得過神鵰？

所以事完之後，神鵰還不住在他頭上盤桓飛鳴，偏偏眾人也飛身過來，劉裕安不由又悔又驚，先已藏過，再當眾人取出，深覺不便。不取出交還，又恐神鵰不允，只得悄悄低聲默祝：鵰仙成全，容我這一回！神鵰竟似不允，眼看愈盤愈低，眾人也身臨切近，劉裕安正在為難，忽聽一陣破空聲音，一道黃光自東方飛來，落地現出一個黃冠草履、身容威猛的長髯道者，直奔那一堆妖幡，伸手便要拾取！

事出不意，柬帖又有「自己來拿」之言，多半疑是青囊仙子遣來，方打算上前問訊，只莊易看出來人是異教之士，打算上前攔阻。忽然一道光閃，比電還疾，光華斂處，現出一個年老道姑。認出來人正是「青囊仙子」華瑤崧，業已搶在道人前面將幡取在手中，對那道人道：「吳道友飛升在即，還要此物何用？讓貧道拿去解卻這些沉淪冤魂吧？」

那道人原是一個異派中的能手，打算搶了妖幡便走，沒料到青囊仙子早已隱身在側，沒有得手，反鬧了個無趣！不由厲聲喝道：「老虔婆！自從那年青城一遇之後，多少道友尋你報仇，俱不知你下落，以為你死多年，不料你卻在此興妖作怪，移形換嶽，倒轉玉靈崖，壞了靈山仙景，定是你這老虔婆和你手下這一干無知小孽所為的了！你不露面還可饒你，你既敢現身出來，如不將玉靈崖那塊溫玉獻出，我定叫你這老虔婆難逃公道！」

青囊仙子聞言，一絲也不冒火，含笑說道：「我們一別多年，沒料道友還是這般盛氣。奪去道友金鞭崖，乃是當年道友誤聽惡徒蠱惑，擅起兵戎，以致為矮叟朱道友趕走。貧道當時因為貴門徒雖然多行不義，道友本身尚少慚德，曾為道友再三緩頰，才得免遭飛劍殞身之難。怎麼不去尋朱道友報仇，倒怪起貧道來了？至於倒反地肺、破壞玉靈崖仙景，乃是『妖屍』谷辰所為。貧道只為峨嵋門人斬了妖屍，取去溫玉，所遺妖幡附著千百生魂，意欲解除冤孽，向峨嵋諸道友要了還未取走，便遇道友駕臨，不得不現身出來相見。聞得道友功行不久圓滿，理應名山靜養，何苦出山多事？難道忘了極樂真人前時預言麼？」

那道人聞言，轉身往左右一看。見英瓊、輕雲、金蟬、笑和尚、莊易、嚴人英等，個個仙風道骨，不比尋常，俱都環立在側，怒目相視，不由又驚又怒道：「原來老虔婆仗有峨嵋小輩人多，故爾口出狂言，須知我吳立一生言出法隨，你既然在此，盜玉之事決非這幾個小輩所能辦到！必定是你主持無疑，快將溫玉獻出，免我動手！」

青囊仙子未及答言，金蟬一見道人出言不遜，一個忍耐不住，用手一拉笑和尚，先喝一聲：「無知妖道，膽敢在此猖狂！」接著各將霹靂雙劍飛出手去。

那道人先見這些少年男女資秉出群，雖然驚異，心中還以為不過是峨嵋門下新收弟子，以前又未聽說過。仗著自己本領，並沒放在心上。一聽罵聲，轉臉一看，竟是那面如冠玉，垂髮披肩，頸戴金圈，在眾人當中最年幼的一個！還不屑放出飛劍，只打算行法禁制，略為給他一點苦吃。

就這一轉念，忽見那幼童同另一個小和尚將手朝他一指，便有紅紫兩道光華，挾著風雷之聲迎頭飛來！認得是峨嵋掌教的霹靂雙劍，才知這些小孩並非易與，忙將手一揚，先飛出兩道黃光，分頭敵住。

英瓊本來早想動手，因為輕雲見青囊仙子一任來人出言冒犯，並不發怒動手，猜那道人必非弱者，力主慎重行事。英瓊雖被輕雲攔住，心中還是躍躍欲試，一見金蟬和笑和尚動手，莊易、嚴人英也跟著將劍光放出，如何能耐！也將紫郢劍放起，輕雲見大家動手，戰端已開，道人既非易與，自然是相助為佳了。

吳立發出兩道黃光敵住了金蟬笑和尚，因為對面強敵青囊仙子尚未動手，不敢怠慢，正待另使法術飛劍取勝時，側面又飛來一道銀光，一道烏光，喊一聲：「來得好！少時讓爾等這一干小妖孽知道祖師爺的厲害！」隨說將手一揮，又飛起七、八道黃光，打算一半迎敵，一半乘隙飛將過去，乘敵人措手不及，傷他性命。再另用一口主劍去敵青囊仙子！

誰知這些少年年紀雖輕，劍光卻如遊龍一般，神化無方，黃光雖然較多，休說飛越過去傷人，竟被這四道光華阻止，休想上前一步，暗忖：「這些小孩哪裡來得這許多好飛劍？」方在失驚之際，倏地又聽兩聲嬌叱，對面兩個少女各人又飛出一道紫光，一道青光，比雷射還疾，直往劍光叢裡穿去，愈知不比尋常。

略一遲疑，後來這兩道青紫光華已與自己黃光接觸，只繞得一繞，倏又分開合攏，盤繞著三、四道黃光，似毒龍互鬥，絞結掙命一般。

微一屈伸，便見黃光收斂！知道不妙，想收回已自不及，被敵人青、紫兩道光華聯合，截定三道黃光一絞，黃光四碎，往下飛落，宛如明月天香，灑了一天桂子！

另外下餘六道黃光，一道被銀光盤住，一道被烏光盤住，先時兩道被霹靂劍盤住，急切間一道也收不回來。剩下還有兩道又被後兩道青、紫光華二次盤住，光華漸斂，眼看又要步適才兩道後塵。再看青囊仙子仍是含笑旁立，始終不曾動手，才知今日輕敵上了大當！不由又痛又惜，又悔又恨，急得一身熱汗，無計可施。末後實在不捨多年心血煉就的飛劍，把心一橫，用手一拍頂門，先披散了頭髮，口中念念有詞，正要將舌尖咬碎，行法向敵人噴去。忽見滿天黃雨紛紛下落，空中六道黃光同時又被敵人破去四道，下餘兩道也在危急！

而對方更不容情，破了黃光，紛紛如隕星墜落一般直飛過來！又聽青囊仙子說道：「峨嵋諸道友雖然年輕，已受本門心法，內有紫郢、青索兩口仙劍。道友如再執迷，莫非還要待斃麼？」

吳立一聽那青、紫光華竟是長眉真人當年煉魔之寶，久已聞名，不想今日在此遇上！眼看大禍臨頭，危機一發，再不見機遁走，定要身敗名裂！

那吳立原是異派中成名人物，這日只是經過莽蒼山，看到迎面飛來一朵黃星，疾如電掣，知是異派中人的元神破空出遊。因想看看是誰，給他開個玩笑，忙用「玄天先天一炁大擒拿法」，想將那黃星收住。那黃星竟似早已料到此著，並不躲閃，眼看近前，倏地黃光一閃，自動飛入吳立袍袖之內。

吳立很是驚異，便問：「適才我沒留神，今見道友這般行徑，莫非是我的熟朋友麼？」說罷，忽聽袖中尖聲答道：「吳道友，你不認得我，我卻認得你。現在時機緊迫，沒功夫多說。我現在被人所害，軀殼已失，須要借你法體隱身。日後另覓廬舍（注：另覓廬舍中的「廬舍」，是指身軀而言，失了身軀的靈魂——元神，要另尋軀殼，就叫「另覓廬舍」。），報仇雪恨。我在地胏之內採地下萬年玄陰之氣，用『黑煞絲』凝煉成了數十面『玄陰幡』，也一同失去。幸而我預先掩去幡上靈氣，敵人並不知究理。誠恐我走後敵人將它破壞，現在情願送給道友，你可速往前面玉靈崖，可來個迅雷不及掩耳，搶了就走，省得肥水便宜仇人！」

吳立一聽，暗忖：「久聞人言，當初玄陰教祖谷辰未死以前，慣煉『玄陰幡』，乃是異教中至寶。如得在手中，自是有用。」利心一動，也未計及袖中元神是誰，便照所言往玉靈崖飛去，到了一看，崖已倒陷成穴，地下塵土飛揚，果然有數十面黑幡，妖氣隱隱，放在一堆，離幡不遠，站著幾個少年男女。此時神鵰正在低飛，追迫著劉裕安將私藏的幡獻出，吳立志在取幡，也未留神到這一隻白眉和尚座下神禽，一催劍光，逕往下面飛墮。原以為對方既能移形換嶽，斬了袖中之人，本領必不尋常，只打算搶了就走。

及至青囊仙子現身，才知事非易與，卻也料不到對方如此厲害！就在這一轉瞬之間，所有放出去的飛劍全數消滅。敵人飛劍紛紛往自己頭上飛來，幸而吳立早已見機，又放起四道黃光迎住，接著又放起兩道黃光去敵霹靂雙劍。

事已至此，多延一刻多遭一點殃，又想起袖中黃星竟是那厲害魔王「妖屍」谷辰的元神，有名心狠意毒，請是請來，不知該如何打發！又悔又急，心亂如麻，微一躊躇，第二次發出的劍光又有消滅之勢。暗道「不好」，將腳一頓，也不再收那六口飛劍，逕駕劍光破空逃走。剛剛飛過峰頂，忽聽一聲鵰鳴，金睛火眼一隻大黑鵰直從下面沖霄追來。

第十一回 銀雨劍花 石生神嬰

吳立定眼一看，認出是白眉和尚座下神禽，不由嚇了個亡魂皆冒，一面駕著劍光逃遁，默使隱身之法，已是慢了一步，被神鵰追來，鋼爪舒處，正抓在吳立背上，連皮帶肉抓下一大片去！

英瓊等見吳立逃走，正要分人去追，青囊仙子連忙止住，吩咐眾人暫且停手。將手一指，飛起一道光華且先將空中六道黃光圈住。然後默運玄功收了下來，分給眾人，恰好六人各得一口，原來是一柄黃色短劍，大小長短一般無二，映日生光，眾人心中大喜，連忙拜謝。

青囊仙子道：「吳立雖是異教，除了性情剛愎外，並無多大過惡。他採取黃金之精，煉成此劍，也非凡品！」

英瓊、莊易又分別上前叩謝解救之德，米、劉二矮也雙雙過來，跪請指示仙機，並求代向眾人說項。

青囊仙子對英瓊道：「你應劫運而生，光大峨嵋門戶，與別人不同。三英二雲獨你最傑出，雖然殺氣太重，然亦非此不可。不久齊道友回山，自會特許你一人便宜行事。他二人雖然出身邪教，現已悔悟回頭，向道真誠，你盡可收錄，決不受責。吳立走時，我攔阻白眉仙禽，稍慢了一步，臨逃還吃了大虧。此人必然痛恨切骨，他有本領的朋友甚多，如不見機改悔，必從此多事。米、劉二人於你也甚有用。不過他們所煉法寶、飛劍均屬旁門左道，暫時又不能使他丟棄，務須用之於正，以免耽誤正果罷了！」說罷，看了劉裕安一眼。

劉裕安原是心中有病，適才向青囊仙子求情時語帶雙關，惟恐青囊仙子向他索取妖幡，一聞此言，又喜又愧，首先起誓明心：「弟子如將那寶去行錯事，必遭慘禍！永久沉淪！」

青囊仙子早明白他言中之意，微笑說道：「你二人苦修也非容易，既能如此，再好沒有。倒是我不久超劫，原不想參加此次劫數，所以只在暗中相助，並不露面。以為妖屍決難知道有我，誰知臨時生變，非出面不可。如今造下惡因，決難脫身事外。起初我原想將這妖幡去尋一位道友，共同解去冤孽，這一來又須繼日行事，留它以毒攻毒，相助三次峨嵋鬥劍時一臂之力了。只是我如用這妖幡致勝，傷我清名，我索性成全你們。你二人到了峨嵋，等候教祖回山入門聽訓之後，可仍回此地，我傳你二人用幡之法，以備異日即以其人之道還治其人之身何如？」

米、劉二矮聞言驚喜，尤其劉裕安更是喜出望外，形於顏色。青囊仙子當時微微皺了眉頭，眾人俱未覺察，只笑和尚看在心裡。

青囊仙子又道：「莊易自赴百蠻山相助除去了文蛛，不久便可復音還原。現在『髯仙』李道友飛雷洞被毀，除妖之後，他門下弟子移居凝碧，人英前去也不愁起居寂寞了。」說罷，向眾人一舉手，一道光華閃過，轉眼沒入雲中不見。這裡眾人也各自分手。

英瓊、輕雲、人英三人帶了袁星屍體，與米、劉二矮用「彌塵幡」同回凝碧仙府。笑和尚、金蟬、莊易共商二上百蠻山之策，笑和尚道：「都是蟬弟心急，如不是米、劉二人提醒我取出『乾天火靈珠』，後來妖屍又不捨棄幡逃走時，險些功敗垂成，此番到了百蠻山，再心急不得了！」

三人仍回到嚴人英的山洞中暫住，到了晚上，笑和尚獨自在山嶺上閒步，忽見下面崖腰雲層較稀之處似有極細碎的白光，似銀花一般，噴雪灑珠般閃了兩下。

要是別人早當是月光照在白雲上的幻景，笑和尚幼隨名師，見聞廣博，一見便知有異。心想：「日裡俱駕劍光往來，崖下還不曾去過，適才所見明明是寶物精光，豈可失之交臂？」想到這裡，更不怠慢，立駕劍光刺雲而下。到了崖腳一看，這一面竟是個離上面百餘丈高的枯竭潭底，密雲遮布崖腰，雖不似上面到處光明如晝，時有月光從雲隙照將下來，景物也甚幽清。月光下，崖壁綠油油的並無異狀，再往銀光發現之所仔細找尋，什麼跡兆都無，稍稍潛伏壁側靜候了好一會，始終不曾再現。又一會雲層愈密，霧氣濕衣，景物也由明轉暗，漸漸下起雨來。又聞得金蟬相喚之聲，覺著無可留戀，便駕劍光飛身直上。飛近崖腰雲層，劈面一陣狂風驟雨，幸是劍身相合，沒有沾濕僧衣。到了上面一看，依然月白風清，星光朗潔。

金蟬早迎上前來，問他到下面去作甚，可有什麼好景物？笑和尚便將適才所見說了。

金蟬道：「這樣仙山，必有異人懷寶潛藏，明日好歹要尋他一尋。」

莊易聞言，過來用樹枝在月光地下寫道：「我自隨妖屍不久，於夜晚在玉靈崖閒眺，時見銀光在雲海裡飛翔，一瞬即逝，知有異人在側。幾次追蹤沒有追上，後來見嚴道兄用的飛劍也是銀光，以為是他，見面匆促，沒有細問，適才聽笑道兄所說，那光華彷彿是灑了一堆銀花，這才想起除妖奪玉時所見嚴道兄是一條匹練，與此不類，不如等天亮下去細尋。」

轉眼東方發白，天色大明，三人一起飛身下去。到了下面，從笑和尚所指方向仰視，峭壁排雲，苔痕如繡，新雨之後愈顯肥潤，從上到下碧成一片，僅只半崖腰上有一塊凸出的白圓石。宛如粉黛羅列，萬花叢裡，燕瘦環肥，極妍盡態當中，卻盤坐著一個枯僧，方在入定一般。昨晚笑和尚因下來匆忙，只顧注意潭底，那地方又被密雲遮住，沒有看到。這時一經發現，三人不約而同又重新往上飛去。

三人落地到石上一看，孤石生壁，不著寸草，大有半畝。一株清奇古怪，粗有兩抱的老松從岩縫中盤虯而出。松針如蓋，剛剛將這塊石頭遮蔭。細看石質甚細，宛如新磨，剝去壁上苔繡一看，石色又相去懸殊，彷彿這塊石頭並非原來生就，乃是用法術從別的地方移來一般。

三人當中，笑和尚見聞較廣，早已看出有異。金蟬、莊易二人也覺奇怪，那石又恰當昨晚笑和尚發現銀花的下面，便猜寶藏石中，和尉遲火得那靈石仙乳、萬載空青與玉靈崖溫玉一樣，先主張剖石觀看。又因那石孤懸崖腰，將它削斷，既恐壞了奇景，又恐墜落下去損了寶物；不削斷又不知寶物藏在石的哪一端，正在彼此遲疑不決，金蟬一面說話，一面用手去揭那挨近石根的苔罅，揭來揭去將要揭到古松著根的有罅隙處。

笑和尚道：「蟬弟真會淘氣，苔繡斑駁多麼好看，已然看出這石不是崖上本生，何苦盡去毀殘則甚？」正說之間，猛聽大喝一聲道：「在這裡了，還不與我出來？」一言未了，倏地從樹根罅隙裡冒起一股銀花，隱隱看見銀花之中包裹著一個赤身露體，三尺多高的嬰兒，隕星飛雪一般直往崖下射去！三人一見，如何肯捂，忙駕劍光跟蹤追趕，到了崖底一看，已然不知去向。

金蟬直怪笑和尚莊易不加小心，被他遁脫，笑和尚道：「我看那嬰兒既能御光飛行，並非什麼寶物。那銀花正而不邪，定是他煉的隨身法寶，只是他身上不著寸縷，又那般矮小，只恐不是人類，許是類乎芝仙般的木石精靈變化也說不定。好在他生根之處已然被你發現，早晚他必歸來，只須嚴加守候，必然捉到無疑。假如我所料不差，又比芝仙強得多了！」

金蟬道：「適才我因看出石色有異，便想窮根究柢，看那塊石頭是怎生安上的，只一找著線索便可根尋。你偏和莊道兄說寶藏石中，我又防寶物驚覺，未便囑咐。其實我揭近根苔繡時已彷彿見有小孩影子一閃了。我仍故意裝作不見，原意聲東擊西，乘他不備搶上前去。後來我身子漸漸和他挨近，便看見他兩手抱腳，蹲伏在樹根後洞穴之中，睜著兩隻漆黑的眼睛望著外面。先一見我，好似有些害羞，未容我伸手去捉，只見他兩手臂一抖，便發出千點銀花從我頭上飛過。冷氣森森，又勁又寒，我幾乎被他衝倒！隨後再追，已然晚了。你說他是芝仙一類，依我看不一定是！看神氣頗和你我相類，怎能說是草木精靈所化？」

笑和尚道：「如照你所說他是有本領來歷的高人，必有師長在此。待我向他打個招呼！」便向崖上大聲說道：「道友一身仙氣，道術通玄，定是我輩中人，何妨現出法身，交個方外之友。我們決無歹意，不過略識仙蹤，何必拒人千里，使我們緣慳一面？」說了兩回，不見答應，又一同飛回石上，照樣說了幾遍，仍無應聲。

再看他存身的樹根石隙，外面是藤蔓香蘿掩覆，一株老的松根當門而植，若從外看，簡直看不出裡面還有容身之所。再披藤入視，那罅隙寬只方丈，卻甚整潔。松針為禱，鋪得非常勻整。靠壁處松針較厚，拱作圓形。三人恐有變故，早將劍光放出。光華照處，隱隱看見石壁上有一道打坐的人影，身材比適才所見嬰孩要大得多，此外空無所有。又祝告了幾句，仍無動靜。

三人仍不肯心息，各找隱蔽處等著，一直到天明，仍無動靜。金蟬渾身霧濕，又沾了許多青苔，甚是難看，便對笑和尚道：「這東西想是存心避著我們，你一人且在這裡不要走開，容我去尋一溪澗洗上一個澡兒，就便將衣衫上面的五顏六色洗了去，趁這熱天的太陽，一會就曬乾了。今晚他再不出現，我非連他的窩都拆了不可！」

笑和尚、莊易見金蟬一身通濕，染滿苔痕，說話氣憤忿的鼓著小腮幫子，甚是好笑。等金蟬走後，笑和尚和莊易使了個眼色，然後說道：「蟬弟雖然年幼，從小便承掌教夫人度上九華，怎麼還是一身孩子氣？穴中道友耽於靜養，不樂與我們見面，就隨他去吧！何苦又非逼著人家出面不可？少時他回來，他一人去鬧，我們已守了一天一夜，且回洞歇息去吧。」

莊易會意，點了點頭，二人一同飛身上崖。且不入洞，各尋適當地位藏好，用目注定下面。約有半盞茶時，先見危石鬆隙後似有小孩影子閃了一下。不一會，現出全身，正與昨晚金蟬所見小孩相類。渾身精赤條條，宛如粉裝玉琢，烏黑的頭髮披拂兩肩，手上拿著一團樹葉遮住下半身，先向上下左右張望了一下，倏地將腳一頓，直往天空飛去，日光之下宛似灑了一溜銀雨。

笑和尚也不去追趕，逕對莊易道：「果然金蟬弟所料不差，這小孩確非異類。看他天真未鑿，年紀輕輕已有這大本領，他的師長必非常人。只不明白他既非邪教，何以不著衣履？這事奇怪，莫非此人師長沒有在此？」

笑和尚說罷，同了莊易飛回懸石，潛身樹後穴內藏好，暗中戒備，以防又和昨日金蟬一樣，被他遁走。又待有半個時辰過去，忽聽風雷破空之聲往石上飛來。笑和尚見金蟬回轉，恐他驚覺小孩，自己又不便出去，正想等他近前，在穴口與他做個手勢，叫他裝作尋人上去時，金蟬已然收了劍光落到石上。臉上帶著怒容，一眼看見笑和尚在穴口探頭，便喊道：「笑師兄，你看多麼晦氣！洗個澡，會將我一身衣服丟了！」

笑和尚一看金蟬穿著一身小道童的半截破衣服，又肥又大，甚是臃腫難看。因已出聲相喚，只得和莊易一同走出問故。

金蟬道：「我去尋溪澗洗衣浴身，行至玉靈崖附近，撞見下面那日所斬的妖童屍體，我見那妖童所穿衣服尚是完好，想起昨日所見小孩赤身露體，我便將他身上衣褲取來，打算見時送他。到了王靈崖那邊，尋著溪澗，連我衣服一齊先洗淨擇地曬好。怎知洗好了澡，我的一身衣服不見，只剩下這妖童所穿的半截道袍和一條褲子，一定是那小孩見我們昨晚守候在此，不讓他歸巢，懷恨在心，暗中跟來，將我衣服盜去！總算他還留了後手，要是連這身一齊偷去，幾乎也要和他一樣赤條精光了！」

笑和尚、莊易聞言，好生發笑。

笑和尚對金蟬道：「這都是你素常愛淘氣，才有這種事兒發生。適才你走後，我們想看一看這穴壁上的人影，才到，你便飛回。這位小道友既避我們，必然不會出面。這件衣服送給他交個朋友，有何不可？如嫌這身衣服不合式，好在為期還有數日，我二人陪你回轉凝碧崖換上一件，再去百蠻，也不至於誤事。我們無須在此呆等，且回崖上去商談吧！」

笑和尚原是故意如此說法，好使那小孩不起疑心，仍用前策行事。金蟬不明言中之意，聽了氣憤忿說道：「衣服事小，若是明送，休說一件，只要是我的，除卻兩口飛劍，什麼都可，他卻暗取，讓我丟人，不將衣服取回，日後豈不被眾同門笑話？他如不將衣服送還，或者現身出來與我們相見，我早晚決不與他干休！」

笑和尚又再三相勸，說包在自己身上，將衣服尋回，這事太小，還有事須回洞中商議，才將金蟬拉了一同飛上崖頂。先和莊易說了幾句耳語，然後高聲說道：「莊道兄，你和華仙姑相熟，你可去看她回來不曾？」說完，等莊易走後，又拉金蟬同往洞中。金蟬便問笑和尚意似做作，是何緣故？

笑和尚道：「我適才和莊道兄親見那小孩現身，同往樹後石穴守候，無心中看見對崖有一通天岩窗，外有蘿樹隱蔽，埋伏在彼甚是有用。那小孩雖然現在還斷不定他的家數，可是質地本領俱非尋常，恐防為異派中人網羅了去，又因他異常機警，恐被覺察，不便在石上商量，請莊道兄藉著探望華仙姑為名，繞道往對面岩窗埋伏。他既盜你衣服，存心與你作耍，必然還要再來。我們只須裝作沒有防備，等他來到臨近才行下手，將他收服。即使被他遁回穴內，莊易已然由對崖轉往他存身的穴內隱藏，三面一齊下手，何愁不能將他擒住？昨晚你在穴旁等了一夜，他卻另由間道回去，如仍在那裡守候，豈非守株待兔麼？」

金蟬聞言，點頭稱善。先在洞中等候了一陣，隨時留心，並沒有什麼動靜。金蟬耐不住，又拉了笑和尚裝作崖前遊玩，舉目下視，石上仍無小孩蹤影。對崖看不見莊易，知道他藏處必甚隱秘，算計小孩出現定在晚間，只得走回洞去。

路上金蟬悄對笑和尚道：「這廝如老不出現，到了我們要去百蠻山時，豈不白費心思？」

笑和尚正說不會，忽然一眼望到洞中，喊一聲「快走！」首先駕劍飛入洞去。金蟬也忙駕光跟入，一看洞門口上放著自己適才失去的那件上衣，褲子卻未送還。四外仔細一尋，哪有絲毫人影！

笑和尚想了一想，對金蟬道：「我明白了，此人早晚必和我們做朋友，他明明是因為赤身露體，羞於和我們相見，所以將你衣服盜去，後來你在石上一罵，他恐你懷恨壞他洞穴，所以又將上衣給你送還。只不懂此人雖然幼小，已有如此神通，他的師長必非常人，何以連衣服都沒一件？待我將這一件舊衣送到石上，和他打個招呼，看看如何，再作計較，你看怎樣？」

金蟬點頭稱善，笑和尚將金蟬換下那件半截道衣拿了，飛身到了石上，對穴內說道：「小道友根器本領，我等俱甚佩服。我師弟一身舊衣，既承取用，本可相贈，無奈遊行在外，尚有使命他去，無可穿著。今蒙道友將上衣送還，反顯我等小氣了。現有半截道衣一件，雖然不成敬意，權供道友暫時之需，如蒙下交，今晚黃昏月上，我等在崖上洞中相候，否則我等在此已無多日，事完之後當為道友另製新衣，前來奉約如何？」說罷，將衣掛在松樹上面，仍返洞內，沒有多時，莊易也飛了回來。

金蟬問：「可曾見那小孩？」

莊易在地上寫道：「先並未見他出現，後來二位道兄到石上與他送衣，通白走後，才平空在石上現身，也未看出他從哪裡來的。身上穿著齊道兄那條褲子，先取了那半截衣服試了試，卻是太過肥大，實在不是樣子。他試了又試，好似十分著急，帶著要哭的神氣，拿了半截衣服逕回洞內去了。我見二位道兄適才那般說法，自忖一人擒他不住，也未曾過去驚動，就回來了。」

金蟬一看，忙跑了出去。笑和尚只道金蟬去也白去，並未在意，只和莊易一個用手，一個用口，互相計議怎樣才能和那小孩見面。談有頓飯光景，忽聽金蟬與人笑語之聲由崖上傳來。出洞一看，見金蟬同著一個羅衫芒履，項掛金圈，比金蟬還矮尺許的幼童，手把手一同說笑歡躍走來。定睛一看，正是適才石上所見的小孩，生得面如凝玉，目若朗星，髮際上也束著一個玉環，頭髮披拂兩肩，玉耳滴珠，雙眉插鬢，雖然是個幼童，卻帶著一身仙氣。

笑和尚與莊易都俱喜出望外，忙著迎了上去。金蟬歡笑著給二人引見道：「這是我新結交的石兄弟，他名叫『石生』。他的來歷我只知得一半。因為忙著要見二位道兄，給他裝扮好了就跑來，還沒聽完，且回洞去等他自己說罷。他還說要同我們去百蠻山呢！」

那石生和三人都非常親熱，尤其是對金蟬，把「哥哥」喊了個不住口，大家興高采烈回到洞中坐定，細聽石生說起經過。

原來石生的母親，便是當年人稱「陸地金仙、九華山快活村主」陸敏的女兒陸蓉波，陸敏是「極樂真人」李靜虛的記名弟子，陸蓉波十七歲時，海南聚萍島白石洞的散仙「凌虛子」崔海客，帶了弟子楊鯉來訪，楊鯉年齡與陸蓉波相若，兩人甚是投契。一日，兩人在山中見到一種極豔麗的花朵，兩人才俯身一聞了聞，便暈倒在地。

那種異花，名叫「合歡蓮」，秉天地間淫氣而生，楊鯉、陸蓉波兩人不知就裡，中了花毒，不多久兩人醒轉，也未覺有異，等到楊鯉回轉南海，陸蓉波總覺得每日懶懶地，被陸敏看出彷彿珠胎暗結，元陰已交，勃然大怒，當時便要將她殺死。

陸蓉波拼命逃走，逃入一個石縫之中，急昏過去。醒來之後，才見父親留字，說先前錯疑她了，幸得師祖極樂真人預留仙柬，說明原因，才知她此時已有身孕，並非人為，乃是前孽註定，陰錯陽差，誤嗅毒花「合歡蓮」，受了靈石精氣感應而生！此子將來成就非凡，生育以後，務須好好教養。此番宿孽非在穴中照本門傳授，靜中參悟三十六年，不能躲過，完成正果。如今已用師祖仙符封住石穴，她在穴中生兒苦修，不到日期，不可破壁而出，日後自有相會之期。

蓉波由此便在穴中苦修，直到二十一年上，功行精進，約知未來，算計日期，知道元胎已成，快要出世，才用飛劍開肋，生下嬰兒。因秉靈石精氣而生，便取名「石生」。

母子二人在穴中修煉，又過了十五個寒暑。石生生具異秉，自然是什麼一教就會，只是沒有穿衣，常年赤身露體。蓉波將自己外衣用飛劍為針，抽絲當線，改了一身小孩衣帽服飾，又將身上所戴昔日出家時母親賜給的簪環，用法術煉成了金圈，只暫時不允許石生穿戴，另行用法術封鎖藏好。

等到蓉波臨要坐化時節，才對石生說明了以前經過，然後說道：「我面壁三十六年，仗著師祖極樂真人真傳，靜中參悟，已得上乘正果，如今元神煉成真形，少時便要飛升。我去以後，崖壁便開。你仗著我傳的本領，已能出入青冥，遨翱雲外。只是修道之人豈能赤身露體去見人？我不是不給你衣穿，唯恐我去以後你隨意出遊，遇見邪魔外道，見你資質過人，誘引走入旁門。所以暫時不給你穿戴，異日接引你的人，乃是峨嵋派掌教真人轉劫之子，名叫金蟬，也是一個幼童模樣。不見此人，任何人都不許你上前相見。你二人相遇之後，他自會接引你入峨嵋門下，完成正果！」

石生聽母親要離他而去，送別在即，好生傷心。陸蓉波說完，向後壁一指，飛身上去，立刻身與石合，微現人影。石生一把未拉住，眼看一朵彩雲從壁上人影裡飛起，上面端坐著一個女嬰，與自己母親身形一般無二，冉冉出穴，飛入雲中不見。

陸蓉波雖然道行圓滿，白日飛升，但是災劫未滿，仍有挫折，落入邪人之手，以致有日後石生救母，大鬧紫雲宮等事，後文自有交代，此處不贅。

卻說石生謹遵母訓，一直不離開山崖，直到見了金蟬、笑和尚和莊易，又因身上無衣，羞於相見，想起自己就要出世，連衣服都沒一件，想到傷心之處，一時發了童心，兩手撫著壁上遺容哀哀慟哭起來。

哭沒多時，恰好金蟬找來，一眼看見昨日所見的孩子赤著身在穴中面壁而哭，恐怕又將他驚跑，先堵著穴口暗作準備，身子卻不近前，遠遠低言道：「何事如此悲苦，可容下交一談嗎？」說罷，見那小孩仍是泣聲不止，便緩緩移步近前，漸漸拉他小手用言慰問。

石生原已決定和來人相見，請求攜帶同行。只為盜衣之事有點不好意思。一見金蟬溫語安慰，想起前情，反倒藉著哭泣遮羞。一任金蟬拉著雙手，也不說話，只管悲泣。金蟬正在勸解之間，忽聽四壁隱隱雷鳴，穴口石壁不住搖晃！

石生一下地便被關閉穴內多年，知道石壁有極樂真人靈符，以前業已開闔幾次，恐又被封鎖在穴內不見天日，連忙止了悲泣，拉著金蟬便飛身逃出。忽見一道光華一閃，後面石壁平空緩緩倒了下來。二人剛剛飛到穴外石上將身站定，那石壁已然倒下丈許方圓大小，落在地面成了一座小石台，上面端端正正坐著一個道姑。

石生定睛一看，慌不迭地跑了進去，抱著那道姑放聲大哭。金蟬也忙跟了進去，看那道姑雖然面容如生，業已坐化多時。聽那小孩不住口喊

「娘」，知是他的母親，便隨著拜叩了一番。立起身來，正要過去勸慰，猛見道姑身旁有一物黃澄澄的發光，還堆著一些錦繡。拿起一看，原來是一個金圈和一身華美的小衣服，猜是道姑留給小孩之物，忙道：「小道友且止悲泣，你看伯母給你留的好東西！」

這時穴口石壁上下左右俱往一齊湊攏，隆隆作響。金蟬慌忙一把將石生抱起，喊道：「石壁將合，還不快走！」

二次出穴，才得站定，又是一道光華閃處，石壁倏地合攏，除穴口丈許方圓石壁沒有苔蘚外，餘者俱和天然生就一般，杳無痕跡。石生見慈母遺體業已封鎖穴內，從此人天路隔，不知何年才能相見，自然又免不了一番悲慟，金蟬溫言勸慰了好一會才行止淚。

金蟬幫著石生將衣服穿上，金項圈給他戴好。這一來愈顯出石生粉妝玉琢，和天上金童一般。

金蟬交著這麼一個本領高強的小友，自然高興非凡。石生頭一次穿這般仙人製就的合體美衣，又加金蟬不住口的誇讚，也不禁破涕為笑。他自出娘胎，除了母親憐愛外，並未遇見一個生人。自從乃母坐化飛升，每日守著遺容，空山寂寂，好不苦悶！一旦遇見與自己年貌相若，心情投契的朋友，既是接引自己的人，又那般的情意純摯，那得不一見便成知己！口中只把「哥哥」喊不住，兩人真是親熱非凡。

金蟬起初只想和他交友，不料竟能成為同門，喜得無可形容。為要使笑和尚、莊易聽了喜歡，忙急匆匆拉了便往玄霜洞走去。眾人見面之後，自是興高采烈，覺著此行不虛。

眾人見石生天真爛漫，一片童心，俱都愛如手足。金蟬又將如今異派紛起，劫運在即，遇見妖惡，須要消滅，為世人除害，才是劍仙本色，詳為解說了一遍。

各人再看他母親給他所留的寶貝，共是三件，倒有兩件是防身隱跡之物。一件是「兩界牌」，如被妖法困住，只須念動極樂真人所傳真言，運用本身先天真炁持牌一晃，便能上薄青冥，下臨無地；一件是「離垢鐘」，乃鮫綃織成，運用起來周身有彩雲籠罩，水火風雷俱難侵害。還有一件乃是石生母親陸蓉波費三十六年苦功採來五金之精煉成的「子母三才降魔針」，共是九根。只可惜內中有一根母針因為尚未煉成，便因孽緣誤會封鎖在穴內，運用起來減了功效。

大家觀賞誇讚了一陣，笑和尚、莊易兩人走過一邊打坐，石生、金蟬仍是說個不已。

金蟬說起此行的目的，聽得石生手舞足蹈。金蟬又說起日前英瓊曾說余英男被妖人誆去代盜冰蠶，以致失陷風穴冰窟之內。後來她將英男救走，始終也不曾將冰蠶得到，反正無事，何不前去探看一回？僥倖得手，也未可知，便和石生說了，同駕劍光，直往山陰飛去。

飛行了個把時辰，快要臨近，便聽狂飆怪嘯，陰霾大作。黑風捲成的風柱一根根挺立空中！緩緩往前移動，有時兩柱漸漸移近，忽然一碰，便是天崩地裂一聲大震，震散開來，化成畝許方圓的黑團滾滾四散，令人見了驚心駭目。二人雖駕劍光飛行，兀自覺得寒氣侵骨。一兩根風柱才散，下面黑煙密罩中無數風柱又起，澎湃激蕩，谷應山搖，飛砂成雲，墜石如雨！試著衝上前去，竟會將劍光激蕩開來！幸都是身劍合一，不曾受傷。

二人心中吃驚，石生忙將「離垢鐘」取出，連二人一齊罩上。金蟬也將「天遁鏡」取出，彩雲籠罩中放起百十丈金光異彩，直往狂飆陰霾中衝去。這天地極戾之氣凝成的罡風發源之所，竟比妖法還要厲害。二人雖然仗著這兩件異寶護身，勉強衝入陰霾慘霧之中，但是並不能將之驅散，離卻金光所照之外，聲勢轟隆，反而愈發厲害！

二人年少喜功，也不去管它，正仔細運用慧目，察看風穴所在，忽見下面危崖有一怪穴，穴旁伏著一個瘦如枯骨的黑衣道人，兩手抱緊一個白東西，閃閃放光，似在畏風躲避的神氣。金光照處看得很逼真，金蟬一見，認定是妖邪。見他見了寶鏡金光並不躲閃，不問青紅皂白，手一指，劍光先飛將出去。

石生自然隨著金蟬也將劍光飛出，眼看劍光飛近道人身旁，倏地道人身上起了一道烏油的光華，護著全身，也不逃避，也不迎敵。

及至二人飛離穴口較近，那道人忽然高聲喝道：「來的峨嵋小輩，且慢近前！你們無非為了冰蠶而來，這冰蠶已落在我的手中，只因取時慢了一步，正值罡風出穴，無法上去。此物於你們異日三次峨嵋鬥劍大是有用，我也不來哄騙你們，此時我尚有用它之處。如能借你二人法寶護身助我上去，異日必將此物送到峨嵋。如不相信，今日天地交泰，罡風循環不息，此時罡風初起，還可支持，少時玄冰黑霜相繼出來，再加上歸穴狂飆兩下衝盪，恐你二人也難脫身了！」

金蟬見那道人喊自己做「小輩」，已是不快，再一聽所說的話意存恫嚇，暗想：「既能下來，豈難上去？這道人形容古怪，一身鬼氣，定是邪魔外道，不要被他利用，中了道兒。」

正要開言，那道人又厲聲喝道：「休要觀望，我並不怕你們！今日窟內玄霜被我取冰蠶時用法術禁制，才未飛揚，少時地下玄陰之氣發動，我的法術不能持久，出穴時比較平常尤為猛烈！你們法寶僅可暫時護身，一不小心，被歸來狂風旋捲入地肺，就後悔無及了！」

那道人言還未了，忽聽穴內聲如雷鳴地陷，怪聲大作！早有無數風團捲起畝許大的黑雲，破穴而出，滾滾翻飛，直往天上捲去。

第十二回 百富道人 天魔妖舞

那穴口早破裂大了數十百丈，那道人直喊：「不好！你二人還不快到我跟前來？要被歸穴罡風捲入地肺了！」

金蟬、石生還在遲疑，就這一轉瞬之間，猛聽頭頂上幾十聲大震，宛如山崩海嘯，夾著極尖銳的「噓噓」之音，刺耳欲聾，震腦欲眩。無數的黑影似小丘一般，當頭壓下！

金蟬一看不好，連忙回轉寶鏡往上照去。金光照處，畝許大小的黑團散了一個又緊接著一個，鏡上力量重有萬斤，幾乎連手都把握不住！同時身子在彩雲籠罩中，被側面罡風激蕩得東搖西蕩，上下迴旋，漸漸往穴前捲去！用盡本身真氣，兀自不能自主，寶鏡又只能顧著前面，那黑霜玄冰非常之多，散不勝散，才知不好！正在惶急，眼看被歪風黑霜逼近穴口，穴內又似有千萬斤力量在往裡吸收！

就在那危機頃刻之間，那道人忽然長嘯一聲，張口一噴，同時兩手往上一張，飛出大小數十百團紅火，射入烈風玄霜之內，立刻二人眼前數丈以外，風散霜消，風勢略緩得一緩。那道人接著又厲聲喝道：「你們還不到這邊來，要等死嗎？」

此時二人驚心駭目，身不由己，直往道人身旁飛去。才得喘息，道人所放出的數十百團烈火，已捲入罡風玄霜之內消逝，同時風霜之勢又大盛，穴口黑霜時而「骨朵朵」黑花片片冒個不住，時而又被穴外罡風捲進。二人持定寶鏡護著前面，不敢再存輕視敵意，回問道人來歷姓名，分別見禮。

那道人道：「現時無暇和你們多說，我雖不是你們一家，已算是友非敵，並且你們持有『天遁鏡』，可以助我早些脫身，少受玄冰黑霜之苦。此時分則兩害，合則彼此有益。我立身的周圍十丈以外，已用了『金剛護身』之法，只是地竅寒飆厲害，不能持久，又恐怕損害冰蠶，須要早些出去。今尚非時，須等狂飆稍息，我三人用這一口鐘護身，用你『天遁鏡』開路，再借我本身三昧真火燒溶近身玄霜，避開風頭衝了上去，才能脫離危境。你二人雖有法寶，不善應用，我又無此法寶，起初只想趁今日天地交泰，風平霜止，取了冰蠶就走，沒料到這般難法！所以如今非彼此相助不可！」

金蟬雖然尚未盡信，無奈適才連想衝上去好幾次都被風霜壓回，又見道人語態誠懇，又肯在危機之中相救，除此別無良法，只好應允。

待了兩個時辰，忽然驚雷喧騰中，數十根風柱挾著無量數的黑霜片往穴內倒捲而入，道人道得一聲：「是時候了！」首先兩手一搓，放出一團紅火，圍繞在彩雲外面，三人一同衝空便起。

金蟬在前，手持「天遁鏡」開路，那無數的大黑霜片常被旋飆惡颶捲起，迎頭打來。雖被鏡上金光衝激消散，叵耐去了一層又有一層。金蟬兩手握鏡，只覺重有千斤！絲毫不敢怠慢，身旁身後的冰霜風霾也隨時反捲逆襲，尚幸其勢較小。

石生和那道人防備周密，挨近彩雲火光便即消逝。金蟬不致有後顧之憂，只一心一意防著前面，由下往上竟比前時下來要艱難得多！費了不少精神，約有頓飯時頃，才由惡颶烈霜之中衝出，離了險地，一同飛往山陽，業已將近黃昏月上。

二人見那道人雖然形如枯骨，面黑如漆，卻是二目炯炯，寒光照人。手上所抱「冰蠶」長約二尺，形象與蠶無異，通體雪白，直泛銀光，摸上去並不覺得寒冷，正要請問道人姓名來歷，那道人已先自說道：

「你們不認得我，我名叫『百禽道人』公治黃。七十年前在棗花崖附近的黑谷之內潛修，忽然走火入魔，身與石合為一體。所幸元神未傷，真靈未昧，苦修數十年，超劫還原，能用元神遊翔宇宙。因那冰蠶是個萬年至寶，於自己修道甚有用處，算明時日生剋，造化玄機，趕到此地，剛將冰蠶取到手內，便為霜霾困住！我道成便即飛升，那時冰蠶無用，用完以後，送至峨嵋，以備異日之用！」

百禽道人說罷，將手一舉，道得一聲：「行再相見！」立刻周身起了一陣煙雲，騰空而去！

石生道：「這位仙長連話都不容人問就走了。」

金蟬道：「他所說想必是真，我們枉自辛苦了一場，冰蠶沒得到，真是冤枉！出來時久，恐笑師兄他們懸念，我們回去罷！」

兩人駕劍回去，見了笑和尚、莊易，說起經過，笑和尚一聽大驚道：

「你二人真是冒昧！哪有見面不和人說話就動手之理？聽師父說，各異派中，以『百禽道人』公治黃為人最是孤僻，雖是異派，從不為惡。因精通鳥語，在落伽山聽仙禽白鸚鵡鳴聲，得知海底珊瑚礁玉匣之內藏有一部道書，費不少心力驅走毒龍，盜至黑谷修煉，走火入魔，多年苦修，不曾出世，平時本領甚為驚人。而且此人素重情感，以愛憎為好惡，若論班行，照算起來要高出你我兩輩！還算他現在悟徹因果，飛升在即，不和我們後生小輩計較，又有借助之處，否則以你二人如何是他的對手？事已過去，下次見人千萬謹慎些好！」

大家談了一陣，言笑宴宴，不覺東方向曙，算計還有兩日便是往百蠻山之時，第二日照樣歡聚，因為頭次走快一步，出了許多錯，這次決計遵照苦行頭陀束上時日下手，直到第三日早上，才一同駕劍光直往百蠻山飛去。

一入苗疆，便見下面崇山雜遝，岡嶺起伏，毒嵐惡瘴，所在皆有。石生第一次遠行，看了甚是稀奇有趣，不住的問東問西，指長說短。劍光迅速，沒有多少時候，便到了昔日金蟬遇見辛辰子，無心中破去「五淫兜」的山洞上面。

笑和尚便招呼三人一同落下，進洞一看，那幾面妖幡雖然失了靈效，依然豎在那裡，知道此地無人來過。四人重又商量一陣，笑和尚主張照柬上所說時刻將四人分作兩起，由金蟬和自己打頭陣，冒險入穴，莊易、石生隨後接應。金蟬說莊易、石生俱都形勢生疏，妖人厲害，現時縱然說準地方，到時一有變化失措，反倒首尾不能相顧，還是一同入內的好！

莊易凡事隨眾進退，只石生犢兒不怕虎，既喜熱鬧，又不願和金蟬離開，便說他隨乃母陸蓉波在石內潛修，學會隱身法術，又有「離垢鐘」可避毒邪，「兩界牌」可以通天徹地，護身脫險，更是極力主張同去。笑和尚雖強不過二人，勉強應允，心裡總恐石生經歷大少，出了差錯對不起人，便將以前去時情形和陰風洞形勢再三反覆申說，囑咐小心。

各人不用金蟬的霹靂劍，以防風雷之聲驚動敵人。各自運用玄功附著莊易的「玄龜劍」，由最上高空中直往百蠻山主峰飛去。到了地頭，隱身密雲裡面，由金蟬運用慧眼穿雲透視。因為飛行甚高，偌大一座主峰，在月光裡看去，竟似一個盤盂中端端正正豎著一根大筍一般。知道置身太高，縱使將劍光放出，也不易被人看破。彼此稍為把手示意，便在距離主峰尚遠的無人之處落下，然後試探著往峰後風穴泉眼飛過去。

飛行一陣，臨近一個崖穴之前，突然一陣陰風過處，一團黑氣擁著一個形如權杖長有丈許開外的東西出來，上面用長釘釘著一個斷臂妖人，一手二足俱都反貼倒釘在權杖之上，周身血污淋漓，下半截更是只剩少許殘皮敗肉附體，白骨嶙峋，慘不忍睹。笑和尚、金蟬認出那妖人正是辛辰子，雖受妖法虐毒，並未死去，睜著一雙怪眼，似要冒出火來，滿嘴怪牙挫得山響，怪嘯不絕。

接著同樣又是一陣陰風，再飛起一個權杖，上面釘著唐石，雖沒血污，也不知受過什麼妖法荼毒，除一顆生相猙獰的大頭外，只剩了一具粉也似的白骨架，飛近辛辰子相隔約有丈許便即立定。

再接著，指揮行法的妖人陸續飛出，為首妖人低聲說道：「再有一個時辰，師父醒來又要處治你們了。我看你二人元神軀殼俱被大法禁制，日受金蠶吸血，惡蟲鑽心，煞風刺體，陰泉洗骨之厄，求生不能，求死不得，除了耐心忍受還可少吃點苦，早點死去。不然你愈得罪他，愈受大罪，愈不得死，豈不自討苦吃？我們以前俱是同門，並沒深仇，實在也是被逼無法，才下此毒手！」

唐石聞言，口裡發出極難聽的怪聲，不住口埋怨辛辰子。他只管念念叨叨，那辛辰子天生凶頑，聞言竟發怒如雷，怪聲高叫道：「你們這群無用的孽障！膽小如鼠，濟得甚事！休看老鬼這般荼毒我，我只要有三寸氣在，一靈不昧，早晚必報此仇，勝他對我十倍！你們這群膿包，快閉了你們的鳥嘴，惹得老子性起，少時見了老鬼，說你們要想背叛，也叫你們嘗嘗我所受的味道！」

這夥妖人原都是窮凶極惡，有甚天良？無非因自己也都是身在虎穴，朝不保暮，時時刻刻提心吊膽，見了辛、唐二人所受慘狀，未免兔死狐悲，才起了一些同情之想。誰想辛辰子愍不畏死，反將他們一頓辱罵，說少時還要陷害他們，再一想起平時對待同門一味驕橫情形，又是這一次的禍首，不禁勃然大怒。

為首一人早厲聲喝罵道：「我打你這不識好歹的瞎鬼，好心好意勸你安靜一些，你卻要在師父面前陷害我們！師父原叫我們隨時高興就收拾你，我因見你毒釘穿胸，六神被禁，日受裂膚刮骨、金蠶吮血、陰風刺體之苦，不為已甚，你倒這般可惡，若不叫你嘗點厲害，情理難容！」說罷，各自招呼了一聲，將手中幡朝辛辰子一指，一溜黃火綠煙飛出手去。

那辛辰子自知無倖，也不掙扎，一味亂挫鋼牙，破口大罵。火光之中，照在那瞎了一隻眼睛的猙獰怪臉上面，綠陰陰的愈顯兇惡難看。眼看火光飛到辛辰子頭上，忽然峰側地底起了一陣淒厲的怪聲。

那夥妖人聞聲好似有些驚恐，各自先將妖火收回，罵道：「瞎眼叛賊，還待逞凶，看師父收拾你！」說罷，七人用七面妖幡行使妖法，放起一陣陰風，將四圍妖火妖雲聚將攏來，簇擁著兩面妖牌，直往峰側轉去。

四人見形跡未被敵人發現，甚是心喜。妖人已去，崖穴無人把守，正好趁此機會潛入風穴去斬文蛛。互相拉了一下，輕悄悄飛近前去一看，哪裡有什麼穴洞！僅只是一個崖壁凹處，妖氣猶未散淨，金蟬慧眼透視，看不出有甚跡象，顯然無門可入！

要說苦行頭陀柬上之言必然不差，只可惜來遲了一步，洞穴已被妖法封閉。

莊易自告奮勇，連用法術飛劍照辛辰子現身所在衝入，衝了幾次都被一種潛力擋回。知道妖法厲害，恐防驚動妖人，又不敢冒然用「天遁鏡」去照，只得停手。笑和尚想起不入虎穴焉得虎子，何不逕往妖人寢宮一探？想到這裡，將手一招，逕往適才妖人去路飛去。

月光之下，只見前面一簇妖雲擁著那兩面權杖，業已轉過峰側，繞向峰前而去。四人知道妖人善於聞辨生人氣息，不敢追得太緊，只在相隔百十丈以外跟蹤前往，兩下俱都飛行迅速，頃刻之間，四人已追離峰前不遠。

忽見正面峰腰上出現一個有十丈高闊的大洞，這洞前兩次到此俱未見過。遠遠望過去，洞內火光彩焰變幻不定，景象甚是輝煌。前面妖雲已漸漸飛入洞內，不敢怠慢，也急速飛將過去。

前面妖人進洞之後，洞口倏地起了一陣煙雲，似要往中心合攏。笑和尚恐怕又誤了時機，事已至此，不暇再計及成敗利鈍。互相將手一拉，默運玄功，逕從煙雲之中衝進！覺得奇腥刺鼻，頭腦微微有些昏眩，身子已飛入洞內。定睛一看，這洞竟和外面的峰並不多大小。就這一轉眼間，洞口業已被妖法封閉。立腳處是一個丈許寬的石台，靠台有百十層石級。

石台離洞底有數十丈高下，比較峰外還深，洞體是個圓形，從上到下橫列著三層石穴，每層相隔約有二十餘丈。洞底正當中有一個鐘乳凝成的圓形穹頂，高有洞的一半，寬約十畝，形如一個平滑沒有底邊的大玻璃碗俯扣在那裡，四圍更沒有絲毫縫隙。洞壁上斜插著一排形如火把的東西，行隔整齊，光焰熊熊，照得合洞通明，愈到下面愈亮。

那玻璃穹頂當中，空懸著一團綠火，流光螢活，變閃不定。適才所見七個妖人業已飛落洞底，在玻璃穹頂外面簇擁著兩面權杖，俯伏在地，權杖上釘著的辛辰子仍是怪嘯連聲，四人俱都不約而同蹲身石上探首下視。

笑和尚因為立處沒有隱蔽，易為妖人發現，地位太險，不暇細看洞內情景，先行覓地藏身。一眼瞥見近身之處石穴裡面，黑漆漆的沒有光亮，趁著一干妖人伏地沒有抬首之際，打算先飛縱過去察看能否藏身。

心才轉念，石生已先見到此，首先飛縱過去。笑和尚覺得石生掙脫了手飛去，一想自己和金蟬都仗著莊易、石生二人法術隱形，石生前去自然比較自己親去還好。只恐石生閱歷太淺，涉險貪功，不是尋覓藏身之處就不好辦了。正想之間，手上一動，石生業已飛回。各人將手一拉，彼此會意，悄悄往左近第二層第三個石穴飛去。

金蟬先運慧眼往穴內一看，那穴乃是人工闢成石室，深有七、八丈，除了些石床石几外，別無動靜，而且穴口不大，如將身伏穴旁外視，暗處看明處，甚是真切。雖然不知此中虛實深淺，總比石台上面強些，便決計在此隱伏，謹謹慎慎，相機行事。

這一座峰洞正是綠袍老祖和手下餘孽居處煉法之所，正中間玻璃穹頂，環著他的寢宮排列。自從逃回百蠻山後，暴虐更甚於前，門人餘孽傷害逃亡，兩輩三十六人，總共才剩了十一個。因他太過行為狠毒，眾門人怵目驚心，一個個見了他嚇得戰戰兢兢，忘魂喪膽，他見眾心不屬，不怪自己惡辣，反覺這些門人都不可靠，愈發厭惡，如非還在用人之際，又有雅各達苦勸，幾乎被他全數殺戮！

雖然留了這十一個，他也時刻防著他們背叛，防備非常緊密。每值與妖婦行淫或神遊入定之際，必將寢宮用妖法嚴密封鎖，連聲氣一齊隔絕，以防內憂，兼備外患。否則他嗅覺靈警異常，添了四個生人，如何不被覺察？四人潛伏的石穴，恰巧穴中妖人又是早已死去，所以才能安然無事。

四人剛將身藏好，便聽嘯聲又隱隱自地下傳出，探頭往外一看，那玻璃穹頂當中那一團螢活綠火倏地爆散，火花滿處飛揚，映在通體透明的鐘乳上面，幻成了千奇百怪的異彩，炫麗非凡。一會又如流星趕月般往靠裡的一面飛去，接著起了一陣彩焰，蹤跡不見。

綠光收去，這才看清穹頂裡面一個四方玉石床上，坐著那窮凶極惡、亙古無匹的妖孽綠袍老祖。大頭細頸，亂髮如茅，白牙外露，眼射綠光，半睜半閉。上半身披著一件綠袍，胸前肋骨根根外露，肚腹凹陷，滿生綠毛；下半截赤著身子，倒還和人一樣。右腳斜擱石上，左腳踏在一個女子股際，一條鳥爪般的長臂長垂至地，抓在那女子胸前，另一隻手拿著一段下半截人屍，懶洋洋的搭在石床上面，斷體殘肢散了一地，瑩白如玉的地上斑斑點點，盡是血漬。

餘外還有一兩個將死未死的婦女，尚在地上掙扎。

他腳下踏定的一個女子，通體赤身，一絲不掛，並沒有絲毫害怕神氣，不時流波送媚，手腳亂動，做出許多醜態和他挑逗。只急得穹頂外面權杖上的辛辰子吼嘯連聲，狺狺惡詈。那綠袍老祖先時好似大醉初醒，神態疲倦，並不作甚理會。待有半盞茶時，倏地怪目一睜，裂開血盆大口動了一動，便聽一種極難聽的怪聲從地底透出。

綠袍老祖隨著縮回長臂，口皮微動，將鳥爪大手往地面連指幾指，立刻平地升起兩幢火花，正當中陷下一個深穴，彩焰過處，火滅穴平。

那七個妖人卻已擁著兩面妖牌跪在當地，四人俱沒有看清是怎樣進去的，估量那赤身女子定是辛辰子當初失去的妖婦無疑。這洞雖有許多石穴，可是大小方式如一，急切間看不出哪裡是通往文蛛的藏處，綠袍老祖現身醒轉，更是不敢妄動，只得靜以觀變，相機而動。

那妖婦見辛辰子身受那般慘狀，絲毫沒有觸動前情，稍加憐惜，反朝上面綠袍老祖說了幾句什麼，倏地從綠袍老祖腳下跳起身來，奔向辛、唐二人，連舞帶唱。雖因穹頂隔斷聲息，笑語不聞。火焰之中，只見玉腿連飛，玉臂頻搖，股腰亂擺，宛如靈蛇顫動。偶然倒立飛翔，墳玉孕珠，猩丹可睹，頭上烏絲似雲蓬起，眼角明眸，流波欲活。

妖婦原也精通妖法，倏地一個大旋轉，飛起一身花片，繽紛五色，映壁增輝。再加上姿勢靈奇，柔若無骨，愈顯色相萬千，極妍盡態，雖說是天魔妖舞，又何殊仙女散花！

偏那辛辰子，耳聽浪歌，眼觀豔舞，不但沒有憐香惜玉之心，反氣得目眥欲裂，獠牙咬碎，血口亂動，身軀不住在牌上掙扎，似要攫人而噬。招得綠袍老祖嘻開血盆大口，妖婦也乖覺，竟不往權杖跟前走近。見那七個妖人俱都閉目咬唇作俯伏，不敢直立，知道他們心意為難，益發去尋他們的開心。不時舞前去，胯拱股顫，手觸背搔，招得這些妖人欲看不敢，不看不捨，恨得牙癢筋麻，不知如何是好！

妖婦正在得意洋洋，不知怎的不小心，一個大旋轉，舞過了勁，舞到辛辰子面前，媚目瞬處，不禁花容失色，剛櫻口張了兩張，似要想用妖法遁了開去。那辛辰子先時被妖法禁制，奈何她不得，本已咬牙裂眥，忿恨到了極處，這時一見她身臨切近，自投羅網，如何肯饒？拼著許多苦痛，運用渾身氣力，一顆猙獰怪頭平空從頸腔子裡長蛇出洞般暴撐出去有丈許長短，裂開大嘴獠牙，便往妖婦粉光緻緻般的大腿上咬去！

座上綠袍老祖見妖婦飛近辛辰子面前，知道辛辰子也是百煉之身，得過自己真傳，雖然元神禁制，身受荼毒，只不過不能動轉，本身法術尚在！就防他要下毒手，還未及行法禁阻，妖婦一隻腿已被辛辰子咬個正著！

綠袍老祖一看不好，將臂一抬，一條鳥爪般的手臂如龍蛇夭矯般飛將出去，剛將辛辰子的細長頸頭抓住，血花飛濺，妖婦一條嫩腿已被辛辰子咬將下來，同時辛辰子連下巴和頭頸俱被綠袍老祖怪手掐住，想是負痛難耐，口一鬆，將妖婦的斷腿吐落地面。

綠袍老祖自是暴跳如雷，將手一指，一道濃煙彩霧，先將辛辰子連頭罩住。嘴裡動了幾動，搖晃著大頭長臂，從座上緩緩走了下來。一手先將妖婦抱起，一手持了那條斷腿，血淋淋的與妖婦接上，手指一陣比劃，只見一團彩煙圍著妖婦腿上盤旋不定，一會功夫竟自聯成一體。妖婦原已疼暈過去，醒轉以後，就在綠袍老祖手彎中指定辛辰子，咬牙切齒，嘴皮亂動。

綠袍老祖見妖婦回醒還原，好似甚為忻喜，把血盆大嘴咧了兩咧，仍抱妖婦慢騰騰的回轉座位。坐定以後，將大口一張，一團綠火直往辛辰子頭上彩焰中飛去。

那綠火飛到彩煙裡面，宛似萬花齊放，爆散開來，彩煙頓時散開，化成七溜綠火，似七條小綠蛇一般直往辛辰子七竅鑽去，頃刻不見。妖牌上面的辛辰子想是痛苦萬分，先還死命在妖牌上掙扎，不時顯露悲厲的慘笑，末後連掙扎都不見，遠遠望去，只是殘肢腐肉顫動不息。

這原是邪教中最惡辣的毒刑「鎖骨穿心小修羅法」，本身用煉就的妖火，由敵人七竅中攻入，順著穴道骨脈流行全身，那火拼不燒身，只是陰柔毒惡，專一消熔骨髓，酸人心肺。身受者先時只覺軟洋洋的彷佛春睏神氣，不但不覺難受，反覺有些舒泰，及至邪火在身上順穴道遊行了一小周天，便覺奇癢鑽骨穿心，沒處抓撓，比挨上幾十百刀還要難受。

接著又是渾身骨節都酸得要斷，於是時癢時酸，或是又酸又癢同時俱來，本身上的元精真髓也就漸漸被邪火耗煉到由枯而竭，任你是神仙之體，只要被這妖火鑽進身去，也要毀道滅身！不過身受者固是苦惡萬分，行法的人用這種妖法害人，自己也免不了消耗元精，所以邪教中人把這種狠毒妖法非常珍惜，不遇深仇大恨，從不輕易使用。

綠袍老祖本來打算零零碎碎給辛辰子多受些極惡毒的非刑，及見他將心愛的人咬斷一截嫩腿，因所有妖法非刑差不多業已給他受遍，恨到極處才將本身煉就的妖火放將出去。還恐辛辰子預為防備，行法將身軀氣肉化成朽質，減去酸癢，先將妖霧罩住他的靈竅，然後施展那「鎖骨穿心小修羅法」，擺佈了個淋漓盡致。

約有半個時辰，估量妖火再燒下去，辛辰子必然精髓耗盡，再使狠毒妖法便不會感覺痛苦，這才收了回來，嘴皮微微動了幾動，旁立七個妖人，分別站好方向，手上妖幡擺動，先放起一層彩綃一般的霧網將辛、唐二人罩住，只向裡一面留有一個尺許大小洞。

那唐石早已怵目驚心，嚇得身體在妖牌上不住的打顫，這時一見輪到他，愈發頭腿一齊亂動，望著綠袍老祖同那些妖人，帶著一臉乞憐哀告之容。辛辰子仍是怒眥欲裂，拼受痛苦。綠袍老祖只獰笑了一下，對著懷中妖婦不知說了句什麼，妖婦忙即站起，故意裝作帶傷負痛神氣，肥股擺動，一扭一扭的扭過一旁，遠遠指著霧網中辛、唐二人戟手頓足，似在辱罵。

綠袍老祖將袍袖一展，先是一道黃煙筆也似直飛出去，與霧網孔洞相連，接著千百金星一般的惡蟲由黃煙中飛入霧網，逕向辛、唐二人頭身撲去。雖然外面的人聽不見聲息，形勢亦甚駭人。半月多工夫，那些金蠶惡蟲已長有茶杯大小，煙光之下，看得甚為清晰。只見這些惡蟲毒蟲展動金翅，在霧紗冰綃中，將辛、唐二人上半身一齊包沒，金光閃閃，彷彿成了兩個半截金人。也看不清是啃是咬，約有頓飯時刻。綠袍老祖嘴皮一動，地底又發出嘯聲，那些金蠶也都飛回，眾妖人俱將妖霧收去。

四人再往兩面妖牌上面一看，辛、唐二人上半截身已然穿肉見骨，更沒有一絲血跡。兩顆大頭已被金蠶咬成骷髏一般，白骨嶙峋，慘不忍觀。綠袍老祖好似甚為快意，咧開大嘴獰笑了笑。妖婦見事已完，趕將過去，一屁股坐在綠袍老祖身上，回眸獻媚，互相說了兩句，在旁七個妖人便趕過去將兩面妖牌放倒。

辛、唐二人原都是斷了一隻臂膀，一手二足釘在牌上，有一半身軀還能轉動。辛辰子畢竟惡毒刁頑，勝過旁的餘孽，不知用什麼法兒，趁眾人不見，拼著損己害人，壓了一個金蠶蟲在斷臂的身後。那惡蟲受綠袍老祖妖法心血祭煉，辛辰子元神受了禁制，勉強壓住，弄它不死，及被金蠶在身後咬他的骨頭，雖然疼痛難熬，還想弄死一個是一個，略為雪憤，咬定牙關不放。這時一見妖婦又出主意要收拾他，來翻權杖的又是適才和自己口角過的為首妖人，早就想趁機離間，害他一同受苦。

這時見他身臨切近，不由計上心來，忍痛將斷臂半身一抬，那惡蟲正嫌被壓氣悶難耐，自然慌忙鬆了口飛將出去，迎頭正遇那和辛辰子口角的妖人，這東西除綠袍老祖外，見人就害，如何肯捨！比箭還疾，閃動金翅直往那妖人臉上撲去！

那妖人驟不及防，不由大吃一驚，想要行法遁避，已自不及。被金蠶飛上去一口，正咬了他的鼻樑。因是師父心血煉就的奇珍，如用法術防衛，將這惡蟲傷了，其禍更大，只得負痛跑向綠袍老祖面前求救。

那辛辰子見冤家吃了苦頭，頗為快意。又見餘下六個妖人也因惡蟲出現，紛紛奔逃，正是進讒離間機會，便不住口的亂叫，也不知譖了些什麼讒言。

綠袍老祖先見辛辰子偷壓金蠶，去害他的門下，正要將金蠶收去，再親身下來收拾辛辰子，經這一來，立時動了疑忌，那受傷妖人飛身過來，未及跪下求饒，忽見綠袍老祖兩隻碧眼凶光四射，一張闊口望著自己露牙獰笑，帶著饞涎欲滴的神氣，晃動著一雙鳥爪般的長臂，蕩悠悠迎面走來，便知中了辛辰子反間之計，情勢不妙，還未及出口分辯，一隻怪手已劈面飛來，將他整個身體抓住！

那妖人在鳥爪上只略掙扎了一掙，一隻比大碗公還粗的臂膀，早被綠袍老祖脆生生咬斷下來。就創口上吸了兩下鮮血，袍袖一展，收了金蠶，大爪微動，連那妖人帶同那隻斷臂全都擲出老遠，趴伏地上暈死過去。這才慢悠悠走向兩面妖牌面前，剩餘六個妖人見同門中又有一人被惡師荼毒，恐怕牽連，個個嚇得戰戰兢兢，不敢仰視。

綠袍老祖若無其事的一伸大爪，先將辛辰子那面妖牌拾起，闊口一張，一道黃煙過處，眼看那二丈長的妖牌由大而小，漸漸往中心縮小，人卻不能跟著如意伸縮。辛辰子手足釘在妖牌上面，雖然還在怒目亂罵，身上卻是骨縫緊壓，手足由分開處往回裡湊縮，中半身肋骨拱起，根根交錯，白骨森列。這種毒惡妖刑，任是辛辰子修煉多年，妖法高強，也難禁受，只疼得那顆已和骷髏相似的殘廢骨架，順各種創口直冒黃水，熱氣蒸騰，也不知出的是汗是血。

這妖牌縮有二尺多光景，又往起伸長，恢復到了原狀。略停了一停，又往小處收縮。似這樣一縮一伸好幾次，辛辰子已疼得閉眼氣絕，口張不開。綠袍老祖才住了手，略緩了一會，一指妖牌上面釘手足前胸的五根毒釘，似五溜綠光飛入袖內。辛辰子也乘這一停頓的功夫悠悠醒轉，睜開那隻獨目怪眼一看，手足前胸毒釘已去，綠袍老祖正站在自己前面。大仇相對，分外眼紅，倏地似飛一般縱起，張開大嘴，一口將綠袍老祖左手咬住！

綠袍老祖滿以為辛辰子縱然一身本領，已被自己擺佈得體無完膚，元神又被「玄牝珠」禁制，每次下手始終沒見他有力抵抗。這次信了妖婦讒言，說不願意見辛辰子怒目辱罵，要將他手足反釘，面向妖牌。因是自己親身動手，事前又給辛辰子受了新鮮毒刑，收拾得周身骨斷筋裂暈死過去，還能有何反抗？一時疏忽，未令手下妖人持幡行法相助。沒想到百足之蟲死而不僵，蜂蠆有毒積仇太深，辛辰子眼睛一睜，未容下手去抓，已從牌上一陣飄風般飛將起來，一口將他左手脈門咬得緊緊，縱有滿身妖法也不及於使用！若非辛辰子元神被禁，耗傷太過，百傷之軀能力大減，勢必將腕咬斷。

綠袍老祖情知辛辰子拼著粉身碎骨而來，咬的又正是要緊關穴，稍差一點決然不會鬆口，將他弄死原是易事，又覺便宜了他，只得一面忍痛，忙運一口罡氣，將穴道封閉，使毒氣不致上襲。右爪伸處，一把抓緊辛辰子上下顎關節處，猛的怪嘯一聲，連辛辰子上下顎自鼻以下全都撕裂下來。整個頭顱只剩三分之二，一條長舌搭在喉間還在不住伸縮。這兩片上下顎連著一口獠牙，還緊咬住左手脈門，並未鬆落！

綠袍老祖此時怒恨到了極處，暫時也不顧別的，先伸手將辛辰子抓起，緊按在妖牌上面，袍袖一展，五根毒釘飛出手去，按穴道部位，將辛辰子背朝外，身子朝裡釘好。這才回轉身來，見左手還掛著兩片顎骨，獠牙深入骨裡，這才用手拔下，怒目注視著唐石，晃悠悠要走過來。

這時妖婦早慌不迭的跑近前來慰問，朝綠袍老祖說了幾句，不住流波送媚。這幾句話居然似便宜了唐石，沒受縮骨牽抽之苦。綠袍老祖聽了妖婦之言，便停了手，咧開大嘴怪笑。伸出鳥爪將妖婦攔腰抱起，先在粉臉嫩股揉了兩下，慢騰騰回轉座上，嘴皮動了幾動，旁立六個妖人忙揮妖幡放起妖霧，將唐石籠罩，然後上前如法炮製，將唐石釘好，收了妖法，推到綠袍老祖面前。

綠袍老祖同妖婦商量了幾句，分了三個妖人將辛辰子推走，仍往風穴，留下唐石。五色煙光過處，地下嘯聲傳出，三個妖人已放起煙雲，到了玻璃穹頂外面，洞門開處，一陣陰風捲了出去。餘下三個妖人也扶了適才那受傷的妖人，待要走出穹頂，綠袍老祖忽又將手一揮，大嘴動了幾動，那受傷妖人連忙跪拜了一番，才隨三個妖人仍和適才一般走出穹頂，受傷妖人自駕陰風出洞。

這三個妖人才一出穹頂，倏地一同揚著頭往笑和尚等四人潛伏的方向，用鼻嗅了幾嗅，面上都帶著驚訝神氣。笑和尚一見，知是聞出生人氣味，不禁著慌，拉了金蟬、石生等一下，暗示留神。四人正在警備，且喜三個妖人只朝四人藏處看了一下，各又互相看了一眼，便即若無其事的繞向穹頂後面而去。

笑和尚等先因穹頂裡面妖人一切舉動雖然都看在眼裡，除有時聽見地下透出怪嘯外，別的都聽不見聲息，知道聲息被穹頂隔住，不易透過，略為放心。待了半日，只目睹了許多窮凶淫惡的慘狀，始終未察出文蛛蹤跡，進來雖然容易，出去實無把握。除了石生初出茅廬，又有穿山透石之能，雖然有些觸目驚心，還不怎樣，餘人連金蟬素來大膽都在心寒。尤其笑和尚責任最重，又連帶三個年幼識淺的同門好友同蹈危機，更是萬分焦急！

無奈這寢宮內外四面如一，洞壁上巢穴雖多，除了頂穹後面，有一處七、八丈長，四、五丈寬的洞壁，從上到下，通體瑩白渾成，彷佛是一塊長圓形的白玉嵌在石下，隱現妖光外，別無異狀。未嘗不猜那裡是個暗穴，一則密邇妖人不敢妄動，二則也不知怎樣破去那石上的妖法封鎖。極危絕險中，只好焦急忍耐，靜候時機。

這時又見形跡已被這三個妖人覺察，暗忖：「門下小妖的嗅覺已然如此靈警，萬一老妖走出穹頂，豈能再隱秘？」未免吃了一驚！只不知道三個妖人既然發覺敵人，何以並不下手？莫非故意不知，另有暗算？個個提心吊膽，各把防身逃遁的法寶又準備了一下，一同用眼覷定那三個妖人的動作。

說時遲，那時快，三個妖人已到了那長圓白玉石壁下面，各自將身倒立懸轉，口中念念有詞，沒有多時，便聽石壁裡面發出一陣尖銳淒厲，似喚人名的怪聲。四人中，只笑和尚聽這聲音最熟，不由又驚又喜，側身向金蟬道：「來了！」三人一聽，愈發精神緊張，躍躍欲試。

一會怪聲愈來愈近，三個妖人也似慌了手腳，旋轉不停。倏地將身起立，從壁上一指，隨即分別飛身避開，擺動妖幡，放出煙霧護住全身。轉眼之間，壁上又是「吱吱」兩聲怪響，石壁先似軟布一般晃了兩晃，倏地射出一股黃色的煙霧，白玉長圓石壁忽然不見，現出一個相等方圓的大洞。遠遠望見兩串綠火星從煙霧中飛舞而出，一會全身畢現，正是笑和尚在天蠶嶺所遇的妖物文蛛！

眾人雖未見過，也都聽說過形象，果然形態奇惡，令人可怖。這妖物近日自經綠袍老祖餵了丹藥，行法禁煉，雖然牠千年內丹已經失去，依然不減出土時的威風。才一現身，見有人在前，便「吱吱」叫了兩聲，張牙舞爪飛撲過去。渾身毒煙妖霧籠罩，五色繽紛，再加上前爪上兩串綠火，和流星一般上下翻騰，愈顯奇異駭人。

那三個妖人原是奉了綠袍老祖之命，特意用解法去了壁洞封鎖，將妖物引出給牠些人肉吃，誰知行法時節，綠袍老祖禁不起妖婦引逗，行淫起來。正在得趣之間，哪管別人死活！反見他們逃避狼狽，情形有趣。妖婦更是笑得花搖柳顫，周身擺動不已。

那座穹頂內外相隔，有極厲害妖法封鎖，勝似鐵壁銅牆，天羅地網。那三個妖人既知妖物厲害，又不敢動手傷牠，除了用妖幡護身借遁光飛逃外，只盼綠袍老祖早時完畢，開放門戶。否則稍有疏虞，便受傷害！一個個俱都恨得敢怒而不敢形於顏色，一味拼命飛逃，妖物如何肯捨，也是一味緊緊追逐不已！

幸而那座穹頂孤峙中央，四外俱是極寬的空路，三個妖人又非弱者，一時不易追上。當下三個妖人在前，妖物文蛛在後，逕圍著這座玻璃穹頂繞轉追逐開來。只見煙雲翻滾，火星上下飛騰，映在那透明的穹頂上面，相映生輝，幻成異彩，真是美觀異景，莫與倫比！

笑和尚幾番想趁妖物近前時即下手除去，一則出路毫無把握，二則又有三個同門至好在一路，適才親見綠袍老祖處置異己的慘狀，倘有閃失，如何對人？不比自己獨來可以拼著百死行事。妖人密邇，稍有舉動必被覺察，一個也倖免不了！反倒暗止眾人不可妄動。決意看完究竟，將一切出路和妖人妖物動靜觀察明白以後，再暗中前去將妖物刺死。莊易、金蟬，一個老成，一個雖然膽大，也經過幾次教訓，俱惟笑和尚馬首是瞻。惟獨石生幾次躍躍欲試，都被笑和尚、金蟬二人拉定，心中好生氣悶！

這時那三妖人已被妖物愈追愈近，兩串綠火快與妖幡接觸。三妖人知道毒重，雖有妖幡護身，也恐難以抵敵。正在危急之間，忽聽地下起了一陣怪聲，三妖人如獲大赦一般，慌忙飛身到了穹頂前面，往旁一閃，一陣煙火過處，便入了穹頂。妖物也跟蹤追入，才一照面，便向綠袍老祖飛撲過去。眼看綠袍老祖頭上飛起一團綠光，正罩向妖物頂上，竟似有吸力將妖物吸在空中，只顧張牙舞爪，「吱吱」亂叫，卻不能進退一步。

妖婦湊趣，早一手提起座旁半截婦人殘軀，往妖物面前扔了上去。快要扔到綠光籠罩底下，好似被什麼東西一擋，跌落下來。妖物想是急欲得人而噬，眼看著不能到嘴，愈顯猴急，不住亂舞亂叫。綠袍老祖笑了一下，大嘴微動了一動，用手朝綠光一指。綠光倏地迸散開來，化成千百點碗大綠火星，包圍著妖物身上下左右，不住流轉，只中間有丈許地方較為空稀。妖婦仍將半截女屍拾起，再次朝妖物扔去，這次才沒了阻攔。

妖物本已等得不甚耐煩，一見食物到來，長爪一伸，抓個正著，似蜘蛛攫食一般，鉗到尖嘴口邊，闊腮張動，露出一排森若刀劍的利齒，一陣啃嚼，連肉帶骨吞吃了個淨盡。吃完以後又亂舞亂叫起來。

妖婦早又把地上幾具婦人屍首和一些剩肢殘體接二連三扔上，照樣被妖物嚼吃，直到地上只剩一灘灘血跡才行住手。

那妖物吃了這許多人肉，好似猶未盡興，仍望著綠袍老祖和妖婦張牙舞爪亂叫，妖婦又不住向綠袍老祖撒嬌送媚，意思是看妖物吃人有趣，還要代妖物要些吃的。綠袍老祖忽然面色獰變，大嘴一張，怪嘯聲音又從地底透出，不多一會，先前六個妖人又從洞口現身。

第十三回 三仙二老 除魔大陣

六個妖人待要下入穹頂，一眼看到穹頂裡面綠袍老祖神氣，各自狂吼了一聲，比電閃還疾穿出洞去。氣得綠袍老祖發狠頓足，嘯聲愈厲，兩隻鳥爪般長爪不住亂伸亂舞。

六妖人想已避去，始終不見再行進來。笑和尚等見這些妖人才一現身又行退出，正猜不透一眾惡師徒什麼用意。那綠袍老祖見手下妖人竟敢不聽指揮，「玄牝珠」要照顧妖物，運用元神追他們，又防妖婦被文蛛傷害，萬分暴怒，猛一眼看見身旁妖牌上面釘著的唐石，立刻面容一變，顫巍巍搖著兩隻長臂，慢騰騰搖擺過去！

那唐石先前早已怵目驚心，心寒膽裂，這時一見這般情狀，自知不免慘禍，益發嚇得體戰身搖，一身殘皮敗肢在權杖上不住掙扎顫動。

綠袍老祖因取媚妖婦，急切間尋不出妖物的食物，門下妖人又揣知他的心意不善，望影逃避，恰巧唐石正用得著，慘毒行徑原是家常便飯，哪有絲毫動心！妖婦更在旁慫恿快些下手，唐石連絲毫都沒敢抵抗，被綠袍老祖收了牌上妖釘，一把抓起，先回到位上抱摟妖婦坐定，然後將綠光收回，罩住自己和妖婦，將唐石扔出手去。

那妖物文蛛雖享受了許多殘屍敗體，因受法術禁制，方嫌不甚稱心，一旦恢復了自由，立刻活躍起來，先往綠袍老祖飛去，飛近綠光，不敢上前。正在氣憤不已，爪舞吻張，大噴毒氣，一眼看見唐石從綠袍老祖手上飛起，如何肯捨，連忙回身就追。人到臨死時節，無不存那萬一的希冀，唐石明知惡師拿他殘軀去餵妖物，穹頂封鎖緊嚴，逃走不出，還是不甘心去供妖物咀嚼，把心一橫，竟和妖物一面逃避一面抵抗起來。

逃了一會，暗忖：「老鬼如此惡毒，起初不敢和他抗拒，原想他稍動哀憐，早日將自己兵解，誰知臨死還要將自己葬身妖物口內，穹頂封閉嚴密，逃也無用，反正免不了這場慘禍，何不拼死將妖物除去，也好滅卻老鬼一些威勢？」

想到這裡，不由略遲了遲，妖物已疾如飄風趕將過來。身還未到，一口毒霧早如萬縷彩絲一般噴將出去。唐石元神受禁，本能已失，僅剩一些旁門小術，如何是妖物敵手！未容緩手施為，猛覺眼目昏花，一陣頭暈，已被妖物兩隻長爪大鉗包圍上來，夾個正著！

唐石在半昏迷中望見妖物兩隻怪眼凶光四射，自知必死，當時也不假思索，忙將舌尖咬碎，含了一口鮮血，運用多年苦功煉就的一點殘餘之氣，直朝妖物頭上噴去！

這種血箭，原是邪教中臨危拼命，準備與敵人同歸於盡的厲害邪法，非遇仇敵當前，萬分危迫，自己沒活路，連元神都要消滅時，從不輕易使用！綠袍老祖以為唐石已成甕中之鱉，又有自己在旁監察，妖物文蛛何等厲害，何況唐石又失了元神，豈是牠的對手？一時疏忽，萬沒料到唐石還敢施展這最後一招辣手。

眼看妖物長爪大鉗將唐石夾向口邊，忽然紅光一閃，一片血雨似電射一般從唐石口裡發出！知道不妙，忙將手一指，頭上綠光飛過去，妖物二目已被唐石血箭打中，想是負痛，兩爪往懷裡緊緊一抱，接著又是一扯，唐石竟被妖物扯成兩半！心肝五臟灑了一地，妖物一隻爪上夾著半片屍身，送向口邊，闊腮動處，頃刻之間嚼吃了個淨盡。

再看妖物，仍在亂叫亂舞，兩隻怪眼凶光黯淡。知道受了重傷，恨到極處，將手往綠光指了一指，便見綠光中出現一個小人，相貌身材和唐石一般無二，只神態非常疲倦。落地以後似要覓路逃走，逃不幾步，綠袍老祖將口一張，一團栲栳大的綠火噴將出去，將那小人圍住燒將起來。先時還見小人左衝右突，手足亂動，那綠火並不停住，小人逃到哪裡，火也追燒到哪裡。

末後小人影子愈來愈淡，頃刻之間，火光純碧，小人卻不知去向，只剩文蛛像鑽紙窗的凍蠅一般繞著穹頂亂撲亂撞。

綠袍老祖忽又怪嘯兩聲，從穹頂後面壁洞中又飛出一個妖物，輕車熟路般飛到穹頂前面，煙光閃處，飛入穹頂。

笑和尚一見那妖物生得大小形象與文蛛一般無二，只爪上綠火星與圍身煙霧不如遠甚，不由大吃一驚。暗忖：「這妖物聽說世上只有一個，哪裡去尋出這一對來？」正在尋思，那妖物已飛到綠袍老祖座前，闊腮亂動。綠袍老祖獰笑了一下，將手一指，妖物身上煙霧忽然散淨，落下一個紅衣番僧。

金蟬慧眼，先見妖物出來時，彷彿是一個紅衣人幻化。及至煙光散淨去了妖法，才看出這後來妖物並不是真，而是紅衣番僧雅各達。現出全身之後，走近綠袍老祖座前，似在商量一件事情。妖婦卻橫躺在綠袍老祖長腕之上，蹺起一隻粉腿又去向雅各達撩撥，雅各達哪能禁受這種誘惑！好似按捺不住，又礙著綠袍老祖，有些不敢，臉上神氣甚是難看！

綠袍老祖想有覺察，倏地將妖婦一甩，推向旁邊，搖晃著一雙鳥爪般長臂，顫巍巍走下位來。漫說雅各達，連妖婦都覺做過了火，有些害怕，臉帶恐怖之容，分別倒退開去。壁上旁觀四人，都以為又有什麼慘況發現，還待往下看去，將妖物來去下落觀察仔細，以便下手，卻沒料到雅各達適才從藏妖物的洞內飛出時，已覺察出有生人在穹頂外面潛伏，一則壁上洞穴甚多，二則笑和尚等又隱去了身形，沒有被他看破。他見察不出形跡，來人既敢入虎穴，必非弱者，逕去告訴那綠袍老祖。

綠袍老祖一聽雅各達說洞中有了奸細，不禁暴怒，倒嚇了雅各達和妖婦一大跳。那壁洞中潛伏的笑和尚、金蟬、石生、莊易等四人見綠袍老祖走下位來，並未處治妖婦和雅各達，只將手朝妖物一指，一團妖光護定文蛛，煙光一閃，到了穹頂外面，怪聲「吱吱」，比箭還疾，轉眼飛回原來洞壁。

石生再也不能忍耐，手一起正要將法寶飛出，幸得金蟬眼明手快，一眼看到穹頂裡面有了變化，覺出石生手動，連忙拉住。急道：「還不施展隱身法寶快逃！」石生也看出異樣，四人互拉了一下，原打算仍隱身形，用法寶由壁上從來時入口飛出，誰知對面煙光已如一片鐵牆飛至，只聞奇腥刺鼻，頭腦昏眩！

笑和尚低聲喊得一聲：「不好！」幸得石生機警，一見前面受阻不能飛越，忙即悄喊：「哥哥休慌！由我開路，往後試試。」說時遲，那時快，石生已一手持定「兩界牌」，默念真言，將牌一晃，帶了笑和尚等三人竟從穴後石壁穿將出去。三人只覺眼前一黑，忙用劍光護身，展眼已透石上升，驚魂乍定，各道一聲：「慚愧！」低頭下視，足底百蠻主峰已是霞蔚雲蒸，妖霧瀰漫！

四人走得迅速，又未飛出劍光現露身形，但盼不被妖人覺察，再來就省事了。妖法厲害，虛實已得大概，且等回去看完最後一封柬帖再作計較，當下四人仍隱身形，逕往來路上飛去。

原來四人正看妖物回穴時，笑和尚、金蟬二人也未始不想乘機一試，猛然看見綠袍老祖又朝空指了幾指，穹頂上面忽然開了一個大洞，仰首望四外嗅了一嗅，發出一聲淒厲的怪笑，大手爪一搓一揚，先飛出一團煙霧瀰漫全洞。接著將手一招，綠光飛回，元神幻化一隻鳥爪般的大手，陡長數十丈，竟朝笑和尚等潛伏的壁洞飛抓過去！

幸得他擒敵心急，下手錯了一步，以為有妖霧封鎖全洞，不愁敵人飛遁。不料石生有穿山透石之能，又有「兩界牌」護身，逃得異常迅速，一個也沒有遭毒手！

四人遁後，綠袍老祖仍以為奸細隱身洞中不曾逃走，及至待了一會，既未見敵人中毒現身，又未見敵人有何舉動，原是嗅著生人氣息所在下手，不曾看清敵人形跡。笑和尚等一去，漸漸聞不見生人氣息，雖疑敵人業已事前逃走，門戶封鎖又是好好的，出洞一看，也未見絲毫蹤影。

綠袍老祖自恃妖法高強，縱有奸細混入，遲早被擒，不足為慮。一時大意，也沒往笑和尚等藏身之所觀察，只用妖法暗將各處埋伏，以等敵人自投羅網。佈置就緒，同了番僧雅各達逕往那藏養文蛛的壁洞內飛去不提。

話說笑和尚、金蟬、石生和莊易四人飛回原住洞內，打開柬帖互相觀看。不但上面語氣較前兩次柬帖溫和許多，還指示了四人時間和下手之法，另外還附有四張隱身靈符。知道大功將要告成，不由又驚又喜。彼此商量了一陣，決定到時各人佩了苦行頭陀靈符行事。

到次日黎明，算計時辰快到，笑和尚同了石生先去探機密。二人走有半個時辰，金蟬、莊易也隨後動身而去。

笑和尚、石生二人隱形飛往百蠻山主峰的南面落下一看，形勢異常險惡。叢林間到處都是毒嵐惡瘴，陰森森一片可怖的死氣，陽光射到谷裡都變成了灰色。除了污泥沮洳中，不時遇見毒蟲惡蠍，成團大蟒，在那裡盤屈蜿蜒，追逐跳躍外，靜蕩蕩的，漫說人影，連個鳥獸之跡都無。

笑和尚因為時光緊迫，拉了石生一同往谷的深處飛去。那谷是個螺旋形，危崖交覆，怪木參天，古藤蔽日，越往裡走越暗，眼看走到盡頭，了無跡兆。忽聽一種怪聲自遠處傳來，側耳細聽，彷彿人語，循聲追往，發現聲自一個山洞中傳出。仗著靈符隱身，小心進去一看，那洞深廣約有數丈，當中洞壁上釘著一個妖人，認出是綠袍老祖門下叛徒之一。面前有四面小幡，妖火熊熊，正在圍著那妖人焚燒，雖沒見燒傷那裡，看神氣卻是異常苦痛，不住呼號，掙扎悲嘯。

那妖人已自覺出有生人進洞，忽然停了悲嘯，怪聲慘氣的說道：「來的生人莫不是想那綠袍老祖死的麼?你的隱身法很好,老鬼法術厲害,你也無須現身,如能應允我一件事,我便助你一臂之力!」

笑和尚見他覺出形跡,便喝道:「綠袍老妖兇狠毒辣,你是他門下,一有不對就受這種暴虐的非刑,想必已知悔悟,如能改過向善,向我等泄了機密,相助成功,我便救你脫難!」

那人聞言冷笑道:「我雖不知你們有何本領,要說除他,再也休想!救我脫難也非容易。我不過想和你們交換,少受些罪罷了!」

笑和尚道:「既不能除他,你助我什麼?」

那人道:「日前老鬼要將我們餵文蛛,我們雖當時逃走,但因元神早被禁制,事後全被追回,遭受非刑。現在他用陰火燒我,並非沒有破法,只是此火一滅,他立刻現身追來,那時連你也逃不脫,要想救我,如何能成!」

石生不耐,喝道:「你別單說廢話,如何除妖,照實說了,有你好處。」

那人神情苦澀,道:「要進老鬼藏文蛛的山洞,非會我們本門法術和我們用的『六陽定風幡』不可。昨日老鬼處治我們,色蒙了心,竟然沒有收去我們隨身的法寶。那文蛛藏身的穴壁上面有一石匣,內中有十來根三寸六分長的小針，每根針上釘著一小塊血肉。你從右至左數到第六根針上，下面釘著的便是我的元神。你只將針一拔去，我這裡雖然軀殼被陰火焚化，身遭慘死，元神卻得遁走轉劫。你只答應我除了文蛛之後代我將那根針拔去，不但傳你那面『六陽定風幡』，萬一僥倖脫劫轉生，異日相遇必報大德！」

笑和尚聞言大喜，忙即答應了那妖人的請求。那妖人又道：「現在一切委之命定，孽由自作，悔已無及，負我不負，任憑於你。我名隨引，是老鬼門下第八弟子，除妖之後如能冒險相救，異日必報大德，那幡經老鬼傳授，我多年心血祭煉恐被老鬼搜去，藏在洞外枯樹腹內，有法術隱蔽，外人不能取用。待我傳你取幡與入洞方法，你急速前往便了！」

笑和尚自是高興，照所指地點取了妖幡，忙不迭的同了石生直往百蠻主峰飛去。順順當當的尋著昨日出路，飛入寢宮。一見綠袍老祖並不在內，只有妖婦赤身橫陳石座之上。二人隱住身形，到了穹頂後面圓長玉璧之下，忙即縱過一旁。轉眼間煙雲起處，妖物嘯聲又由地底傳出，漸漸由遠而近，毒煙妖霧中帶起兩串綠火星，張牙舞爪飛將出來。才一出洞，似有察覺一般，竟往笑和尚和石生面前飛去！

笑和尚知道妖物異常靈警，必是聞出生人氣味，又知妖人寢宮到處都是埋伏，一觸即發，不敢大意，只得沿著洞壁一面飛避，那妖物也緊追不捨，圍著洞壁繞逐起來。畢竟妖物身軀龐大，追來追去，繞到第二圈上，因為相隔愈近，笑和尚一著急，倏地往下沉身，打算繞從妖物腳底往後反逃過去。

身才轉側，忽見頭上一亮，有千百點暗赤火星飛起，不禁吃了一驚。恰巧身側壁間有一妖穴，連忙同了石生縱身入內，站定觀看。那千百點赤火已將妖物包圍成了一團，四外彩氛也向妖物身旁聚攏。妖物飛逃到哪裡，火星彩氛也追到哪裡，彩煙之中只見紅綠火星滾滾飛揚，煞是好看。

妖物且鬥且逃，逃來逃去逃到穹頂上面，不知又觸動了什麼妖法，「轟」的一聲，穹頂上面起了一陣黃煙，妖物周身的千百點暗赤火星也都爆散開來，化成一片烈火，聯合下面黃煙將妖物團團罩住，脫身不得。只燒得妖物口中毒氣直噴，「吱吱」怪叫，爪上兩串火星似流星趕月般舞個不停。笑和尚見是時候，忙運玄功，將手一指，霹靂劍化成一道紅光，直朝妖物口中飛去。

只聽「哇」的一聲慘叫，飛劍業已洞穿妖物臟腑，飛將回來。那妖物靈氣一失，整個身子便落在穹頂上面，被妖火圍著燃燒起來。笑和尚見大功已成，想起妖人隨引所托之事，不願負人，更不怠慢，拉了石生逕往妖物出口的壁洞之中飛去。

穹頂中的妖婦正在假寐，忽然妖物飛出，因是司空見慣，又未見敵人蹤跡，以為綠袍老祖又弄玄虛，只是旁觀，沒做理會。及見妖物觸動埋伏，飛到穹頂上面被妖火圍燒，方在驚異，猛見一道紅光比電還疾從側面飛來，直穿妖物口中，隨又飛回不見。看出那道劍光是正教家數，才知不妙！忙用妖法告警時，妖物已然墜落穹頂，被妖火燒死。

笑和尚石生按照隨引所說，果然尋著了石匣，依言行事，將第六根妖針剛才拔起，下面那團血肉便化成一溜火星，一閃不見。石生覺得好玩，隨手也拔起一根，笑和尚連忙攔阻，剛喊得一聲：「還不快走！」便見一團綠火劈面飛來！

知道不妙，仗著隱住身形，逕從斜刺裏對面飛避開去，打算讓過綠光往外逃走。剛剛避開逃出穴外，那綠袍老祖已經追到！忽聞一股生人氣味從身旁飄過，知道敵人業已隱身遁走，心中大怒，狂嘯一聲，那團綠光倏地暴漲開來，比電還疾，頃刻照耀全洞！

笑和尚、石生仍想從原來石隙遁走，焉得能夠？綠芒射處，首先將隱身靈符破去，現出身形。笑和尚知道不好，忙用霹靂劍護身時，綠光中一雙數十丈長的怪手業已抓將過來！幸得石生機警，百忙中綠袍老祖意生擒敵人，去了許多阻力，「兩界牌」一晃，一道光華竟自破壁飛去！

二人方喜脫離虎口，後面綠袍老祖業已催動煙光電閃星馳追來。笑和尚知難脫身，正要反身迎敵，忽然一道五彩金光，金蟬同了莊易手持「天遁鏡」劈面飛到，放過笑和尚，直敵綠袍老祖！笑和尚、石生見大功告成，金蟬、莊易俱都得手無恙，不由精神大振。四人會在一起合力迎敵，百忙中彼此略說了兩句經過。

原來金蟬、莊易一路順利，已斬了幻化文蛛的番僧雅各達，這時特意趕來會合。見妖法厲害，金蟬、莊易索性將兩道靈符藏好，以免被妖法汙損。四人劍光俱都不怕邪汙，由金蟬用「天遁鏡」阻住妖氛，各人指揮劍光應戰。

綠袍老祖見自己縱橫一世，卻在溝裡翻船，吃了幾個小孩的大虧，益發怒上加怒。暗忖：「上次因想生擒，行法慢了一步，被你們走脫，今日須饒放不得！」知道劍光雖多，並不能傷自己，只有「天遁鏡」厲害，毒霧煙光不能上前，獰笑一聲，長臂揮處，煙霧愈濃，倏地分成數團，分向四人擁去！

綠袍老祖所發妖霧隨消隨漲，不比尋常。寶鏡光芒一照便消，只能阻住前進。金蟬「天遁鏡」只照一面還可，四面揮照，便顯力薄，不能同時使它消散。飛出去的劍光明明繞到敵人身上，綠光閃處，依然不能損傷分毫！

四人見勢不佳，知道再若延遲下去，凶多吉少！一面由金蟬用「天遁鏡」去抵抗前面妖霧，各將劍光收回護身準備逃退時，那綠袍老祖早乘敵人慌亂分神之際，從煙光中用「身外化身」，將「玄牝珠」元神幻化成一隻十丈長大手，綠光熒熒，飛將過來！映得天地皆青，眉髮盡碧。笑和尚等四人正待逃退，怪手已從煙光中飛臨頭上！

石生動手最早，先運用「子母降魔針」，宛如石沉大海，投入綠光之中，杳無回應。笑和尚、金蟬雙雙冒險將霹靂劍放出對擋，劍光只圍著綠光，怪手隨斷隨合。眼看來勢太疾，危機一發，倏地三條匹練般的金光，如長虹瀉地從空中往下直射！接著便是驚天動地一個大霹靂打將下來。四人身軀好似被什麼大力吸住，直甩開去約有半里之遙，脫出了險地毒手，只震耀得耳鳴目眩，搖魂蕩魄！

知道來了救應，略一定神，往前一看，所有前面毒氛妖霧已被霹靂震散，同時看到金光影裡現出兩個仙風道骨的全真和一個清瘦瞿曇（**注：全真、瞿曇，即道士、和尚），正是東海三仙：玄真子、苦行頭陀與乾坤正氣妙一真人駕到！笑和尚、笑和尚、金蟬心中大喜，膽氣為之一壯，匆匆說與莊易、石生，便要上前再鬥。這時三仙的三道金光正與敵人那畝許方圓一團綠光鬥在一起，宛若三條金龍同搶一個翠珠，異彩晶瑩，變化無方，霞芒四射，照徹天空。

四人剛剛飛近，苦行頭陀將手往後一揮，吩咐不要上前，又聽破空之聲，三道光華，兩個自北，一個自西，同時飛到！現出三個矮子，西邊來的首先到達，生得最為矮小，一露面便高喊：「三仙道友，暫停貴手！我與老妖有殺徒之仇，須要親手除他，方消此恨！」

言還未了，北面來的也現出身來，正是嵩山二老：「追雲叟」白谷逸和「矮叟」朱梅，同聲說道：「三位道友，我們就聽他的，看看藏矮子的道力本領！他不行，我們再動手，也不怕妖孽飛上天去！」

這來自西方的，正是青海教祖藏靈子，這時三仙已向藏靈子舉手，道聲：「遵命。」退將下來。藏靈子手揚處，九十九口天辛飛劍如流星一般飛上前去，包圍綠光，爭鬥起來。綠袍老祖獰笑一聲，罵道：「無知矮鬼也敢助紂為虐！今日叫你嘗嘗老祖的厲害！」說罷，長臂搖處，倏地往主峰頂上退飛下去。

藏靈子哪裡肯捨，大聲罵道：「妖孽！還想誘我深入，我倒要看看你有什麼伎倆！」說罷，將手一指，空中劍光恰似灑了一天金梭，電閃星馳般直朝綠光追去！

三仙二老也不追趕，大家都會在一齊。峨嵋掌教「乾坤正氣妙一真人」齊漱溟從法寶囊內取出六粒其紅如火，有茶杯大小的寶珠，和十二根旗門，分給玄真子、苦行頭陀與嵩山二老。每人一粒寶珠，兩根旗門，自己也取了一套，剩下一珠二旗，交與笑和尚，傳了用法，吩咐帶了金蟬、莊易、石生三人，將此旗珠去往東南角上，照所傳用法佈陣。

笑和尚去後，妙一真人對眾說道：「我正愁除此妖孽須費不少手腳，會不會在我等行法時用他元神幻化逃竄，實無把握。難得藏靈子趕來湊趣，正好在他二人爭鬥之際下手埋伏。不過藏靈子雖是異派，除了任性行事外，並無大惡，這『生死晦明幻滅六門兩儀微塵陣』乃是恩師正傳，又有我等三人多時辛苦煉成的純陽至寶為助，他如果見機先退還好，不然豈不連他也要玉石俱焚？莫如我和玄真師兄交替一下，由我來主持生門，給他留一條出路如何？」

「矮叟」朱梅道：「你雖好心，綠袍老妖豈有不知之理？倘或他也隨著遁走，我們竟投鼠忌器，萬一鬧了一個前功盡棄，再要除他就更難了。」

苦行頭陀道：「齊道友言得極是，上天有好生之德，藏靈子數百年修煉苦功也非容易，如被純陽真火燒化，身靈兩滅，不比兵解，反倒成全。此事不可大意，因果相循，誤人無殊誤己，我等寧被妖孽遁走，再費手腳，也不可誤傷藏靈子性命，才是修道人的正理！」眾人聞言，俱都點頭贊可。

當下除妙一真人與玄真子相換，去守生門，餘人也將地位分別站好，靜等時機一到，便即下手行事。

這時，主峰上空的藏靈子正和綠袍老祖殺了個難解難分，藏靈子用白鐵精英煉成的九十九口「天辛劍」，只管在那團畝許大小的綠光中亂穿亂刺，敵人恰似沒有知覺一般，適才又在三仙二老面前誇下大口，越俎不能代庖，豈不笑話！不由又愧又怒，想另祭法寶取勝時，那綠袍老祖早有計算，將藏靈子誘入重地之後，乘他一心運用飛劍，不及分神之際，暗中行使妖法下了埋伏！一切準備妥當，才將手在空中一指，空中「玄牝珠」那團綠光倏地漲大十倍，照得天地皆碧！

藏靈子剛將法寶取到手內，忽見綠光大盛，飛劍雖多，竟只能阻擋，無力施為，才知綠袍老祖「玄牝珠」真個厲害！大吃一驚，不敢鬆懈，也先將手往空中一指，正用全神抵禦之間，忽聽地下怪聲大起！鬼聲啾啾，陰風怒號，「砰」的一聲大震，砂石飛揚，整個峰頂忽然揭去！

五色煙霧中，只見一個赤身露體的美婦影子一閃，一座玻璃穹頂，比飛雲還疾，升將起來飛到半空，倏地倒轉，頂下腳上，恰似一個五色透明的玻璃大蒸鍋，由藏靈子腳下往上兜去，上面飛劍抵不住綠光，又被壓下來！

藏靈子先見峰頂震揭，煙霧瀰漫中有一赤身美婦，只疑是敵人使「女陰魔」前來蠱惑自己，並沒放在心上，只注重迎敵頭頂上的綠光，百忙中見腳底煙霧蒸騰而上，隨手取了一樣法寶待要往下打去，猛一定睛運神，看出下面煙光中那穹頂，才知綠袍老祖心計毒辣，知道自己也擅玄功，不怕那「玄牝珠」幻化的「陰魔大擒拿法」，為求取勝，竟不惜將多年辛苦用百蟒毒涎煉成的「琉璃寢宮」，孤注一擲使將出來！若是旁人，精神稍懈，豈不遭了毒手？

在這一轉念間，早打定好了主意，拼著犧牲一些精血，不露一些驚惶，暗將舌尖咬碎，容到穹頂住上兜來，忽然裝作不備，連人帶劍光竟往煙光之中捲去！

綠袍老祖見敵人落網，心中大喜。忙將綠光往下沉，罩在穹頂上面，以防遁逃，然後將手一指，正待將穹頂收小，催動陰火將敵人煉化，再去和三仙二老動手時，忽然穹頂裡面霞光連閃兩閃，兩道五色長虹宛如兩根金梁，交錯成了十字，竟將穹頂撐住，不能往一處收小，接著「嘶嘶」微響了一下，煙光四散，藏靈子已然不知去向！

那座仰面的大穹頂，底已洞穿，恰似一個透明琉璃大罩子，懸在空中，自在飄揚，才知害人不成，反中了敵人的道兒，將多年心血煉成的法寶破去！

綠袍老祖不由又驚又怒，方在查看敵人蹤跡，忽然一道光華從身後直射過來。連忙回身看時，一朵黃雲疾如奔馬飛馳過來，業已快將自己罩住。情知今日和藏靈子對敵，彼此都難分高下，決非尋常法寶法術所能取勝，這朵黃雲定是藏靈子元神幻化，索性一不做，二不休，自己也用元神和他一拼死活！

想到這裡，略一定神，無暇再收拾殘餘法寶。因捨不得本身這副奇怪軀殼，恐遭暗算，暗使隱身妖法往地下鑽去。同時精魄離身，與元神會合一體，直往黃雲中飛去。兩下一會合，那黃雲竟似無甚大力，暗笑敵人枉負盛名，竟是這般不濟，也敢和我動手！

正待運用玄功將敵人消滅，倏聽地底一聲大震，黃光如金蛇亂竄，藏靈子從煙光中破空直上，手中拿著綠袍老祖兩半頭顱，厲聲喝道：「該死妖孽，還敢逞能！你的軀殼已被祖師爺用法術裂成粉碎了！」

原來藏靈子適才飛入穹頂時，先以法寶將穹頂撐住，然後噴出一口鮮血，運用玄功破了妖法。知敵人凶狡，妖法厲害，自己本領未必能傷他，猛生巧計，脫險以後，暫不露面，先使「滴血分身」，假幻作自己元神，裝作與他拼命，本人卻隱身在側，覷準綠袍老祖隱身之所，猜他必將軀殼潛藏地底，忙即跟蹤下去，只苦於不知藏處深淺，姑且運用「裂地搜神」之法，居然將敵人軀殼震裂！

綠袍老祖也自恃太過，才兩次中了敵人的道兒！軀殼已毀，日後又得用許多心力物色替身，空自痛恨，也無辦法。

那藏靈子更是惡毒，將那綠袍老祖兩片殘餘頭顱拿在手內，口誦真言，用手一拍，便成粉碎。再將兩掌合攏一搓，立刻化成黃煙，隨風四散。眼看前面黃雲已漸被綠光消滅，知用別的法寶決難抵敵，便將身往下一沉，落在崖石上面，將九十九口飛劍放出護住全身。然後將手往頭頂一拍，元神飛出命門，一朵畝許大的黃雲，擁護著一個手持短劍，長有尺許的小道士，直向天空升起！

這時「玄牝珠」已將先前那朵黃雲沖散，劈面飛至，迎頭鬥將起來。藏靈子運用元神和多年煉就的心靈劍，想將綠袍老祖元神斬死。綠袍老祖又想乘機幻化，將殘餘的金蠶惡蠱放出來去傷藏靈子的軀殼。兩下用盡心機，一場惡戰，綠光黃雲上下翻滾，消長無端，變化莫測，直鬥了有個把時辰，未分勝負。鬥到後來，那道綠光看似芒彩漸減。

藏靈子久經大敵，這會功夫已看出「玄牝珠」的神妙，雖不能傷害自己，卻也無法取勝。一見敵人似感不支，便疑他蓄機遁逃。正在留神觀察，猛聽綠光中連連怪嘯，似在誦念魔咒，半晌仍無動作。又鬥了半盞茶時，對面綠光倏如隕星飛瀉，直往下面墜落！

藏靈子早有防備，連忙追將下去，剛剛墜落到主峰上面，綠光已自在前飛落。還未等跟蹤追去，忽見下面綠光影中，一道紅光一閃，一陣血團黑煙劈面飛灑而上，知敵人又發動了埋伏，不知深淺，未敢深入，略一遲頓，綠光已隨血團飛出。

藏靈子運用真靈，看出那血團中有好幾個陰魂厲魄催動，知道血團是綠袍老祖用同黨生魂血肉幻化，甚為厲害。便將心靈劍飛出手去，一團其紅如血的光華立刻長有畝許方圓，先將那陣血團黑煙圍住，然後再用元神去敵綠袍老祖。

兩下才一交觸，猛然又聽異聲四起，「吱吱啾啾」響成一片，接著「嗡」的一聲劇響，從後崖那邊飛起千萬點金星，漫天蓋地飛叫而來。一個妖人手持長幡，幡上面放出數十百丈的妖雲毒霧，籠罩著這些金蠶惡蟲，在後督隊，正要往自己存放軀殼的山崖飛去，才知敵人故意用妖法絆住自己元神同那口心靈劍，暗中卻將毒蟲放出去嚼吃自己的軀殼！

這時綠袍老祖元神光華大盛，心靈劍雖然神妙，偏偏那些血團俱是妖人精血所化，誅不勝誅，只管被劍光斬斷，並不消滅，反而由大變小，愈來愈多，緊緊纏定劍光不捨。下面軀殼雖有九十九口「天辛劍」護身，無奈這些受過妖法訓練的通靈惡蟲，見了生人勝似青蠅逐血，死纏不捨！又秉天地奇戾之氣，潛不畏死，得空便鑽，見孔就入，不比別的法寶可以抵禦。大敵當前，自己元神不能兼顧，只憑飛劍本身靈氣運轉，略有疏隙被惡蟲侵入了幾個，定遭粉身碎骨之慘！自己功行尚未圓滿，便將肉身失去，於日後修行大是有礙！

藏靈子正後悔不該貪功好勝，將元神離身，鑄此大錯，忽聽下面怪嘯連聲，那金蠶後面的妖人，便停了飛行。金蠶原受那面妖幡指揮，也跟著不往前進，只管在妖霧中亂飛亂叫，轉眼間從斜刺裡飛來兩道妖光，湧現出兩個妖人，其中一個斷了一隻臂膀，各持一面妖幡，煙霧圍繞。

才一照面，便對那督隊妖人喝道：「老鬼劫運快到，現在青海教祖和三仙二老正在合力除他，我等元神已蒙一位恩人救去。還不趁他有力無處使時，急帶了這些惡蟲隨我們死中覓活，等待何時？」言還未了，三個妖人已然聚在一齊，呼嘯一聲，各將長幡一擺，煙雲起處，簇擁著那些金蠶便往東南方向飛去！

綠袍老祖見眾叛親離，又將費盡辛苦煉成的金蠶蟲失去，雖受過心血祭煉，靈感相應，無奈這三個妖人本領俱非尋常，駕馭金蠶又是自己所傳，若有元神禁制還不怕他們逃上天，如今他們元神被人解放，自己元神又被敵人絆住，眼看著奈何不得，只急得「嗚嗚」怪嘯！

藏靈子以為自己軀殼必毀在惡蟲毒口，萬不料到敵人起了內叛，居然保全，更是喜出望外！方在得意，忽聽西北方起了一個震天價的大霹靂，接著四外雷聲同時回應，六、七道長虹般的金光倏從遠處飛向中央主峰上面，滿空交織。

那三個妖人駕著煙雲和那成千上萬的金蠶，眼看飛出好遠，被這金光閃了兩閃，頃刻不見。正在驚疑，猛聽耳旁有人低語道：「妖孽凶頑，一時難以誅滅，貧道等奉了長眉真人遺命，已布下『生死幻滅晦明微塵陣』，將妖窟完全罩住，道友何必多費精神與他苦鬥？快請退出西北生門，且由貧道等來代勞吧！」

藏靈子聽出三仙用「千里傳音」警告，此山已設下「生死幻滅晦明微塵陣」，這陣法乃是長眉真人當年除魔聖法，非同小可，如不見機退出，勢必連自己也一同消滅在內！

再往上下四方一看，先前金光閃過幾閃之後，已然了無蹤影。只覺到處都是祥雲隱隱，青濛濛上不見天，下不見地，別的並無異兆。知道適才雷聲起時，陣勢業已發動。危機頃刻，不願再和敵人爭持！

藏靈子在百忙中往下一看，九十九口「天辛劍」光華繞處，自己軀殼仍舊好端端坐在那裡。知是三仙二老不但給自己留了出路，連軀殼都未用陣法隱去，好讓自己全身而退。心中又感又愧，不敢怠慢，忙將手一指心靈劍，稍緩敵人來勢，運用元神如飛星下逝，遁回軀殼。剛合得體飛起身來，上面心靈劍抵不住「玄牝珠」，敵人元神業已追到！哪敢再作遲延，就勢收了心靈劍，使用遁法，忙往西北方飛去！

那綠袍老祖急怒之餘，雖未聽出傳聲示警，已看出三仙二老發動了陣法，他是南方魔教之祖，見識非凡，立時知道今日凶多吉少。一見藏靈子想要逃遁，立時有了主意，緊緊追去。

兩下遁光俱都迅疾非凡，藏靈子駕著遁光在前，綠光在後，恰如飛星過渡，電閃穿雲，相隔也不過十丈左右。

這裡三仙二老用「千里傳音」警退了藏靈子，見綠袍老祖元神也隨著退出，當時如將陣勢發動，玉石俱焚，又違了初意，否則妖孽也要跟著逃遁。

第十四回 化魂大法 泥足深陷

三仙二老正在舉棋不定，綠光已追離陣門不遠，乾坤正氣妙一真人見勢不佳，正待飛身上前阻擋，藏靈子已首先退出陣來。

就在這一友一敵首尾銜接，綠光轉瞬便出陣門之際，倏地一片紅霞從斜刺裡飛來，放過藏靈子，一道血光比電還疾，直朝綠光飛去，恰好兩下碰個正著！只聽綠光中一聲慘嘯，撥轉頭便遁回去。

妙一真人看出來人是紅髮老祖，用「化血神刀」傷了綠袍老祖元神一下，知他定要前往追逐，恐那「化血神刀」也葬送陣內，忙中不及開言問訊，袍袖揚處，先飛起一道金光將「化血神刀」敵住，再用手往空一指，一團紅光飛將起來，頃刻化作一片火雲，直往空中布去，然後上前與來人相見。藏靈子自覺無趣，早道得一聲：「道友留情，再行相見！」駕遁光飛遁回去了。

紅髮老祖因報綠袍老祖殺徒之仇，特意煉了兩件法寶前來尋他算帳，一到便看出綠袍老祖追趕藏靈子甚急，乘其不意給了他一「化血神刀」。剛要往前追趕，忽見一道金光飛起將神刀阻止，不能前進。定睛一看，放劍的人正是峨嵋掌教，怎會相助妖孽？正在詫異，陣勢業已發動，才看出是一番好意！自知這陣法非同小可，不愁殺徒之恨不消。與妙一真人見禮之後，又去尋見追雲叟，談了幾句，便即作別回山。

那綠袍老祖早已存了萬一之想，及至追趕藏靈子快出陣間，看見前面祥雲中隱現的旗門寶光，正待施展魔法，還恐被仇敵看破，略一遲疑之間，紅髮老祖趕到，那「天魔化血神刀」是綠袍老祖剋星，吃了一刀，立即趁勢後退。綠袍老祖一退，陣法全部發動，生門已封，饒是三仙二老妙算玄機，玄通徹地，也決想不到紅髮老祖這一刀反倒救了綠袍老祖，若不是綠袍老祖吃了這一刀，急速後退，必令三仙二老起疑。

而此際，綠袍老祖分明是受創而退，被困陣中，卻料不到他早已打定主意，就在那千鈞一髮之際，竟拼卻元神幻化的「玄牝珠」不要，施展魔教之中不到九死一生關頭，決不肯使用的「生魂啖魔，魔與魂合」的化魂大法，將本身僅餘的一點精靈之氣和陰魔合而為一。那陰魔在天地之間，來無影，去無蹤，魔教中人在投師之初，便需向陰魔許願，自此心靈便為陰魔所制，等到魂與魔合，便與陰魔成為一體。

這時，綠袍老祖施展化魂大法，「玄牝珠」威力不減，仍在陣中來回衝突，而他的真靈，早已隨著陰魔穿地直下，直到地肺，藏匿起來。從此，綠袍老祖便在地肺之中苦修，直到精魂凝煉以後，煉成了魔教之中至高無上的「魔魂合一」大法，方行再度出世。其時恰值峨嵋三祖師會合，邪派方面威勢大盛，幾乎造成亙古以來未有的巨劫。

綠袍老祖以魂啖魔，匿身地肺，三仙二老當時被瞞過，事後總覺得有點不妥，但屢屢推算，也只算出將來正、邪各派生死決鬥會有極大的危機，卻未曾算出綠袍老祖仍未徹底消滅，那是因為綠袍老祖魂與魔合，又深匿地肺之中，無由推算之故。三仙二老既算出有極大禍胎隱伏，是以在東海閉門煉寶，共謀對策，以待後變。

以上各節，皆屬後話，表過不提。

這時一座百蠻主峰，周圍數十里上空俱是祥雲瑞靄籠罩，紅灩灩一片金霞異彩，更看不清絲毫景物。只不時看見那團畝大的綠光東衝西突，閃動不定。三仙二老各在本門方位上盤膝坐定，運用玄功放起純陽真火，手揚處便是一個震天大霹靂帶著一團火雲，直往陣中綠光打去。四外雷聲一個接著一個，只震得山搖地動，石破天驚。等滿了一十九天，方始掃蕩毒氛，將綠袍老祖元神相合的「玄牝珠」消滅。

卻說笑和尚等四人剛將陣法布好，笑和尚猛地想起借幡指引自己去斬文蛛的隨引，雖是妖人餘孽，頗有悔過之誠，自己受了人家好處完成大功，雖說冒險將他元神救去，不知他是否遁走？還有那辛辰子也是一個窮凶極惡，石生在陰風洞底又曾誤放了一個妖人元神，如要是他，豈不又留後患！何不趁此時機前往一探虛實！因自己隱身靈符已為妖法所毀，便將莊易的要了來，再三囑咐謹守陣門，自己頃刻即回。

金蟬、石生聞言，也爭著同去。笑和尚因石生初次出世，閱歷太淺，雖說除妖還不到時候，守陣責任重大，便留下金蟬。又向他要了靈符，交與石生佩用，隨自己一同前往，以便到了緊急時刻，就用他的「兩界牌」飛回。

商議定後，直往今早相遇隨引之處飛去。

兩人行經主峰後面風穴上空，遙望辛辰子還被釘在妖牌上面掙扎，知他元神未被石生錯放，心中大喜，正以為手到成功，忽見一溜綠火在風穴口外一閃，現出昨日先在風穴看守辛辰子，後來被綠袍老祖咬去一隻臂膀的妖人，單手持著那面妖幡，指著辛辰子罵道：

「你這惡鬼，臨死還要害人！昨日我好心好意勸你忍耐一些，少受些罪，你卻向老鬼去搬弄是非，害我斷了一隻手臂。不想我的元神會自己飛出，如今乘老鬼和敵人動手之際，先報了仇再行遠走高飛，特地前來尋你算帳！」一邊說，早將那面妖幡插在背後，從懷中取出一把三尖兩刃的刀子，一道黑煙，便要脫手向辛辰子飛去。

辛辰子元神受了禁制，殘軀毀滅，早在意中，只沒料到毀他的不是綠袍老祖，而是昨日的對頭！身子又半朝外釘在那裡，耳聽仇人惡罵，連口都張不開，只急得在牌上亂抖亂顫。

笑和尚一想這兩個東西俱非善類，自己除滅這類煉就元神化身的妖人正覺無甚把握，樂得假手妖人以毒攻毒，便停止上前，徐觀動靜。

眼看那道黑煙中，一把飛刀快飛到辛辰子後心要穴，忽聽一聲破空之音，從斜刺裡比電還疾飛來一溜綠光，恰好將那道黑煙阻住。現出一人，正是隨引。一現身便將那斷臂妖人攔住說道：「他雖不好，也和我們同門多年！姑念多年同門之情，兔死狐悲，物傷其類，意欲乘此空隙，往陰風洞底解去大家禁制，再一同逃走。」又轉身對辛辰子道：「師兄你也是平日為惡最甚，才遭此慘報。我二人前去，決定將你元神也一齊放出，不過時間太促，牌上寶釘須要你自用玄功化解，恕不能前來代勞了！」

那斷臂妖人還在忿恨，隨引將話說完，拉了他一同化成兩溜綠火而去。

笑和尚見隨引果然悔過脫身，甚是高興。當時如果將辛辰子身軀毀滅，原非難事，只是這種妖人，元神如在，終必為禍世間，峨嵋純陽仙劍可以斬他的元神，何不隱身在側，隨引此去如不將他元神救出便罷，如果救出，便趁他歸靈之際拿霹靂劍試他一試！主意打定，悄悄拉了石生隱身埋伏在側，等候到時行事。

辛辰子也是惡貫滿盈，氣運將終，到這般田地，還戀惜著原來這一副殘軀，以致受完孽報，結果還是神形一齊消滅！

笑和尚、石生等了不多一會，便見一團灰暗暗、綠陰陰的妖火從主峰那面往辛辰子飛來，看去頗為疲緩，飛得並不迅速。知是辛辰子的元神已被隨引救出，誠恐將他驚跑，悄悄囑咐石生在旁留神。直等那綠火飛近辛辰子頭上，將要入竅之際，才將精神集中，運用玄功，身劍合一衝上前去，以便一擊不中，還可隨後追趕。

辛辰子臉朝裡釘著，笑和尚有靈符隱身，一絲也不曾察覺。及至聽見隱隱風雷之聲起自身後，才知不妙，已來不及了！那元神原也異常精靈，便即住空飛遁。無奈被綠袍老祖禁錮已久，日受「玄牝珠」妖火燒煉，元氣大傷，怎敵峨嵋至寶！飛沒有多遠，被石生飛劍一擋，略一遲頓，笑和尚霹靂劍正從後方追到，恰好從綠火中心穿過。

耳聽妖牌上「哇」的一聲慘叫，那團妖火已被劍光斬為兩半，還在飛躍。石生飛劍如一陣銀雨湧了上來，會合笑和尚劍光，圍住這兩半團綠火中一絞，頃刻之間，光焰由濃而淡，逐漸消滅。

笑和尚萬不料這般順手，回看妖牌上的辛辰子還在「吱哇」慘叫，更不怠慢，指揮劍光飛將過去，圍著妖牌繞了幾下。牌上妖霧散處，連辛辰子帶妖牌俱都斬斷成好幾截。半晌毫無反應，知道大功告成，方要同了石生回轉，忽見隨引駕著遁光飛來，喊道：「恩公留步！老鬼正打算放那惡蟲出來，去害藏靈子軀殼，快將那面幡兒還我，待我去將惡蟲引來，將它消滅，以免日後為害！」

笑和尚聞言，剛將幡取出還了隨引，未及答話，便見金蟬飛至，說道：「適才苦行師伯巡視各門，給了我們一道靈符，說是少時如見金蠶，可用此符破它！如今距離除妖不遠，吩咐你快回去呢！」

笑和尚顧不得再與隨引多說，道了聲：「好自為之，得手迅即逃走，以免玉石俱焚！」便同金蟬、石生飛回原處。

不多一會，果然隨引同了兩個妖人，各持妖幡，將千萬金蠶惡蟲引來。笑和尚忙用真火將靈符焚化，一道金光，宛如一幅天幕從空中落下，將隨引等三人和那金蠶一齊罩住。

笑和尚見隨引也不免於難，甚是難過，方要代他跪求師父開恩時，隨引已和一個妖人從金光影裡脫身出來，朝著笑和尚等下拜說道：「多謝大德，留待後報。這位同門名叫梅鹿子，這次迭經險難，看出因果，決計棄邪歸正。自知我等以前罪惡太重，意欲先尋地方隱居潛修，過些年月，出外積修功行，以贖前愆，俟有成效，再求恩公代向諸位仙長講情，收歸門下吧。」

笑和尚聞言，不禁點頭稱善。直到雷聲大作，仙陣發動，隨引才作別而去。後來投在紅髮老祖門下，後文另有交代，按下不表。

笑和尚等四人按照苦行頭陀吩咐，直守到第十九天的正午時分，忽聽四外雷聲如戰鼓密集一般往中央聚攏。主峰那邊又是震天價一個大霹雷響過，眼見一道青煙往上升起，立刻祥光盡斂，紅雲齊收。三仙二老同在主峰上空現身，傳諭四人過去，知道妖孽身靈業被真火煉化消滅，四人連忙一同過去參見。

這時四面崖上飛瀑全部停歇，主峰周圍數十里方圓地面，塌陷成一個大湖蕩，清泉湧突，灑雪噴珠，翻滾不停。那座主峰只剩半截，獨峙湖心，高出水面約有數丈。正中心冒起一股溫泉，有百十丈高，十來丈粗細，熱霧蒸騰，晶光幻彩，恰似一根撐天寶柱，百色繽紛。再襯著四外清流滸滸，飛白搖青，越顯雄偉奇麗，氣象萬千。

四人參拜了三仙二老之後，笑和尚又單獨向苦行頭陀請罪，並謝各位師伯叔成全之德。

玄真子道：「你連經魔難，不辱使命，你師父已然許你將功折罪，日後光大峨嵋，用你之處正多。你雖得了火靈寶珠，卻失了無形仙劍，終是缺陷。你師父功行圓滿，不久飛升，一入風雷洞，不俟將來正果修成不能相見。你師父門下只你一人，他的劍法係釋家煉魔至寶，與我等所用不同，雖說殊途同歸，到底別有玄妙。你師父已參佛家正諦，對此末法原無重視，只我同你妙一師叔不願你師父劍法失傳，欲令你承繼你師父劍法衣缽，歸入峨嵋門下。無奈你師徒聚首日淺，怕你不能在短期間內盡得真傳，此番回轉東海，須一絲也懈怠不得！否則到時功虧一簣，豈不可惜！」

笑和尚一聽師父不久便要飛升，想起平時教養深恩，不禁悲從中來，跪在地下流淚不止。

苦行頭陀道：「孽障，你枉自隨我多年，還這等免不了貪嗔癡愛！你妙一師叔答應將你收歸峨嵋門下，還不上前行了拜師之禮，只管作些世俗之態作甚！」

笑和尚哪還敢還言？恭恭敬敬上前，朝著乾坤正氣妙一真人重行拜師之禮，請求訓示。

妙一真人道：「我念你天資功行均非凡品，恐日後無人管束，誤入魔道，辜負你師父多年教養苦心，才請求將你收歸門下。你本有宿慧仙根，自會努力前修，毋庸多為曉諭。我不久回轉峨嵋，本派三輩同門俱來聚會，乃是長眉祖師飛升以後第一次大典，萬無一人不到之理，不過你師父玄功奧妙，飛升在即，誠恐往返費時，誤你功課，特降殊恩，准你一人毋須赴會，可在東海早晚虔誠用功參悟，能否承繼你師父衣缽，全在你自己修為何如了！」

笑和尚跪領訓示之後，玄真子、苦行頭陀便帶了笑和尚和朱梅，自谷道離去。等各人走了後，妙一真人才將金蟬等三人喚過，首對金蟬道：「你年來頗有精進，只是童心猶在，言行均欠謹飭，不是修道人的風度。我以後不常在山，你更須時常外出積修外功，務須事事留心，聽從汝姊及各前輩同門的訓誨，以免誤卻異日的成就，你可同石生莊易回山便了。」

金蟬跪領訓示已畢，石莊二人仍在地下未起，等妙一真人說完，懇求收錄。

妙一真人點點頭，由二人行了拜師之禮，吩咐起立，先對石生道：「你母苦修多年，為有宿孽，感了靈石精氣，無夫而孕。你秉英靈毓粹而生，異質仙根，得天獨厚。我門下教規甚嚴，只須努力前修，不犯戒條，異日成就不在三英二靈以下。此番到了峨嵋，可先向師姊、師兄們請教，等我回山再傳授你功課吧。」

石生領訓，跪謝起立。

妙一真人又對莊易說道：「你也是生具異秉，只為宿孽，使你誤服澀芝，失音喑啞，特為你耽延片刻，使你復音。此後入了本門，要知仙緣不易，堅固初衷，勤積外功，力求精進，勿負我意才是！」莊易聞言，不禁感激涕零，跪將下來。妙一真人取出一粒丹藥與莊易服下，然後命莊易盤膝內視，運氣調元。

坐有片刻，妙一真人將手一指，一線金光細如游絲，直往莊易左鼻孔之中穿去。不多一會，又由右鼻孔鑽出，再入左耳，遊走完了七竅，最後走丹田，經湧泉，遊天闕，達華蓋，順著七十二關穴逆行而上，才從口內飛出。

莊易只覺一絲涼氣從湧泉順天脊直透命門，倏地倒捲，經靈關玉海奪門而出，立時覺得渾身通泰，心曠神舒！直到妙一真人說道：「好了，起來！」不由情不自禁的喊了一聲：「恩師！」居然復音如常，心中大喜，忙即翻身拜倒。

妙一真人將袍袖一展，一道金光如彩虹經天，電射星飛，轉瞬沒入雲中不見。金蟬、石生跪送妙一真人走後，俱代莊易心喜，搶著問長問短，各自感謝稱道了一陣師父恩德，才一同駕起劍光，逕往峨嵋凝碧崖前飛去。

請續看《紫青雙劍錄》第三卷 神駝・奪寶

天下第一奇書

紫青雙劍錄 2 老魔・淫娃

作者：倪匡 新著 ／ 還珠樓主 原著
發行人：陳曉林
出版所：風雲時代出版股份有限公司
地址：10576台北市民生東路五段178號7樓之3
電話：(02) 2756-0949　　傳真：(02) 2765-3799
執行主編：朱墨菲
美術設計：許惠芳
行銷企劃：林安莉
業務總監：張瑋鳳
出版日期：2023年1月
版權授權：倪匡
ISBN ：978-626-7153-59-8
風雲書網：http://www.eastbooks.com.tw
官方部落格：http://eastbooks.pixnet.net/blog
Facebook：http://www.facebook.com/h7560949
E-mail：h7560949@ms15.hinet.net
劃撥帳號：12043291
戶名：風雲時代出版股份有限公司

風雲發行所：33373桃園市龜山區公西村2鄰復興街304巷96號
電話：(03) 318-1378　　傳真：(03) 318-1378
法律顧問：永然法律事務所 李永然律師
北辰著作權事務所 蕭雄淋律師

行政院新聞局局版台業字第3595號 營利事業統一編號22759935

定價：299元　**版權所有　翻印必究**

國家圖書館出版品預行編目資料

天下第一奇書之紫青雙劍錄／還珠樓主 原著；倪匡 新著. -- 臺北市：風雲時代出版股份有限公司, 2022.11
冊；　公分.
ISBN : 978-626-7153-59-8（第2冊 : 平裝）

857.9　　111016918